DESEO

AF274422

BARBARA DUNLOP

DESEOS A MEDIANOCHE

HARLEQUIN™

Editado por Harlequin Ibérica.
Una división de HarperCollins Ibérica, S.A.
Avenida de Burgos, 8B - Planta 18
28036 Madrid

© 2025 Harlequin Ibérica, una división de HarperCollins Ibérica, S.A.
N.º 556 - 23.1.25

© 2022 Barbara Dunlop
Deseos a medianoche
Título original: Midnight Son

© 2022 Barbara Dunlop
Esposo solo de nombre
Título original: Husband in Name Only
Publicadas originalmente por Harlequin Enterprises, Ltd.
Estos títulos fueron publicados originalmente en español en 2022

I.S.B.N.: 978-84-1074-524-7
Depósito legal: M-23891-2024
Impreso en España por: BLACK PRINT
Fecha impresión para Argentina: 22.7.25
Distribuidor exclusivo para España: LOGISTA
Distribuidor para México: Distibuidora Intermex, S.A. de C.V.
Distribuidores para Argentina: Interior, DGP, S.A. Alvarado 2118.
Cap. Fed./Buenos Aires y Gran Buenos Aires, VACCARO HNOS.

Capítulo Uno

–Vas a tener que aprender a ser rica, Sophie –dijo mi amiga Tasha Gillen como si fuera lo más fácil del mundo.

Estábamos en la terraza de una lujosa casa en venta justo al norte de Seattle. Enfrente teníamos el Pacífico con su azul intenso y bordeado por una pronunciada pendiente de rocas dentadas.

–¿Qué haría yo con seis baños? –estaba soltera y sintiendo esa soltería cada día más.

El año pasado mis tres mejores amigas habían estado solteras como yo, pero ya no, ninguna, y costaba no sentirse abandonada.

–No tienes que usarlos todos a la vez. Además, tendrás invitados.

–¿Quién? Todas mis mejores amigas tienen vidas nuevas.

Tasha, Layla y Brooklyn se habían enamorado, se habían casado y se habían ido de Seattle.

–¿Intentas dar pena?

–Un poco –admití.

En el fondo me alegraba por mis amigas, de verdad que sí. Siempre habían sido mi apoyo, pero ahora mi vida había dado un giro muy extraño.

El verano anterior había ayudado a crear una tecnología nueva; se llamaba Sweet Tech y elaboraba postres para restaurantes de lujo. Tenía mucho éxito, mucho más del esperado. Con ayuda de Jamie, el marido de Tasha, habíamos vendido la patente a una empresa japonesa. El acuerdo incluía *royalties*, lo que significaba que los cheques no dejaban de llegar, pero tener tanto dinero resultaba más complicado de lo que me había imaginado.

—¿Pobre niña rica? —preguntó Tasha con voz jocosa.

—Sí.

Había dado en el clavo.

—Estoy totalmente sola —me quejé—. No sé qué hacer. Estoy aburrida.

No tenía trabajo, no me sentía productiva, no tenía motivos para ir a ningún sitio ni para hacer nada y todo eso resultaba bastante inquietante.

—Este sería un lugar genial para estar sola y aburrida. Es alucinante.

Me giré hacia la casa.

—A mí me parece abrumadora. ¿Y cómo voy a poder mantenerla limpia? Solo fregar el suelo me llevaría un día entero.

—Sophie, puedes contratar a gente para eso.

Me reí ante la idea de contratar a «gente». Quiero decir, una cosa era aceptar la riqueza y otra convertirme en una presuntuosa en toda regla.

—En serio, se te da fatal ser rica —me dijo.

—¿Sí? Pues parece que tú te has pasado del todo al lado oscuro.

Tasha y Jamie, su marido economista, habían aprovechado al máximo unas habilidades geniales para la inversión y estaban ganando un dineral en bolsa.

—Yo nunca he dicho que tenga gente.

—Pero tienes gente —contesté, segura de ello por el modo en que me lo había sugerido.

–Vale, sí, tengo a un par de personas. La cuestión es que puedes permitirte una casa como esta. Puedes permitirte vivir frente al mar y sé que eso te encanta.

–Sí –me encantaba. Y esa casa era básicamente mi sueño.

–Ahora puedes hacer lo que quieras, Sophie. Deberías hacerlo.

–¿Pero qué quiero? –pregunté sin ocultar mi desesperación.

Claro que podía hacer lo que quisiera, pero el problema era que, por mucho que lo había intentado, no había averiguado qué quería.

Había hecho una donación a obras benéficas porque, si tienes algo de corazón, eso es lo primero que haces cuando recibes un flujo de dinero inesperado. El programa de alfabetización, el hospital y el refugio de animales locales apreciaban mi apoyo. Me habían enviado cartas de agradecimiento y habían brindado por mí en fiestas. Pero no era una actividad cotidiana. No me necesitaban para ayudarlos a llevar a cabo sus tareas, y aunque me necesitaran, no tenía experiencia ni en asistencia médica, ni en enseñanza, ni en cuidado de animales. Ni siquiera había tenido mascota desde que mi conejito Snuggles murió cuando yo tenía seis años.

De pequeña solo estuvimos mi madre y yo y su sueldo de enfermera no era muy alto, así que vivíamos de alquiler. Me decía que era mucho más fácil encontrar piso si no teníamos mascota. Por eso Snuggles fue mi primera y última mascota.

–No vas a encontrar una casa pequeña frente al mar –añadió Tasha.

Y tenía razón. Era la décima casa frente al mar que habíamos visto esa semana y era monumental, como todas las demás. Pero tenía que admitir que me encantaba, aunque tuviera que dibujarme un mapa para no perderme entre el dormitorio principal y la cocina.

Me costaba asimilar que podía comprarla por capricho; no tenía más que sacar el talonario de cheques y escribir una cifra con muchos ceros que saldría de una cuenta con más ceros todavía.

–A lo mejor podría vivir en la casita del garaje y alquilar el resto a una familia con cinco hijos.

–¿Y renunciar a la terraza?

–Me encanta esta terraza.

A cualquiera le encantaría esa terraza. Sus dieciocho metros abarcaban los frontales del salón, el comedor, el estudio y el dormitorio principal. Debajo, una sala de juegos gigantesca se abría a un patio con una piscina y un *jacuzzi*.

–Y está amueblada –añadió Tasha.

–Ya tengo muebles.

–Tienes un sofá, una mesa de cocina y una cama.

–Es un sofá estupendo.

Pensé en mi sofá de piel, tan cómodo, y en todo el tiempo que había estado ahorrando para comprarlo convencida de que una pieza tan buena y cara me duraría décadas.

–¿Te ves viviendo aquí? –me preguntó Tasha–. ¿La Sophie rica se ve tomando un café en la terraza o acurrucada delante de la chimenea de piedra leyendo un libro?

Podía verlo, sí. El problema era que no podía ver nada más. No podía pasarme el resto de mi vida tomando café y leyendo.

–Había pensado en el embellecimiento de parques –dije.

–¿Perdona?

–Después de las obras benéficas, he pensado en implicarme en la comunidad. El embellecimiento de la ciudad está muy de moda ahora y resulta que puedo adoptar un parque.

–O comprarte una casa.

–Comprarme una casa es lo sencillo. Yo estoy pensando en qué otras cosas hacen los ricos. Ahora que lo pienso, a ti te gustaría lo de los parques.

–Me he unido al comité de bibliotecas.

–¿En serio? –no sé por qué me sorprendió. Encajaba a la perfección. Tasha era licenciada en Biblioteconomía.

–Vamos a empezar un programa de acercamiento a la lectura en los colegios.

–¿Lo ves? Yo tengo que encontrar algo así.

–Lo encontrarás. Le pillarás el tranquillo a ser rica.

–A lo mejor –dije no convencida–. Tengo mucho dinero.

Tasha sonrió.

–Pues cómprate una casa. Cómprate esta casa. Sé que te encanta.

Y era verdad. Me encantaba. Su tamaño me inquietaba, pero descubrí que no me quería ir. Quería quedarme allí mismo y disfrutarla, así que supuse que eso era lo que debía hacer.

–¿Y después qué?

Tasha me rodeó con el brazo y me dio un achuchón.

–Es una pena que no tengas parientes pobres.

–¿Para que pudieran venir a vivir conmigo? –lo dije con tono de broma, pero no bromeaba.

Si tuviera familia, sin duda los ayudaría. Sería genial tener hermanos o primos o incluso sobrinos que necesitaran una buena educación universitaria, pero mi madre era adoptada e hija única. Sus padres ya habían muerto y nunca había sabido nada ni sobre la familia de ellos ni sobre su familia biológica. Y en cuanto a mi padre… Bueno, mi madre me había dicho que había sido una aventura de una noche. Había sido muy sincera al respecto. Era piloto de la Fuerza Aérea Australiana y estaba casado.

Se habían conocido en un hospital en Alemania, donde ella había estado destinada durante seis semanas. Él había volado hasta Bosnia transportando suministros de ayuda y se había herido en la cabeza cuando su avión se había incendiado y se había visto obligado a hacer un aterrizaje forzoso. Su copiloto no había tenido tanta suerte y había muerto.

Mi padre biológico se había visto muy lejos de casa, herido y hundido, y mi madre lo había reconfortado en su dolor. Habían pasado juntos un fin de semana que ella juraba no haber lamentado nunca, y menos aún porque me había tenido gracias a aquello.

—¿Alguna vez has buscado? —me preguntó Tasha.

Intenté recordar el hilo de la conversación.

—¿Buscar qué?

—A tu familia.

—No creo que haya nadie a quien buscar.

No tenía ninguna intención de desbaratar la vida de mi padre biológico.

Aun así, por un momento me imaginé como una detective aficionada hurgando en mi historia familiar. Ahora que lo pensaba, sería divertido.

—Entra en una de esas páginas web de genealogía y hazte una prueba de ADN.

Tardé medio segundo en decidir que era buena idea.

Me pareció muy emocionante, aunque de pronto me asaltó una buena dosis de realidad. Un primo quinto por parte de alguno de mis abuelos, que era lo que probablemente encontraría, no podría considerarse familia cercana.

Aun así…

Estaba en un avión rumbo a Alaska, a Anchorage para ser exactos, y volaba en primera clase porque Tasha me había dicho que eso era lo que hacían los ricos.

Bueno, en un principio me había dicho que los ricos directamente alquilarían un *jet* privado. ¿En serio? Volar en primera era perfecto. Más que perfecto. Suponía tener champán, zumo de naranja, toallas calientes y delicados cruasanes con mermelada de albaricoque, y sentirte culpable por la gente que iba apretujada en los asientos de clase turista.

Resultó que tenía un primo hermano, o al menos eso parecía. Teníamos una coincidencia de ADN de un trece por ciento y, según la página web, eso era muy significativo. Se llamaba Mason Cambridge, tenía treinta y cinco años, había nacido en Alaska y trabajaba para una empresa con sede en Anchorage llamada Kodiak Communications.

Lo había buscado en internet y había encontrado algunas fotos. No tenía mucha presencia en redes sociales, aunque en los periódicos locales sí que había algunos artículos en los que aparecía asistiendo a eventos de la zona. Había encontrado su dirección física, pero no el número de teléfono ni la dirección de correo electrónico. Probablemente podría haber conseguido esa información a través de Kodiak Communications, pero había decidido que quería conocerlo en persona. Si iba a mandarme a freír espárragos, primero prefería tener una breve conversación cara a cara con mi único pariente conocido.

Sabía que corría el riesgo de llevarme una decepción, de haber hecho un viaje largo para nada, pero tampoco es que tuviera muchas otras cosas que hacer con mi tiempo. Aún faltaban unos días para cerrar la compra de la casa nueva y Tasha había vuelto a Los Ángeles.

¿Por qué no vivir una aventura?

Cuando el avión comenzó a descender, me sentía lo bastante llena, lo bastante agasajada y más que nerviosa por presentarme sin avisar en la casa de Mason Cambridge.

Alquilé un coche en el aeropuerto y descubrí que Anchorage era mucho más grande de lo que me había esperado, con un centro imponente, amplios barrios residenciales, zonas verdes y paisajes montañosos. De no haber sido por el GPS, me habría perdido en el laberinto de calles.

La ruta acabó llevándome al sur de la ciudad y pronto las casas desaparecieron. Al este, laderas y árboles. Al oeste, las olas de la ensenada acariciando la orilla.

Vi un zorro en la hierba junto a la autopista y después un alce. Cuando dos osos cruzaron la carretera delante de mí, a punto estuve de dar media vuelta y volver al aeropuerto. No había mucho tráfico en ese tramo y por un momento me imaginé con el coche averiado y atacado por unos osos pardos. Pero entonces llegué a un camino de grava y el GPS me dijo que girara. Agradecí que el empleado de la empresa de alquiler me hubiera dado un cuatro por cuatro. Fue una subida tortuosa entre abetos y abedules imponentes hasta que alcancé la cima de la colina y salí de entre los árboles. El camino de grava pasó a ser de pavimento liso.

Me sorprendió, me dejó impactada en realidad, ver una zona de césped amplia y exuberante salpicada de hileras de flores y arbustos esculpidos. Unos pinos la bordeaban entremezclándose con el bosque y en el centro había una casa tan grande que me dejó sin respiración.

Construida con troncos enormes y pulidos y una mampostería impresionante, se extendía por el jardín con sus dos pisos y dos alas, ventanales inmensos y tejados a dos aguas. Parecía un hotel de cinco estrellas. Es más, me pregunté si lo era porque había cerca de diez vehículos aparcados delante. Era posible que Mason Cambridge viviera en un hotel. Era raro, pero posible sin duda.

Apagué el motor del SUV, me colgué el bolso al hombro, abrí la puerta y bajé.

El aire era fresco y olía a limpio. La brisa me echó el pelo en la cara y deseé haberme hecho una coleta o una trenza. Lo tenía demasiado largo como para llevarlo suelto con ese viento. Como apaño temporal, me lo eché hacia atrás y me lo sujeté con la mano a la altura de la nuca mientras cruzaba el aparcamiento.

Me sentía fuera de lugar. Parecía un sitio tranquilo y reservado donde solo atendían a gente muy rica y privilegiada. Y yo, por mucho que ahora tuviera dinero en el banco, no podía hacerme pasar por una rica y privilegiada. Mis vaqueros eran de unos grandes almacenes y el bolso lo había comprado en rebajas por veinte dólares. Y eso por no hablar de los botines. Eran de piel marrón con tacón cuadrado y estaban desgastados. Ya habían hecho muchos kilómetros, pero había supuesto que necesitaría un calzado práctico en Alaska.

Aquel lugar parecía crecer a medida que me acercaba. El porche tenía al menos nueve metros de ancho y cinco escalones conducían a unas puertas de madera dobles enormes. Los subí y me quedé mirándolas un momento mientras me preguntaba si debía llamar o entrar directamente.

Si era un hotel, nadie me oiría llamar a la puerta.

Si era una casa privada, sería de lo más grosero, y probablemente ilegal, entrar sin más.

Lo pensé y decidí que si era una casa privada, la puerta estaría cerrada. Si no, entonces sería la entrada al vestíbulo de un hotel. Empujé un poco y la puerta se abrió sin problema. Entré. Unos techos de vigas se elevaban sobre un vestíbulo precioso. Al fondo, tras unos sillones de piel en color crema, vi una pared de cristal con unas vistas impresionantes. Al oeste se veían los acantilados y el océano. Al sur y al este, una herbosa pradera parecía extenderse varios kilómetros. Vi una valla y, al aguzar la vista, distinguí unos animales marrones en la hierba.

–¿Puedo ayudarte en algo?

Fue una voz profundamente masculina.

–Sí –respondí cerrando la puerta.

Cuando lo miré a los ojos, el corazón me dio un brinco y de pronto los pulmones se me encogieron. El hombre dio unos pasos hacia mí; parecía un gato salvaje con esos movimientos suaves y esa mirada que me estaba valorando como… no sé… ¿una presa?

Tenía una belleza enigmática: pelo alborotado, ojos de un azul intenso, bronceado mediterráneo y un rastro de barba cubriendo su mandíbula cuadrada. Alto, con los hombros anchos y una presencia imponente, era todo lo que una mujer podría esperar si buscaba la perfección.

—¿Ayudarte con…?

—Eh…

Esperó y, mientras, yo me sentía más incómoda a cada segundo que pasaba. A ver, debieron de ser siete u ocho segundos en total, pero sin duda se me hicieron largos.

—Estoy buscando a Mason Cambridge —dije por fin.

—¿Te está esperando?

—No. ¿Está aquí?

—Ahora mismo no.

—Pero vive aquí —dije mirando a mi alrededor.

Mason Cambridge tenía que ser muy rico para vivir en un hotel así. No parecía que fuera a necesitar mi dinero para nada y eso me decepcionó un poco.

—Esta es la casa Cambridge.

Tardé un momento en asimilar sus palabras.

—¿No es un hotel? —¡ay, madre! Acababa de entrar en una casa privada.

—¿Estás buscando un hotel?

—Estoy buscando a Mason Cambridge. No pretendía entrar aquí así. Creía que… —volví a mirar a mi alrededor y me di cuenta de que, en realidad, aquello no parecía el vestíbulo de un hotel. No había ni mostrador de recepción, ni recepcionistas, ni botones por ningún lado.

—¿Para qué buscas a Mason?

No iba a darle explicaciones a un extraño.

—¿Sabes cuándo volverá?

—No es asunto tuyo. Si lo has conocido en un bar…

—No lo he conocido en un bar.

13

–¿En una fiesta?

–¿Por qué piensas directamente en algo así?

Me miró de arriba abajo y su expresión me dijo que le gustó lo que vio. Ni siquiera se molestó en ocultarlo.

–Porque eres su tipo.

–No soy su tipo –me detuve–. No lo he visto en mi vida.

Sonrió lentamente.

–¿Qué? –pregunté perpleja.

–Me alegro de que Mason no tenga prioridad –respondió con un brillo de apreciación en la mirada.

–¿En serio?

¿Se creía que podía flirtear conmigo?

El hombre se encogió de hombros.

–¿Podrías decirme a qué hora volverá? Me iré y lo intentaré más tarde, y prometo que la próxima vez llamaré a la puerta.

Sonrió aún más. Estaba disfrutando viéndome avergonzada.

–Hoy, más tarde, en algún momento.

–Bien.

–¿Dónde te alojas?

La pregunta me descolocó.

–Por si Mason quiere llamarte. No tienes pinta de ser de Alaska. Soy Nathaniel Stone, por cierto.

–Sophie Crush. No soy de Alaska.

–¿Te alojas en el Tidal?

–No lo he decidido –podría haber reservado un hotel antes de salir de Seattle, pero no había pensado que Anchorage fuera a ser un hervidero de turistas hasta el punto de no poder encontrar sitio al llegar allí.

–Entonces te recomiendo el Tidal. O, si tienes un presupuesto ajustado, el Pine Bird está bien.

Contuve una carcajada al oírlo y pensar en mis recientes conversaciones con Tasha. No, no tenía un presupuesto ajustado.

—¿Te ha hecho gracia algo?

—Nada en absoluto.

—Me vería en la obligación de avisar a Mason si le estás… gastando alguna clase de broma…

—No le estoy gastando ninguna broma. Y no tengo un presupuesto ajustado. Probaré en el Tidal.

—Buena elección. ¿Qué quieres que le diga a Mason?

Intenté darle una respuesta inocua, pero entonces la puerta se abrió detrás de mí.

—Qué bien —dijo Nathaniel a quien fuera que había entrado—. Llegas pronto. Mason, Sophie Crush ha venido a verte.

Nerviosa, tomé aire y al girarme me encontré a otro hombre guapo en la puerta.

—Ho-la —dijo él alargando la palabra como si fuera un cumplido.

—No me ha querido decir lo que quiere —dijo Nathaniel.

Mason sonrió.

—Me da igual lo que quiera —me miró a los ojos—. La respuesta es «sí».

Sabía que tenía que cortar de raíz ese flirteo. Si no lo hacía, los dos nos sentiríamos muy avergonzados.

—Soy tu prima.

A Mason se le heló la expresión.

—¿Qué? —preguntó Nathaniel detrás de mí.

***

Después de mi revelación me llevaron a una sala. Supuse que sería el estudio, ya que la mayoría de las pequeñas mansiones que había visto los tenían y, al igual que esta habitación, solían estar amueblados con estanterías, escritorios y sillas grandes e iluminados con una luz cálida que destelleaba sobre las paredes revestidas en madera.

Mason cerró la puerta y nos sentamos.

No pude evitar mirar sus rasgos y compararlos con los míos: su barbilla era cuadrada mientras que la mía era estrecha. Tenía la nariz más grande pero con la misma forma recta y los ojos marrones claros. Los míos eran oscuros como el café expreso. Su pelo era casi negro y el mío marrón dorado. Los labios sí me resultaban familiares.

—¿Alguien quiere una copa? —preguntó.

—¿En serio? —dijo Nathaniel con tono de crispación.

—Bueno, desde luego tú pareces necesitar una —le contestó Mason. Me miró—. ¿Sophie? Tenemos vino tinto y blanco. O whisky, si lo necesitas.

—No soy yo la que se ha quedado impactada con la noticia. Estoy bien. No necesito beber nada.

—Stone, ¿un whisky? —le preguntó Mason a Nathaniel al levantarse—. Yo voy a tomar uno. La noticia me ha dejado un poco impactado.

—Vale.

Mason echó hielos en dos vasos. Después sacó la botella de whisky de un minibar y lo sirvió. Nathaniel me miraba mientras esperábamos. Parecía más angustiado que Mason por mi presencia. ¿Quién sería? Tenía los ojos muy azules y no se parecía a ninguno de los dos.

—¿La prueba dice sin lugar a dudas que somos primos? —preguntó Mason al sentarse.

–Podría estar inventándoselo todo –dijo Nathaniel.

–¿Hoy en día? No se tardaría mucho en demostrarlo.

–Pero mientras tanto puede hacer mucho daño.

–No quiero hacer ningún daño –me sentí obligada a decir–. Pensé que sería una buena noticia, una noticia divertida.

–Divertida para ti –dijo Nathaniel–, que estás anunciando que eres la prima de los dueños de la empresa de telecomunicaciones más grande de Alaska.

El comentario me pilló por sorpresa. Era la primera vez que oía que la familia fuera dueña de algo, aunque sin duda eso explicaba la casa… y además significaba que nadie de la familia necesitaría mi ayuda económica. Nunca. Intenté no sentirme decepcionada.

–No sabía que fueran los dueños de la empresa.

Nathaniel soltó una carcajada de incredulidad.

–Podemos darle el beneficio de la duda –le dijo Mason.

–No he venido aquí para causar ningún daño –le dije ignorando a Nathaniel.

–Entonces, ¿seguro que somos primos?

–Según el porcentaje de ADN en común, podría ser tu tía abuela o tú podrías ser mi tío abuelo. Pero, dada nuestra edad, parece mucho más probable que seamos primos hermanos.

–Primos hermanos –repitió Mason pensativo.

–Eso dice el informe.

A lo mejor debería haber contratado el servicio de ADN *deluxe*, pero en aquel momento, cuando solo buscaba datos básicos, no me pareció que mereciera la pena pagar la diferencia de precio.

–¿Qué informe? –preguntó Nathaniel–. ¿Quién lo ha hecho? ¿Tienes una copia?

–Stone –dijo Mason con tono de advertencia.

–Si es una estafa… –señaló Nathaniel.

Me levanté.

–Escuchad, no he hecho esto para causarle problemas a nadie –miré a Mason–. Solo quería conocerte y ya te he conocido. Está claro que no soy una sorpresa agradable, así que volveré a Seattle antes de que…

–No –dijo Mason.

–Mason –Nathaniel pronunció su nombre como si fuera una advertencia.

–Por favor, siéntate.

Miré a Nathaniel.

–Ignóralo –dijo Mason.

–Sabes lo que va a generar esto… –profirió Nathaniel con voz estrangulada.

–Alejarla no cambiará nada –contestó Mason.

–Tenemos que proteger a la familia.

Mason señaló el sillón detrás de mí.

–Por favor.

–Quiero hacer lo correcto –dije, y así era.

No sabía qué me había esperado encontrar al ir allí; tal vez que me recibiera con los brazos abiertos una familia grande y jovial sentada alrededor de la mesa compartiendo un asado.

–Sentarte es lo correcto.

Me senté.

–Mi madre era hija única –continuó Mason– y mi padre solo tiene un hermano, Braxton. Imagino que rondas los treinta años, ¿no?

Asentí.

–Entonces la lógica indica que fuiste concebida cuando mi tío Braxton estaba felizmente casado con la tía Christine. Es lo único que se me ocurre que explique que tenga una prima hermana.

–¿Tu madre pudo haber tenido un hermano?

–Rotundamente no. Vivió en Alaska toda su vida. Todo el mundo conocía a la familia.

–¿Y un hermanastro secreto?

–Entonces el porcentaje de ADN sería distinto.

–¿De verdad tenemos que contemplar todas las hipótesis? –preguntó Nathaniel con frustración–. ¿Quieres dinero? ¿Es eso?

–¡Déjalo ya! –le gritó Mason.

–Hay que averiguar qué quiere y acabar con esto. Te extenderé un cheque aquí y ahora mismo.

Me levanté.

–¿Lo ves? Ahí es donde cometes un error descomunal. Lo último que quiero es dinero.

Antes de poder hacer una salida dramática de la habitación, la puerta se abrió. Me giré y vi a un hombre de cincuenta y tantos años. Era alto, canoso, con porte distinguido y expresión severa. Llevaba una *blazer* gris marengo y una camisa de vestir blanca.

–¿Qué pasa aquí? –preguntó con tono autoritario.

Tanto Nathaniel como Mason se levantaron.

–Tío –dijo Mason asintiendo.

–Hola, Braxton –dijo Nathaniel.

Braxton me miró. Sus ojos eran como los míos: oscuros como un café expreso.

–¿Quién es?

Capítulo Dos

La mirada penetrante de Braxton me recorrió. Estaba claro que esperaba una respuesta.

–Es Sophie Crush –dijo Nathaniel.

Se hizo el silencio en la habitación.

–¿Y? –añadió Braxton con brusquedad.

Pensé que debía dejar que Mason tomara el control, pero no lo hizo y el silencio se prolongó.

–Soy de Seattle –dije dando un paso al frente para estrecharle la mano–. Encanta de conocerle… ¿Braxton?

–Braxton Cambridge –dijo mientras nos dábamos la mano.

Tenía una mano grande y algo callosa. Me estrechó la mía conteniéndose, como si fuera consciente de su fuerza y no quisiera arriesgarse a hacerme daño.

–Sophie Crush.

–Ha venido a ver a Mason –señaló Nathaniel.

Braxton miró a los dos hombres.

–¿Hay algo que debería saber?

–No –se apresuró a decir Nathaniel.

Relajé la mano y Braxton me la soltó.

–Sí –respondió Mason.

Nathaniel lo miró.

–¿No podemos esperar…?

–Creo que ya hemos esperado demasiado –apuntó Mason.

–Me estoy hartando –dijo Braxton con tono severo.

–Braxton, deberías sentarte –le aconsejó Mason.

Braxton me miró de arriba abajo.

–¿Está embarazada?

–¿Por qué todo el mundo va por ahí? –pregunté.

Mason parecía confuso.

–Nathaniel se ha creído que yo era un lío de una noche.

Nathaniel frunció el ceño.

–Yo en ningún momento he dicho…

–Lo has sugerido descaradamente –le recordé y cerró la boca.

–¿Negocios? –preguntó Braxton aún con tono brusco.

–No –respondió Mason.

–Depende de cómo definas «negocios» –murmuró Nathaniel.

–Ya he dicho que no es una cuestión de dinero –solté al perder la paciencia. Me calmé y le dije a Braxton–: Esto puede terminar en cuestión de dos minutos, cuando salga por la puerta y no vuelva nunca.

–Esto no va a terminar así –dijo Mason.

–Ha hecho una oferta razonable –señaló Nathaniel.

–¡Que alguien empiece a hablar! –gritó Braxton.

Otro silencio llenó la habitación hasta que Mason dijo:

–Siéntate, tío.

Resoplando de impaciencia, Braxton se sentó. Los demás hicimos lo mismo.

–Sophie es mi prima –dijo Mason.

–O eso dice ella –terminó Nathaniel.

–Según la prueba de ADN –añadí.

Braxton miró a Mason y a Nathaniel y finalmente me miró a mí. Tardó un momento en hablar.

–¿Quién eres?

–Sophie Crush, de Seattle. Mi madre era Jessica

Crush. Ese era también su nombre de soltera. Nunca se casó. Era enfermera del ejército.

Braxton miró a Mason.

–¿Qué es esto? ¿Lo sabe Xavier?

–Acabamos de enterarnos –respondió Mason.

–Sophie se ha presentado aquí hace media hora como salida de la nada –dijo Nathaniel.

–De Seattle –por la razón que fuera, me sentí obligada a repetir ese dato.

–Mi padre no lo sabe, o eso creo –dijo Mason.

–Esto no tiene sentido. ¿Quién…? –Braxton se quedó pensativo un momento y después enfureció. Su tono fue casi un rugido–. ¡Está mintiendo!

Me levanté y me colgué el bolso del hombro.

–Ha sido… –estuve a punto de decir «un placer»– interesante conocerte –le dije a Mason–. No soy una mentirosa –me dirigí a Braxton, que ahora estaba muy colorado–, pero ya veo que para usted es mejor que lo sea. Así que, adiós a todos.

Fui hacia la puerta.

–¡Espera! –gritó Mason al levantarse–. Esto es ridículo. Que se vaya no cambiará nada. Si es mi prima, quiero saberlo.

–No es tu prima –dijo Braxton.

–¿Estás seguro? –le preguntó Mason.

Me detuve con la mano en el pomo de la puerta. No necesité girarme para saber que Braxton se había puesto de pie. Lo oí en su voz.

–Yo nunca he sido infiel. Jamás.

–¿Entonces cómo explicas lo de Sophie? –preguntó Mason con prudencia.

–Está claro que miente –dijo Nathaniel.

–Stone, no lo sabes con seguridad –contestó Mason.

–Bueno, pues tú deberías saberlo con seguridad, sobrino –espetó Braxton.

–Hay un modo de comprobarlo –dijo Mason.

Me giré.

–Sin problema, os daré una copia de la prueba de ADN, pero me marcho de todos modos. No he venido aquí para meterme en medio de una disputa familiar.

–Tú has provocado la disputa familiar –soltó Nathaniel.

–Cierra la boca, Stone –dijo Mason.

–No voy a fiarme de su prueba de ADN.

–Seguro que es falsa –añadió Braxton.

–Pues que se haga otra –propuso Mason–. Si estás dispuesta –me dijo, y dirigiéndose a Braxton añadió–: Elige un médico y una clínica.

Braxton pareció pensarlo un segundo y después me lanzó una sonrisa astuta.

–Claro –se detuvo como si estuviera esperando que yo me echara atrás.

–De acuerdo –respondí, sobre todo porque le estaba tomando cariño a Mason.

–Dejadme hablar a solas con Sophie. Fuera –les dijo a Mason y a Nathaniel.

Al instante los dos hombres salieron.

–¿Siempre les está dando órdenes? –pregunté.

–¿A qué estás jugando?

–A nada. Solo quería conocer a mi primo. Lo único que tenía es el porcentaje de coincidencia de ADN. Es todo lo que me dieron. No contraté el paquete *deluxe*. A lo mejor debería haberlo hecho. A lo mejor nos habría ayudado a todos a entender…

–¿Qué quieres? ¿Qué esperabas ganar con todo esto?

–Nada.

–No te molestes en hacerte la recatada. Estamos solos.

No me estaba haciendo la recatada en absoluto.

–Solo quería saber.

–¿Saber… si te extendería un cheque sin hacer preguntas? –preguntó con tono cantarín.

Estaba tan equivocado que resultaba ridículo.

–No –respondí con el mismo tono–. Quería saber si tenía o no un primo. Es gracioso. Antes de venir aquí, me pregunté si Mason si podría necesitar dinero. Sé que ahora parece una estupidez, pero pensé que podría tener hijos que necesitaran dinero para los estudios y que yo podría pagárselos o algo.

–Eres buena. Eres muy buena. Y aquí estás, tan tranquila como si nada. Vamos a hacer esa prueba de ADN.

–¿Está seguro?

En la actitud de ese hombre no había nada que indicara que estaba preparado para descubrir que era mi padre. Mi padre. Lo miré mientras intentaba asimilar la idea. Era muy probable que Braxton Cambridge fuera mi padre biológico.

Nathaniel se había erigido en coordinador de pruebas de ADN y había recurrido al médico de Braxton, en quien claramente confiaba.

Ahora estábamos en el gran salón esperando a decidir el siguiente paso. Nathaniel estaba en una esquina hablando con la consulta del médico. Braxton estaba de pie, aún con el ceño fruncido y dando un sorbo a un whisky en un vaso de cristal tallado. Había rechazado su invitación de acompañarlo porque no me había parecido muy sincera. Y Mason parecía estar escribiendo a alguien.

Miré a mi alrededor y me fijé en la casa, o tal vez debería decir «mansión», era magnífica y mucho más grande que cualquiera de las que había visto en Seattle.

Me acerqué a las ventanas del fondo y vi que los animales marrones que había visto a lo lejos eran caballos. Eran más de veinte y no todos eran marrones; también había blancos, negros y castaños, todos ellos preciosos.

–Puede atendernos mañana por la mañana –dijo Nathaniel guardándose el teléfono en el bolsillo–, pero para los resultados habrá que esperar un par de días.

–Dime la hora y la dirección, y allí estaré –dije.

–Nueve y media. Laurel Street con East Tudor, en la Clínica Burge.

–Genial. ¿Me puedes dar también la dirección del hotel Tidal? –estaba aliviada de poder dar por terminado ese primer encuentro.

No había salido como me había esperado y estaba cansada y hambrienta, además de agotada emocionalmente. Solo quería descalzarme, tumbarme en la cama blandita de un hotel y pedir una hamburguesa grande con patatas al servicio de habitaciones. Me lo había ganado.

Mason levantó la mirada del mensaje que estaba escribiendo.

–¿Qué? ¿El Tidal?

–Me lo ha recomendado Nathaniel.

–Stone, ¿qué haces recomendándole un hotel?

–No había reservado nada –respondió Stone.

–No va a ir a un hotel.

–Mason –dijo Braxton con tono de advertencia.

–Se queda aquí –contestó Mason con rotundidad.

–Mala idea –señaló Stone.

Yo estaba de acuerdo con él. No me gustaban nada

las situaciones incómodas y esta cumplía todos los criterios para serlo.

—Me voy a un hotel.

—Dice que se va a un hotel —repitió Braxton.

—No —contestó Mason—. Es de la familia.

Stone farfulló algo ininteligible.

—Pues resulta que yo sé que no lo es —dijo Braxton.

—Pues resulta que yo creo que sí lo es —contestó Mason mirando fijamente a su tío.

—Pues resulta que yo tengo dos pies que funcionan bien, un SUV en el aparcamiento, una tarjeta de crédito y voluntad propia —dije—. Me voy a un hotel.

Braxton contuvo una sonrisa de satisfacción.

—¿En serio no crees que sea de la familia? —le preguntó Mason a Braxton enarcando una ceja.

—Sé lo que he hecho y lo que no he hecho.

Mason me alcanzó cuando llegué a la puerta.

—Tenemos habitaciones de invitados libres. Son cómodas e independientes. Apenas tendrás que ver a esos dos —añadió, señalando con el pulgar por encima del hombro.

—Es una oferta muy amable.

—No. Es egoísta. Quiero pasar un tiempo contigo. Tengo curiosidad.

—No es tu prima —dijo Braxton.

—Es una extraña y, probablemente, una estafadora —añadió Stone.

—No soy una estafadora —contesté agarrando el pomo de la puerta.

—Entonces sabes que eres mi prima —dijo Mason con un discreto tono triunfante—. ¿Es que no quieres conocer mejor a tu primo? —me preguntó con tono suave.

Vacilé.

–Genial –dijo–. Te acompaño arriba.

–Pero… –aún no había tomado una decisión.

–Stone, ve a por su maleta –Mason me ofreció el brazo muy galantemente. No se lo agarré.

–¿Siempre eres tan mandón?

–Es algo genético. ¿Tú no eres mandona también?

–Esto es inaceptable –dijo Braxton.

–No voy a traer su maleta –protestó Stone.

–¿Preferirías acompañarla arriba? –le preguntó Mason.

No pude evitar sonreír ante las gracias de Mason. Aun así, sacudí la cabeza.

–Es mejor para todos que me vaya a un hotel.

Mason se me acercó.

–Solo es mejor para ellos. Para mí es mejor que te quedes. Y para ti es mejor que te quedes. Soy un tipo divertido e interesante. Deberías conocerme mejor.

Lo creí y me despertó curiosidad.

–Stone –dijo Mason interpretando mi silencio como un «sí».

–Vale –refunfuñó él–, pero que quede claro que me opongo a esto.

–Anotado –dijo Mason.

Braxton soltó el vaso y salió de la habitación.

–Aún no lo conoces –dijo Mason al ver a su tío marcharse–, pero eso ha sido un «sí».

Stone resopló.

–A mí no me lo ha parecido –le dije a Mason.

–No ha sido un «no», así que es un «sí».

–No me quiere aquí.

–Lo que no quiere es que sea verdad.

–Lamento que lo sea.

No tenía ninguna intención de poner patas arriba

la vida de Braxton. Me planteé volver al aeropuerto y desaparecer.

—Pues yo no lo lamento en absoluto —me respondió Mason.

—No es verdad —dijo Stone.

—¿Por qué iba a acceder a una nueva prueba de ADN si supiera que iba a salir negativa? —le pregunté furiosa.

—Intento averiguarlo.

—¿No es obvia la respuesta?

—Para mí sí —dijo Mason.

Yo seguía mirando a Stone. Me preguntaba si sería la clase de persona que se disculpaba cuando veía que se había equivocado. No lo parecía. Parecía orgulloso, resuelto y leal a Braxton. Estaba claro que también le había alterado la vida a él, aunque no sabía por qué.

—¿Estás emparentado?—le pregunté.

—¿Con quién?

—¿Con Braxton, con Mason, conmigo?

—No. Ningún parentesco.

—¿Pero vives aquí?

Stone apretó la mandíbula. Parecía ofendido.

—Está muy unido a la familia —dijo Mason— y es vicepresidente de Kodiak Communications. Además, la casa es grande. Tenemos que llenarla con alguien.

Decir que era una casa grande era quedarse corta y llamar «habitación» al lugar donde me encontraba ahora mismo tampoco era muy apropiado. Era una *suite* espléndida con techos altos de vigas e hileras de ventanas en dos paredes. Tenía una cama enorme con dosel y un colchón grueso al que tendría que subirme dando un salto. En una esquina había un sofá, dos sillones de color crema y un par de mesitas de cristal. Una chimenea de mármol ocupaba gran parte de una pared y la zona del vestidor conducía a un baño impresionante con una bañera enorme, ducha y lavabo doble. Alguien llamó a la puerta.

—Adelante —grité imaginando que sería Mason.

La idea de acomodarnos en la zona de los sillones y conocerlo un poco mejor me resultó atrayente. Tenía preguntas sobre su padre, su familia, Alaska… y tal vez también sobre Stone, porque parecía dispuesto a hacer que mi estancia allí fuera lo más incómoda posible.

La puerta se abrió. No era Mason, sino Stone con mi maleta. Por la razón que fuera, había olvidado cuánto me había impactado su físico y de nuevo me dejó impresionada.

—¿Aquí? —preguntó acercándose a un pequeño banco a los pies de la cama.

Esa sola palabra hizo que me ardiera el pecho. Su presencia allí no solo cambió la temperatura de la habitación, sino que cambió la atmósfera, electrificándola.

Di un paso atrás para dejarle paso y tardé un segundo en lograr decir:

—Sí. Gracias.

Puso la maleta boca arriba y clavó en mí sus ojos azules.

—Eres lista —dijo con tono sarcástico—. Sabrás que solo tienes un par de días para conseguir lo que sea que intentas conseguir.

—¿Porque la prueba de ADN saldrá negativa?

—Conozco a Braxton desde hace casi veinte años. Jamás lo he visto mentir.

—Entonces ¿soy yo la que miente?

—Sí.

29

—A lo mejor mintió en eso y es muy bueno mintiendo.

—¿Tienes la desfachatez de venir a esta casa e insultarlo? —me dijo con tono amenazador.

Me sacudí el pelo con gesto desafiante.

—Sé lo que sé. Nada más. Y no tiene sentido seguir discutiendo.

Se me acercó.

—Dime qué quieres y te ayudaré. Yo soy con quien tienes que hablar para solucionar esto.

—No busco dinero.

—Es lo único que tiene sentido.

—Es lo único que no tiene sentido —quería acabar con esa idea de una vez por todas.

Me giré y abrí la maleta. Saqué el portátil de debajo de unos vaqueros.

—No va a servir de nada que me enseñes tus pruebas de ADN falsas.

—No te voy a enseñar las pruebas.

Sosteniendo el portátil en un brazo, lo encendí y entré en la web de East Sun Tech.

Se acercó para asomarse a mirar por encima de mi hombro. Me temblaban los dedos sobre el panel táctil. Notaba su calor y olía su aroma a bosque. Su cercanía hizo que un cosquilleo que no había sentido nunca me recorriera la piel.

—Mira —dije cuando apareció la imagen.

—¿Qué es esto? —me rozó el brazo con el suyo y el cosquilleo se multiplicó por mil.

Me costó disimular que estaba sin aliento.

—Es lo que vendemos a East Sun Tech. Mis amigos y yo.

Me quitó el portátil para verlo mejor.

–No lo entiendo.

–Yo antes trabajaba en un restaurante –me giré para mirarlo.

Parecía perplejo.

–Ahora East Sun Tech vende nuestro invento a través de proveedores y distribuidores de todo el mundo y nosotros nos llevamos los *royalties* –veía que seguía sin entenderlo–. Dinero, Stone. Mucho dinero. Lo mandan todos los meses y no sé qué hacer con todo.

Añadí eso último porque era cierto. Era lo que me había llevado hasta allí, así que era ridículo que Stone me ofreciera un chantaje para que me fuera.

–¿Eres rica?

Agarré el portátil y lo dejé en el banco.

–Soy… –estuve a punto de usar algún eufemismo, pero finalmente lo admití–: Sí, soy rica.

–¿Entonces a qué viene todo esto?

Nos miramos. Sus ojos pasaron de un tono zafiro a uno cobalto y le tembló la voz. Seguía perplejo.

–¿Qué buscas entonces?

–La verdad.

–Vaya, qué noble por tu parte –respondió y a cada palabra fue acercándose un poco más, como retándome.

Perdí el hilo de mi respuesta. Se acercó un poco más y centré mi atención en sus labios. Eran unos labios sexis. Unos labios sexis y un hombre sexi en una habitación sexi.

Después fui yo la que se acercó más, alzando la barbilla y ladeando la cabeza. No lo estaba haciendo a propósito. Lo hice sin más. La habitación estaba en completo silencio. Stone me rozó la mejilla con el pulgar. Cerré los ojos y dejé que la sensación me recorriera el cuello y los pechos hasta llegarme al estómago.

¡Vaya! ¿Todo eso solo con una caricia? Tomé aire y sus labios, húmedos y ardientes con intensos toques de whisky añejo, rozaron los míos antes de cerrarse sobre ellos. Le devolví el beso; separé los labios, me puse de puntillas y le rodeé por el cuello mientras él me rodeaba por la cintura. Fue un beso sexi, fue un beso fantástico. Su boca era tierna y habilidosa. Cuando su lengua tocó la mía, gemí. El deseo floreció en mi interior y se extendió hasta mis miembros.

Stone se detuvo un instante y después continuó, intensificando el beso y acercando nuestros cuerpos, su torso firme contra mis pechos, sus muslos entremezclados con los míos.

Quería arrancarnos la ropa y que nos echáramos en la cama. Me lo estaba planteando seriamente cuando se oyó un golpe en el pasillo. Me quedé paralizada y nos miramos asombrados.

–Eh… –empecé a decir intentando recuperar el aliento.

–No pretendía… –parecía tan desconcertado como me sentía yo.

–Puede que haya sido una mala idea –di un paso atrás y separé así nuestros cuerpos, que estaban enredados de un modo muy erótico a pesar de estar completamente vestidos.

–¿Puede? –preguntó él asombrado. Y entonces, como si acabara de recordar que estaba ahí, apartó la mano de mi cintura y rompió el contacto del todo–. No pretendía hacerlo.

–¿Me has besado accidentalmente?

–Lo que pretendía era apelar a tu sentido del honor y de la integridad.

–¿Chantajeándome?

–No. El chantaje era el plan A. Lo de apelar a tu sentido del honor es el plan B.

–Ah, vale. Pues venga, hazlo.

–Braxton es más frágil de lo que parece.

–¿Ese es tu argumento?

–Ha sufrido mucho.

No me lo tragaba.

–¿Otros hijos secretos han venido buscándolo?

–No. Perdió a una hija de nueve años. Murió en un accidente de coche con su esposa. No tenía más hijos.

Era una historia desgarradora que me hizo cambiar mi opinión de Braxton al menos un poco.

–Lo siento.

–Imagino que entenderás que le haya afectado tanto que hayas venido aquí diciendo eso.

–Aquello tuvo que pasar hace años –era una tragedia, pero no cambiaba mi situación. No estaba diciendo nada falso para manipular a Braxton.

–Nunca se olvida a un hijo.

–¿Tienes hijos?

Que no llevara anillo de casado y me hubiera besado como si no hubiera un mañana no significaba nada.

–No –respondió sorprendido por la pregunta.

–Entonces no se puede decir que seas ningún experto –no era una insensible, pero tampoco quería marcharme de allí sin conocer la verdad, fuera cual fuera.

–No hace falta ser un experto para saber que la gente quiere a sus hijos.

–¿No crees que Braxton merece la verdad? ¿No crees que yo merezco la verdad?

–Creo que ya la sabes y creo que Braxton se merece que le dejes en paz. Si no voy a lograrlo con dinero, dime con qué.

–Con nada. Estoy aquí y me voy a hacer la prueba de ADN.

Stone se quedó mirándome como intentando averiguar mis motivaciones. Quise preguntarle qué vio, pero se dio la vuelta y se marchó.

Mejor así.

Me evitó durante los dos días siguientes y Braxton también. Mason, por su parte, fue un anfitrión amable, aunque estuvo mucho tiempo ocupado trabajando. Nuestras conversaciones fueron más breves de lo que me había esperado y no habían ido mucho más allá de las típicas charlas de cortesía. Me contó que había ido a la universidad en California y que su hermana, Adeline, seguía en Sacramento trabajando en un doctorado sobre desarrollo urbanístico. Su hermano pequeño, Kyle, vivía en Alaska, pero ahora estaba de viaje por su trabajo en Kodiak Communications. Así que tenía otros dos primos; bueno, eso contando con que las cosas salieran como esperaba.

Según pasaban las horas y los días, intenté olvidar el beso de Stone, aunque no tuve mucho éxito. Para distraerme, iba a ver a los caballos.

La tercera tarde por fin llegaron a la mansión los resultados de las pruebas y Braxton parecía seguir convencido de que le harían justicia. Me planteé que se hubiera tratado de un encuentro cargado de alcohol del que no tuviera ningún recuerdo de verdad, pero también me extrañó que mi madre se hubiera inventado esa historia tan elaborada sobre un soldado australiano casado. A lo mejor no había querido que buscara a mi padre y a lo mejor había una buena razón para ello.

Nos habíamos reunido en el estudio con la puerta cerrada y el minibar preparado.

Sorprendí a Stone mirándome y miré a otro lado, aunque no fui demasiado rápida y no pude evitar recordar ni nuestro beso ni la ráfaga de calor que me recorrió la piel.

Braxton me miraba fijamente mientras abría el sobre sellado.

—¿Quieres salir corriendo?

—No hace falta, estoy bien.

Si todo había sido una confusión y estaba equivocada, me disculparía, volvería a Seattle y recordaría aquello como una experiencia de vida de lo más extraña. Significaría que no tenía familia, al menos no que yo pudiera encontrar, pero lo superaría.

Braxton empezó a leer en voz alta.

—Los resultados de las pruebas de ADN… —se detuvo y le cambió la cara.

—¿Tío? —preguntó Mason.

—Es imposible —dijo Braxton mirándome.

Stone se levantó disparado y se colocó detrás de Braxton. Me miró.

—¿Cómo has…?

—¡Así que es verdad! —exclamó Mason encantado.

—¡Esto no puede estar bien! —bramó Braxton muy colorado—. Yo no engañé a Christine. Ni una sola vez. Jamás. Quería a mi esposa.

—Forma parte del pasado —dijo Mason.

—No forma parte del pasado —Braxton me miró con desconfianza.

Stone también me miró como si hubiera amañado los resultados. Para besar tan bien era un completo cretino.

–Ni siquiera sé a qué laboratorios los han enviado –dije respondiendo a la pregunta que Stone no había llegado a formular.

–No ha falseado el resultado –exclamó Mason.

–Tiene que haber una explicación –dijo Braxton.

–¿Una fiesta? –pregunté–. ¿Algo que no recuerdes?

–No te atrevas a sugerir que engañé a mi mujer en plena borrachera.

–No quería decir… –bueno, sí había querido decirlo, pero las explicaciones que tenía todo aquello eran muy limitadas.

–¿Alguna vez has estado en un hospital? ¿Estuviste en el ejército? Mi madre era enfermera.

–No he estado en el ejército y soy totalmente consciente de cada hora de mi vida. No engañé a mi mujer –se levantó de la silla y tiró los resultados sobre la mesa.

–¿Y podría ser algún pariente? –preguntó Stone–. ¿Un hermano secreto o hermanastro en algún sitio…?

–Esto dice que soy su padre biológico –dijo Braxton acercándose al minibar.

Si alguien me lo ofrecía, esta vez sí que bebería algo; vino, cerveza, *bourbon*… lo que fuera.

–¿Un gemelo? –preguntó Stone.

–¿Un gemelo secreto? –dijo Mason escéptico.

–Podría pasar –respondió Stone.

–A veces la respuesta correcta es la respuesta obvia –señaló Mason.

–¿Me estás llamando mentiroso?

–Solo digo que la evidencia científica dice que eres el padre de Sophie. Y Sophie es una joven maravillosa. Quiero que te pares a pensarlo un momento.

Braxton parecía confuso.

–Tío, tienes una hija.

Braxton me dirigió su mirada de espanto y Mason siguió hablando.

–Pasara como pasara y tenga la explicación que tenga, tienes una hija.

–Lo siento –le dije a Braxton. Y lo sentía de verdad. En ese momento deseé no haber ido nunca a Alaska. Me levanté.

–Me voy. Os dejo en paz.

–No, no –Mason se levantó y me agarró del brazo–. Yo también tengo algo que decir aquí.

–No pretendía que esto saliera así. No os preocupéis. No le voy a decir nada a nadie.

–Voy a aclarar todo esto –dijo Stone con determinación.

–Nunca he estado tan borracho –comentó Braxton antes de dar un trago. Ahora parecía más desconcertado que furioso.

–Kyle llegará a casa mañana –dijo Mason– y tenemos que llamar a Adeline.

–Eh, eh –exclamó Stone–. No saquemos las cosas de quicio.

–No sacamos nada quicio –respondió Mason señalando las pruebas–. Está confirmado.

–No tiene por qué salir de esta habitación –dije–. Puedo volver a Seattle y…

–¿No hemos hablado ya de esto? –me preguntó Mason–. Te quedas. No pienso renunciar a ti todavía. Olvídate de ellos. Eres mi prima. Esta familia no es tan grande como para poder permitirnos condenar al ostracismo a uno de sus miembros.

Sus palabras me conmovieron. Desde la muerte de mi madre no había tenido un solo familiar, pero ahora, pasara lo que pasara, sentía que siempre tendría a Mason.

—Gracias —respondí emocionada.

—Deberías quedarte —dijo Braxton.

Stone lo miró impactado.

—¿Qué? ¿Y qué vais a decirle a todo el mundo?

—No tenemos por qué decir nada —respondió Mason.

—¿Alguna vez has sido donante en un banco de esperma? —le preguntó Stone.

—¡No! —respondió Braxton con una mueca de disgusto.

—Solo quería considerar todas las posibilidades.

—Estos dos no te van a echar de Alaska —dijo Mason. Se detuvo y añadió—: Oye, ¿tienes trabajo?

Miré a Stone.

—No.

—Perfecto —respondió Mason—. Mañana conocerás a Kyle.

Capítulo Tres

Kyle resultó ser prácticamente un calco de Mason. Era un año más pequeño, un poco más alto y un poco menos refinado, pero tenía los mismos rasgos.

–¡Vaya! –exclamó riéndose y agarrándome de los hombros antes de abrazarme.

Su entusiasmo me dejó impactada y como pude le devolví un ligero abrazo.

–No me puedo creer que os hayáis molestado en hacer el test. Es igualita a Braxton.

–No es verdad –dijo Stone con el ceño fruncido y sentado en la isla central de la cocina.

Estábamos preparando el café de la mañana en una sofisticada máquina empotrada en la pared y en la encimera había una cesta de bollitos recién hechos.

–Eso es porque no has mirado bien –dijo Kyle–. Fíjate en esa boca preciosa.

Stone se puso más serio todavía.

–Braxton no tiene una boca preciosa –dijo Mason sentado también en la isla.

–Sophie tiene la versión preciosa de su boca –señaló Kyle.

Se acercó a la cafetera, donde ahora estaba Stone recogiendo su taza llena.

–Bueno, ¿le hemos ofrecido trabajo?

–No necesita trabajo –respondió Stone.

–No me voy a quedar tanto tiempo –le dije a Kyle.

–Eso aún lo estamos discutiendo –señaló Mason.

–Acabo de comprarme una casa nueva en Seattle –comenté mientras Kyle pulsaba los botones de la máquina de café.

Stone y Mason no sabían nada y me miraron sorprendidos.

–Está justo al lado del mar y estoy deseando mudarme allí –seguí hablando con Kyle, ignorando sus miradas; la de Mason era de curiosidad y la de Stone aún de desconfianza. –Además, voy a buscar un perrito.

–Pareces casi tan habladora como yo –dijo Kyle al levantar su taza humeante.

–Normalmente no lo soy.

–No lo he dicho a modo de crítica. Estaba pensando que debe de ser genético, primita.

Sonreí. No lo pude evitar. Era fácil tomarle cariño a Kyle.

–¿Por qué no me hablas de ti?

–Encantado. Hijo mediano, como ya sabrás, y trabajo para la empresa familiar dirigiendo operaciones. Stone se ocupa de la parte técnica y Mason trata con los clientes. Acabo de volver de las instalaciones de Kodiak Communications en Juneau. Por cierto, Stone, tienes que decirles que te enseñen la nueva infraestructura de seguridad. Es alucinante.

–La vi varias veces mientras estaba en construcción.

–Pues es digna de ver ahora que está operativa. Ve en el Cessna. Estarás de vuelta para la cena.

–Le dije a Kirby que le echaría una mano trasladando a los caballos.

–¿Para Excursiones Radcliff? –preguntó Mason.

Stone asintió.

–Todos reservados.

–Voy a bajar a Seattle para una feria de empleo –Kyle me miró–. ¿Quieres venir?

–¿Que si quiero ir? –pregunté confusa.

–El King Air no es tan rápido como un avión comercial, pero es mejor volar en privado. Te lo digo por si tienes que hacer algo allí o recoger algunas de tus cosas.

Kyle me estaba ofreciendo volar a Seattle en un avión privado y no pude evitar pensar que Tasha estaría orgullosa.

–Aquí puede comprar lo que necesite –dijo Mason.

–No necesito nada.

–Necesitarás un copiloto –le dijo Stone a Kyle.

–Puedo pilotar solo –respondió Kyle sorprendido.

–Es mejor que en la tripulación haya dos.

–¿Quieres abandonarme allí? –le pregunté a Stone.

Kyle nos miró a los dos.

–¿Qué me he perdido?

–Stone está preocupado por Braxton –dijo Mason.

–¿Por qué?

–¿No has hecho las cuentas? –le preguntó Mason a su hermano.

Kyle me miró.

–¿Quieres decir…?

–Tengo veintisiete años –dije.

Kyle abrió los ojos de par en par.

–Oooh…

–Eso es –dijo Stone–. Oooh…

–Vaya sorpresa.

En realidad, Kyle parecía mucho más que sorprendido. Parecía perplejo. Su expresión me dijo que no creía que Braxton hubiera sido infiel a su esposa.

–Voy a aclarar todo esto –dijo Stone cruzándose de brazos.

—No es responsabilidad tuya –señaló Kyle.

—Alguien tiene que hacer algo –murmuró Stone.

Cuando acabó la charla del café, vagué por la enorme casa sopesando la oferta de Kyle y valorando si debía aceptarla y decirle adiós a Mason. Había encontrado lo que había ido a buscar y no había muchas razones para prolongar mi estancia allí.

Terminé en una pequeña biblioteca junto al vestíbulo principal delante de un montón de fotos de familia que colgaban en la pared detrás de un escritorio. Reconocí a Mason y a Kyle de adolescentes. Iban montados a caballo. Supuse que el hombre que había entre los dos era su padre, Xavier, el hermano pequeño de Braxton y a quien aún no había conocido. En otra foto durante un pícnic estaban los chicos pero más pequeños y acompañados de una niña que debía de ser su hermana Adeline. Me acerqué a otra imagen de una mujer y una niña. Estaban agachadas en un campo de flores y las dos sonreían a la cámara. Debían de ser la esposa difunta de Braxton, Christine, y su hija Emily.

Me quedé sin respiración por un instante.

Christine era preciosa y Emily adorable. Me fijé en sus ojos, su nariz y su barbilla, y tuve claro que vi algo familiar en ella. Me impactó. Era mi hermanastra. Se me encogió el pecho y se me hizo un nudo en la garganta de la emoción. Si hubiera vivido, habría tenido una hermanastra. Habría sido maravilloso.

—Hay álbumes de fotos por todas partes –dijo Stone detrás de mí.

Me tragué la emoción, aún me costaba hablar. Stone se situó a mi lado y miró las fotografías.

42

–Aún no me puedo creer que esté mintiendo.

–Entonces soy yo la que está mintiendo.

Él se encogió de hombros.

–No sé en qué podrías estar mintiendo.

Creo que eso fue lo más cerca que había estado nunca de admitir que se había equivocado. Decidí que no tenía sentido insistir en el asunto, así que me giré y volví a mirar la foto.

–Emily parece muy feliz aquí.

–Era una niña feliz. Unos meses después de que se sacara esta foto…

–¿Fue cuando murió?

–Este día era su cumpleaños. El quince de agosto.

Una sensación de lo más extraña me invadió, como si una brisa hubiera atravesado la habitación y se me hubiera metido directamente en los huesos.

–Es… –no pude terminar.

–¿Qué?

–Mi cumpleaños es el quince de agosto.

Nos quedamos mirándonos en silencio.

–Tienes veintisiete años.

Asentí.

–Emily tendría veintisiete años.

Me costó procesar la información. Significaba algo, algo inmenso e incomprensible. Me fijé aún más en la foto. Me seguía resultando familiar.

–¿Dónde naciste? –me preguntó Stone susurrando.

Entonces caí. Emily tenía los ojos de mi madre. Tenía la sonrisa de mi madre.

–Aquí no –sacudí la cabeza enérgicamente. No podía aceptar lo que los dos estábamos pensando–. Mi madre trabajaba en una base militar en California, al norte de San Francisco.

Al instante Stone añadió:

–Emily nació en California.

–No –di un paso atrás alejándome de la foto.

–Eres Emily –dijo Stone con tono de asombro.

–No. No puede ser. Eso no pudo pasar. No pasó.

–Sophie.

–¡No! Mi madre era mi madre. Yo era su hija –me empezaron a temblar las manos y las rodillas.

–¿Estás…?

Cerré los ojos y me tambaleé.

Me rodeó los hombros con su fuerte brazo y unos segundos después estaba envolviéndome en un abrazo firme, como si pensara que me iba a derrumbar o a salir corriendo. No me resistí. Cerré los ojos y hundí la cara en el hueco su hombro; quería huir del mundo y ocultarme en la oscuridad todo lo que pudiera.

–Esto no puede estar pasando –susurré con un nudo en la garganta–. No puede ser –por lo que sabía de los hospitales, era prácticamente imposible confundir a dos bebés.

–Eso explica la paternidad de Braxton.

–Eso borra mi vida.

–No, no, no. Sigues siendo tú. Siempre serás tú.

No me sentía yo. De pronto sentía que no era nadie.

–No sabes nada de mí –respondí furiosa.

–Tienes razón –dijo, pero siguió abrazándome.

Me apoyé en él como si fuera un ancla.

–Oye, Sophie, quería… –Mason se calló de pronto.

Abrí los ojos y miré hacia la puerta. Stone también giró la cabeza.

–¿Qué pasa…? –preguntó desconcertado al vernos.

Stone me miró y yo asentí. No era algo que pudiera mantener en secreto.

–Tenemos que hablar contigo –le dijo a Mason.

–¿Qué puñetas está pasando? Stone, si le has hecho algo…

–No he hecho nada. ¿Puedes cerrar la puerta?

Mason cerró las puertas dobles sin dejar de mirar con recelo a Stone, que rodeándome por la cintura me llevó hasta una silla.

–Habla –le dijo Mason con dureza en la voz.

–Acabamos de descubrir algo –respondió Stone sentándose también–. Deberías sentarte.

–Suéltalo.

–Se trata de Emily y de Sophie.

El corazón me palpitaba con fuerza. Cuanto más hablaba Stone, más real resultaba todo.

–Nacieron el mismo día. Las dos en California.

Mason no reaccionaba. Stone esperó un instante y entonces Mason abrió los ojos de par en par.

–Las intercambiaron al nacer –añadió.

–No lo sabemos –solté.

–Lo sabemos –dijo Stone con seguridad–. Es la única explicación que tiene sentido.

–¿Eres Emily? –me preguntó Mason.

–¡No! –respondí con más brusquedad de la que había pretendido.

–Es Sophie, pero con una genética que no es la que creíamos.

Mason se dejó caer en la silla.

–Vaya.

Empecé a pensar en las implicaciones de todo aquello. Quería hablar con mi madre, quería abrazarla y quería decirle cuánto la quería y que no me importaba lo que dijera una tontería de prueba de ADN. Después quería llamar al hospital y reclamar sus archivos para averiguar quién había cometido un fallo tan descomunal. Debían responder por lo que habían hecho.

Y entonces la terrible verdad me sacudió.

Debería haber sido yo la que iba en el coche con Christine años atrás.

—Emily debería estar aquí —dije sobrepasada por la culpa—. Yo debería estar muerta.

—No, Sophie —dijo Stone alargando la mano. Resistí las ganas de agarrarla.

—No puedes pensar así —dijo Mason—. Fue un error terrible. Terrible.

Me levanté y volví a acercarme a la foto de la pared. Miré los ojos de Emily, su sonrisa y el pequeño remolino que tenía en el pelo. Mi madre, mi maravillosa, divertida, compasiva e inteligente madre, nunca llegó a conocer a su hija.

Sentí las manos fuertes de Stone rodeándome los hombros.

—Todo saldrá bien —dijo en voz baja.

A mí no me lo parecía.

—Tenemos que decírselo a mi tío —dijo Mason aún sentado.

—¿Decirme qué? —preguntó Braxton de pronto.

Me giré y vi su imponente figura llenando la puerta. Mason se levantó.

—Creemos que ha habido una confusión —le dijo a su tío.

—Ha confesado, ¿verdad?

—No —dijo Stone.

Braxton se me acercaba.

—¿Qué has hecho?

—Tío —dijo Mason con tono suplicante.

—Ni tío ni nada. Me merezco una explicación.

Sabía que debía decir algo, pero me dolía la garganta y no sabía ni cómo empezar.

–¿Bueno, qué? –dijo al detenerse frente a mí y mirarme de arriba abajo.

–Sophie es Emily –soltó Mason.

Deseé que dejaran de decir eso. Me dolía físicamente oír esas palabras.

–Las cambiaron al nacer –añadió Stone.

–¡No! –dijo Braxton negando con la cabeza enérgicamente–. ¡No!

Me sentí identificada con él. Estaba claro que su preciosa Emily era tan importante para él como mi madre para mí, y que de pronto te arrancaran eso de tu vida era horrible.

–¡No es Emily! –gritó lanzándome una fría mirada acusatoria.

Fue como si pensara que yo tenía la culpa… y a lo mejor la tenía. Quiero decir, no podía haber evitado que nos cambiaran en el hospital, pero sí podía haberme mantenido alejada de la familia.

–Nacieron el mismo día –dijo Mason–. Las dos nacieron en California y has dejado bien claro que no engañaste a la tía Christine.

–No –repitió Braxton, aunque ahora con menor intensidad.

–Lo siento –dije como pude.

–No digas eso –me dijo Stone–. Toda esta confusión no tiene nada que ver contigo.

–Claro que sí. ¿Por qué no me quedé en Seattle calladita?

–Eso no habría cambiado nada –dijo Mason–. Además, eres de nuestra familia. No hay duda de que tu sitio está aquí.

Mi sitio no estaba en Alaska.

Sentí un deseo apremiante de irme a casa, pero ya había cancelado el contrato de arrendamiento del apartamento. Los encargados de la mudanza habían empezado a embalar y descargarían las cajas en mi casa nueva en unos días. No podía volver todavía.

Al menos en mi casa nueva tendría mis cosas y mis recuerdos. Cuando llegara, sacaría todas mis fotos de niña y las miraría durante horas para recordar a mi madre y mi vida.

Estaba sola en el patio trasero mirando los caballos y la naturaleza que me rodeaba. La brisa era fresca. Era media tarde, estábamos en pleno verano y el sol trazaba un lento círculo en el cielo. El norte era como un mundo extraño. Me resultaba imposible pensar que podría haber crecido allí en lugar de en Seattle.

Me planteé ir a visitar a mis amigas para sentirme normal. O mejor aún, podía pedirles que nos reuniéramos en alguna parte. Estaría bien ir a un *spa* y pasar un fin de semana de chicas como hacíamos antes; un fin de semana de baños termales, masajes, pedicuras y vino, mucho vino.

Oí las puertas dobles abrirse detrás de mí. No me giré. No me importaba quién fuera. Ahora mismo no quería ver a nadie.

–¿Sophie?

Era la voz de Braxton.

–¿Estás bien? –preguntó con brusquedad.

–No tienes por qué hacerlo –dije al girarme.

–¿Hacer qué?

–Fingir que te importa.

Él se acercó un poco más.

–¿Crees que no me importa?

–¿Por qué iba a importarte? Soy una extraña. Somos extraños.

–Eres mi hija.

–No lo soy –solté una carcajada entrecortada–. Quiero decir, lo soy pero no.

Él respiró hondo. Era un hombre robusto y alto. Su imponente presencia me hizo pensar en la genética. Yo era delgada pero era ancha de huesos y siempre había sido más atlética que mi madre. Había dado por hecho que lo había heredado de mi padre… y ahora lo sabía.

–¿Te han obligado Mason y Stone a hacer esto?

–¿Hacer qué?

–Salir aquí, hablar conmigo…

–No –respondió con un amago de sonrisa–. Lo creas o no, quería ver si estás bien. Pensé que estarías disgustada. O enfadada. O confundida.

–Confundida. Sin duda.

Asintió y bajó la voz.

–Yo también.

Nos quedamos mirándonos y entonces Braxton rompió el silencio.

–Puedo ver a Christine en ti.

¿Hacía solo unas horas me había repudiado y ahora veía el parecido familiar?

–Antes no me había parado a buscarlo –dijo como si me hubiera leído el pensamiento– y espero que entiendas por qué no lo he hecho. Estaba absolutamente seguro de que no era tu padre.

En realidad ahora entendía su punto de vista. En todo momento había estado seguro de que no había pasado una noche con una guapa enfermera, pero yo había insistido e insistido. Supongo que ahora me tenía merecido lo que había encontrado.

–Tengo que irme a casa –dije con sinceridad.

–Si es lo que quieres.

–Tengo una vida allí.

–Podrías quedarte un poco más –dijo casi esperanzado.

–Necesito centrarme y pensar en lo que supone todo esto.

–Podrías hacerlo desde aquí.

Necesitaba aferrarme a algo de mi pasado mientras me replanteaba mi mundo. Había ido a Alaska esperando encontrar un primo y en lugar de eso había perdido a mi madre.

–Esperabas encontrar a tu familia aquí.

–Pero no así –respiré hondo, temblorosa, intentando controlar mis emociones–. Era mi madre.

Los sonidos de la naturaleza resonaban a nuestro alrededor bajo el impresionante cielo.

–Tenía una hija –dijo él mirando al horizonte. Su voz sonó muy lejana y despertó mi compasión–. Y a mi mujer, Christine. Tu madre.

Algo se retorció dentro de mí y quiso brotar a modo de protesta. Christine no podía usurpar el puesto de mi madre. No así.

–Estuvo a punto de morir al dar a luz a Emily. A ti, quiero decir. Se le disparó la tensión y estuvo al borde de un fallo renal. Después de aquello no nos atrevimos a tener más hijos. Y entonces las perdí a las dos. Fue todo tan repentino y eran tan jóvenes –se giró y me miró a los ojos–. Pero aquí estás. Aquí… estás.

–No soy ella.

–Pero eres tú, y eso es algo. Es una especie de milagro.

No quería ser un milagro. Solo quería recuperar mi vida, la vida que reconocía.

Estaba haciendo el equipaje. Había aceptado la oferta de Kyle de llevarme a Seattle y no sabía cuándo volvería.

En cuanto llegara a casa, llamaría a Tasha porque cada vez me gustaba más la idea del *spa*. Quería desconectar de la realidad en un lugar acogedor y cálido con mis queridas amigas, unos masajistas habilidosos y una bodega bien surtida.

Alguien llamó a la puerta y supuse que sería Mason para intentar convencerme de que me quedara. No quería herir sus sentimientos, pero no me haría cambiar de opinión.

–Estás haciendo el equipaje –fue Stone quien entró.

–Estoy haciendo el equipaje –dije confirmando lo obvio mientras guardaba unos vaqueros.

Esperaba que Stone no siguiera pensando en hacer de copiloto. Sería mejor alejarme de él ahí que volar juntos varias horas y después tener una incómoda despedida en Seattle. Por mucho que hacíamos lo posible por ignorarlo, nuestro beso seguía ahí, pendiendo entre los dos. Lo sabía por cómo me miraba, como si estuviera buscando una respuesta a una pregunta.

Tampoco podía olvidar sus brazos rodeándome en los minutos que siguieron al descubrimiento del intercambio de bebés. ¡Había sido tan compasivo y me había reconfortado tanto! Jamás habría imaginado que pudiera ser así.

—Te marchas —dijo con tono acusatorio.

—Por eso estoy haciendo el equipaje.

—Braxton me ha dicho que te ha pedido que te quedes.

Se adentró más en la habitación y me giré para mirarlo.

—Prefiero marcharme.

—¿Estás segura de que es lo mejor?

—Venga, Stone. Llevas desesperado por librarte de mí desde que aparecí.

—Quiere que te quedes.

—Lo sé.

—No pide mucho.

—¿En serio? Pues tiene pinta de ser un tipo que pide y consigue todo lo que quiere, siempre.

—Es solo una fachada.

—No lo creo —me giré y seguí con lo que estaba haciendo.

—Sophie —dijo tocándome el hombro.

Me quedé paralizada. La delicada presión hizo que unas ondas magnéticas me recorrieran el brazo y me llegaran al pecho.

—Es mi decisión —respondí como pude.

—¿Te marchas por mí?

Me giré y bajó la mano. La eché de menos.

—Me marcho por mí.

—Sé que no te he recibido como debería, creía que eras una timadora.

—Pues no lo soy. Podrías haberme concedido el beneficio de la duda.

—Así es como la gente acaba siendo estafada.

—¿Qué te ha pasado para ser tan desconfiado?

—Estuve en hogares de acogida y uno aprende a desconfiar.

–No… tenía ni idea.

–¿Cómo ibas a saberlo?

–Lo siento.

–Cinco casas de acogida en diez años. No lo digo para darte pena, aunque si sirve para que te quedes, aceptaré tu compasión.

Su sonrisa me resultó encantadora.

–No intentes encandilarme.

–¿Está funcionando?

–No –no permitiría que funcionara.

–Conocí a Braxton cuando tenía quince años. Por aquel entonces mis amigos y yo buscábamos diversión y para nosotros eso significaba meternos en líos, así que nos colamos en un recinto de Kodiak Communications.

–Y os pillaron.

–Mientras estuvimos dentro no, pero no nos dimos cuenta de que había cámaras de seguridad.

–¡Ups!

–Éramos jóvenes y no se nos daba especialmente bien el mundo de la delincuencia. Usamos la antena de telecomunicaciones para hacer prácticas de tiro.

–¿Quién llevaba pistola? –pregunté impactada.

–Tirachinas. Yo era el que tenía mejor puntería. Nos cargamos a unos mil clientes.

–¿Qué hizo Braxton?

–Esa es la cuestión. Podría haberme caído una buena, podría haber acabado en el reformatorio.

–¿Y no hizo nada? –me sorprendió. Por lo que creía, Braxton no tenía compasión y no daba segundas oportunidades.

–Al enterarse de lo de las casas de acogida, me hizo un trato. Podía vivir con él bajo arresto domiciliario y trabajar para pagar el coste de la reparación tendiendo cables y recogiendo abono de caballo. Me dijo que si me comportaba y sacaba buenas notas, retiraría los cargos.

—Qué… —no encontraba la palabra apropiada: generoso, compasivo, noble.

—Me salvó la vida o, al menos, mi futuro. Me dio un hogar, un trabajo y una educación. Todo lo que soy se lo debo a Braxton.

Mi opinión sobre Braxton volvió a cambiar. Él quería que me quedara, así que Stone quería que me quedara. Pero el problema era que yo no quería quedarme, y mi opinión también contaba.

—Tengo que pensar. Necesito tiempo y espacio.

—Piensa aquí.

—No es…

—En Alaska hay tiempo y espacio.

—Volveré.

Su mirada de decepción me produjo una punzada en el corazón.

—¿Por qué no te creo?

—Porque eres un desconfiado.

Me lanzó una sonrisa.

—Es mi padre —al pronunciar esas palabras supe con seguridad que volvería y, probablemente, antes de lo planeado. Estaba deseando conocer a mi familia biológica.

—¿Entonces por qué perder el tiempo?

Era una buena pregunta para la que no tenía una respuesta.

Capítulo Cuatro

—¿Te quedas o te vas?

A la mañana siguiente Mason me encontró en la cocina. Los nervios siempre me hacían comer y Marie me había enseñado una bandeja de *cupcakes* de limón.

La noche anterior había llamado a Tasha. Conmovida, me había dado todo su apoyo y, antes de que terminara la larga llamada, me había ayudado a valorar los pros y los contras desde todos los ángulos imaginables.

—Kyle dice que te vas y Stone dice que te quedas. ¿Quién tiene razón?

Me serví el *cupcake* en un platito y me lamí del pulgar una pizca de cobertura de vainilla.

—Me quedo.

—Gracias a Dios —Mason se sirvió otro—. No he creído a Stone cuando me ha dicho que te ha hecho entrar en razón.

—¿Eso ha dicho?

Asintió y dio un mordisco.

Me senté en un taburete y giré el *cupcake* observando la cobertura y la ralladura de piel de limón azucarada, anticipándome al primer bocado.

—Stone no ha tenido nada que ver —más bien había sido Tasha, aunque la conversación con Stone era lo que me había animado a llamarla en lugar de subirme al avión directamente—. Bueno, ha tenido un poco que ver.

—Es persistente.

–Me dijo que quería lo que quisiera Braxton.

Mientras Mason asentía, le di un mordisco al *cupcake* y mis papilas gustativas dieron un brinco de alegría.

–¡Madre mía! –exclamé sonriendo–. Está delicioso.

–Sebastian es una joya. Deberías probar sus hamburguesas. Stone siempre quiere lo que quiere Braxton.

–Me contó lo de las casas de acogida y cómo lo ayudó Braxton.

–¿Sí?

Asentí mientras daba otro bocado celestial.

–Me sorprende. ¿Por eso has cambiado de opinión?

Me guardé la conversación con Tasha.

–Me di cuenta de que al final acabaría volviendo de todos modos, así que aquí estoy y ya de paso aprovecho para conocerte mejor.

Mason parecía feliz.

–Bien. Bueno, ¿qué quieres hacer primero? Podríamos ir a Anchorage y te enseño la ciudad.

–La vi un poco cuando fuimos a hacer la prueba de ADN.

–Pero esa no es la mejor parte. Podemos pasarnos por la oficina central de Kodiak. Puede que te replantees tu interés por el negocio.

–¿Telecomunicaciones? No tiene nada que ver con mi campo de especialización. Además, mi vida está en Seattle.

–Mensaje captado. Pero aun así podríamos dar una vuelta por Anchorage.

–Me gustaría.

–¿Qué te gustaría? –preguntó Stone al entrar.

–Dar una vuelta por Anchorage. Le acabo de decir a Mason que me voy a quedar unos días.

–¿Solo unos días?

–No la presiones –le advirtió Mason.

–No me manipuléis –les dije a los dos y, señalando a Stone, añadí–: Tú no me has convencido –me giré hacia Mason–. Y tú no me vas a influenciar.

–¿Ni si quiera siendo superencantador, divertido y el mejor primo del mundo?

–No estoy aquí para divertirme.

–Pero podrías aprovechar para divertirte un poco.

Un motor rugió fuera de la casa y una alarma de marcha atrás emitió unos fuertes pitidos.

–¿Ya han empezado?

Mason me sonrió.

–Sin duda tienes que quedarte para la fiesta.

–¿Fiesta?

–El sábado que viene –respondió y se levantó para mirar.

Lo seguí.

–La fiesta anual de agradecimiento al personal de Kodiak Communications. Viene todo el mundo. Hacemos una barbacoa gigantesca, hay una banda de música y baile, paseos a caballo y juegos para los niños.

Stone abrió una de las puertas dobles y los tres salimos al patio a mirar.

–¿Qué hay en el camión?

–La carpa –respondió Mason.

–Luego llegarán el sistema de sonido, las mesas, el escenario y una pista de baile. Es una fiesta genial. Si fuera tú, no me la perdería.

–El chantaje no va a funcionar.

–No es un chantaje. Es una oportunidad –dijo Stone.

–¿Y qué le diríais de mí a la gente? –no tenía pensado quedarme tanto tiempo, pero tenía curiosidad.

–La verdad –respondió Stone.

–Lo que quieras que digamos –señaló Mason.

–No es ningún secreto vergonzoso –dijo Stone.

–Tiene derecho a mantener su intimidad –contestó Mason.

–Había pensado que quedara dentro de la familia de momento.

Para mí, Tasha era familia, y Layla y Brooklyn también. Sentí la repentina necesidad de llamarlas a las dos y contarles todo también. Saqué el móvil, pero no podía hacer una llamada ahí con tanto ruido, así que me giré para entrar en la casa.

–¿Hola? –una mujer apareció en la puerta.

–Ah, hola.

Miré hacia donde estaban Mason y Stone.

–¿Has venido a ver a… Mason?

No respondí porque no sabía bien qué decir.

–¿A Stone? –añadió sorprendida.

–A ninguno. Bueno, a los dos –me giré, pero seguían pendientes del camión.

–Soy Adeline.

¿Era Adeline? Solo la había visto en fotos de cuando era pequeña. Había crecido.

–La hermana de Mason –añadió.

–Lo sé. Estoy…

–¿Estás aquí por negocios? ¿Por asuntos de Kodiak?

–No –volví a mirar atrás deseando que Mason o Stone nos vieran y se acercaran–. Es… eh… un poco complicado.

–¿Estás con los dos? –me preguntó intrigada.

–No, no, no me refiero a esa clase de complicación.

–¡Adeline! –por fin, la voz de Mason.

De pronto el motor del camión se quedó en silencio

58

y oí las pisadas de Mason y Stone. Adeline abrazó a su hermano y luego abrazó a Stone, meciéndose en sus brazos con una amplia sonrisa.

–¿Qué haces en casa? –preguntó Mason.

–Para la fiesta –respondió ella.

–Llegas pronto –comentó Stone perplejo. Me miró. Ella lo agarró del brazo y vino hacia mí.

–¿Por qué no nos presentáis?

Stone asintió hacia Mason para que tomara las riendas.

–Adeline –dijo Mason con tono serio–, te presento a Sophie. Es… –miró a Stone, vacilante.

–Una historia complicada –terminó Stone.

Adeline me miró con curiosidad.

–Eso mismo ha dicho ella.

–Es familia nuestra –dijo Mason–. Tenemos la prueba de ADN para demostrarlo.

–¿ADN?

–Sophie Crush –di un paso adelante.

–La prima Sophie Crush –aclaró Mason.

Adeline lo miró desconcertada.

–Emily y ella…

–¿Eran hermanas? –preguntó Adeline–. No lo entiendo. ¿Cómo puede ser?

–Las cambiaron al nacer –dijo Mason.

Adeline dio un respingo y Mason la sujetó.

–Eres una chica –dijo Adeline emocionada mientras me apretaba la mano por encima de la mesa del restaurante.

Los cuatro habíamos dado una vuelta en coche por Anchorage, habíamos paseado por algunas calles y visto algunas tiendas, y después habíamos decidido comer en el Moonstone Grill.

—¡Por fin! Llevo años siendo la minoría.

—Oh, pobrecita —exclamó Mason.

Una camarera nos había servido la bebida mientras charlaba tranquilamente con Stone y Mason, que obviamente eran clientes habituales.

—Tienes que contármelo todo —me dijo Adeline.

Era fácil encariñarse con ella. Era dicharachera y simpática, perspicaz y divertida, y mi presencia parecía no haberle causado más que alegría.

—¿Todo sobre qué?

—A qué te dedicas, dónde creciste, cómo era tu familia…

—¿Podemos pedir primero? —preguntó Mason—. Podría ser una larga historia.

—Podemos charlar y pedir al mismo tiempo —dijo Adeline—. Pide la quesadilla de pesto —me aconsejó—. ¿Te gusta la batata frita?

—Sí —respondí.

Adeline miró a su hermano.

—¿Y a quién no le gustan el pollo y el pesto?

—A alguien con alergia a los frutos secos.

Contuve una sonrisa al presenciar sus divertidas riñas.

—Sophie no tiene alergias —aseveró Adeline—. Nadie de nuestra familia tiene alergias —y al momento me miró y añadió—: ¿Tienes alguna?

—Ninguna.

—¿Lo ves? —le dijo a Mason.

—Yo te recomiendo la hamburguesa beluga —dijo Mason—. No es de beluga, es de ternera en un panecillo casero y con su salsa especial.

Los dos me estaban mirando y me sentía atrapada. Stone abrió la carta delate de mí.

–A lo mejor Sophie podría decidir por sí misma.

–La quesadilla suena bien –dije.

Adeline se mostró triunfante. No lo dije por lealtad a la hermandad, sino porque me parecía que la quesadilla tenía buena pinta y me encantaba la batata frita. Aun así, miré la carta diligentemente y al instante captó mi atención una porción de tarta de crema de plátano.

–Es mi favorita –dijo Adeline mirando la carta.

–¿Entones vamos a tomar postre? –preguntó Mason.

–Es una celebración –respondió ella.

–Para eso está el champán –contestó él.

–¿Vais a dejar que hable Sophie? –preguntó Stone.

–Puede hablar cuando quiera –respondió Adeline.

–¿Qué se lo impide? –añadió Mason.

–Vosotros dos –dijo Stone–. No puede decir ni pío –y mirándome añadió–: Necesitarás un tiempo para acostumbrarte a su estilo de conversación.

Todos dejaron de hablar y me miraron.

–Háblales de tu invento –dijo Stone.

–¿Tienes un invento? –preguntó Adeline.

–¿Qué sabe Stone de eso? –preguntó Mason.

–Ya estáis otra vez –les dijo Stone frunciendo el ceño.

Los dos dejaron de hablar y me miraron.

–Es una máquina para hacer postres. La creé con unos amigos y vendimos la patente.

–¿A quién? –preguntó Mason.

–¿Qué hace? –preguntó Adeline.

–Exquisiteces –respondí primero a Adeline–. Cosas muy elaboradas con mucha crema, ganache y masas. La vendimos a East Sun Tech en Japón.

–¿Japón? –Mason parecía impresionado.

–No la vendí yo –aclaré. No quería llevarme el mérito–. El marido de mi amiga Tasha tiene contactos por todo el mundo. Es el hermano de Layla, mi otra amiga, y lo conozco desde hace años. Sin él probablemente seguiríamos trasteando en el garaje y cargando con ella por todos los restaurantes de Seattle promocionándola.

La camarera se acercó otra vez.

–¿Listos para pedir?

–Creo que sí –respondió Stone.

–¿Lo de siempre?

–Sin duda.

La mujer se giró hacia Mason.

–Hamburguesa con queso y patatas fritas caseras.

–Ración extragrande de patatas –añadió la camarera mientras tomaba nota.

Después me miró con sus ojos azules bien abiertos y amables.

–¿A ti qué te apetece…?

–Sophie –dijo Adeline–. Es nuestra…

Mason le dio un golpecito a su hermana por debajo de la mesa.

– …invitada. Viene de Seattle –terminó Adeline disimuladamente.

–Yo quiero la quesadilla de pesto.

–Bienvenida a Alaska, Sophie. Soy Janine. ¿Quieres batatas fritas de acompañamiento?

–Sí, por favor, Janine. Me han dicho que están deliciosas.

–En eso te han aconsejado bien.

–Yo también quiero la quesadilla –dijo Adeline–. Con extra de guacamole si puede ser.

–Puede ser –respondió Janine.

La camarera me miró sin decir nada, preguntándome en silencio si quería lo mismo.

–Claro. Adeline parece ser la experta.

–Pues listo. Pegadme un grito si necesitáis más bebida.

–Gracias –dijo Stone recogiendo su carta y la mía y devolviéndoselas.

–Debéis de venir mucho por aquí –y entendía por qué.

–El DJ empieza a las ocho –dijo Adeline–. Podemos bailar si quieres.

No pude evitar lanzarle una mirada fugaz a Stone, pero entonces vi que Adeline me vio y esbozó una sonrisita. Quise gritar que no, que no quería bailar con Stone. Bueno, a ver, claro que sería divertido bailar con él, pero no quería que Adeline se llevara una idea equivocada. Además, a saber si un tipo como él bailaría alguna vez.

–¿Me acompañas al baño? –me preguntó Adeline apartando la silla.

–Claro –perfecto. Así le aclararía todo.

–Así que Stone, ¿eh? –me dijo agarrándome del brazo y antes de que yo siquiera pudiera sacar el tema–. Está buenísimo.

–No.

–¿Qué quieres decir con «no»?

–Quiero decir que no es lo que te ha parecido.

–¿La miradita que le has echado?

–No le he echado ninguna miradita –dije temiendo que fuera posible que lo hubiera hecho.

–Ha sido sutil. No se ha dado cuenta.

Se rio mientras cruzábamos el vestíbulo y yo no pude evitar sentir que me caía bien.

—No es…

—Te parece que está buenísimo —me dio un golpecito en la cadera con la suya.

—Lo único que hacemos es discutir. No nos ponemos de acuerdo en nada. Se pensó que era una timadora.

Empezó a subir las escaleras delante de mí.

—¿Porque decías que el tío Braxton era tu padre?

—Eso al principio no lo sabía. Lo único que sabía era que Mason podía ser mi primo.

—No me puedo creer que Mason les diera su ADN. Es muy raro que hiciera algo así. Pero no me malinterpretes, estoy supercontenta de que lo hiciera porque, de lo contrario, nunca te habríamos conocido.

—¿No estás…? ¿No estás enfadada por Emily? —imaginaba que Adeline y Emily habían sido amigas y crecido juntas.

—Fue una tragedia —respondió deteniéndose en la puerta del baño—. Nos costó años empezar a superarlo, pero no fue culpa tuya.

—Me siento como si lo fuera, como si hubiera tenido que pasarme a mí.

—Bueno, deberías haber sido tú, pero habríamos estado igual de hundidos por perderte. No podemos cambiarlo, Sophie.

En eso tenía razón.

—¿Tienes que pasar al baño?

Negué con la cabeza. Solo la había acompañado por dar una vuelta.

—Yo tampoco.

Las dos nos giramos y bajamos las escaleras.

—¿Quieres que te ayude a juntarte con Stone?

—¿Stone y yo juntos? No es buena idea —la atracción estaba ahí, sí, pero también las complicaciones.

—¿Cómo puedes saberlo?

Apreté los labios mientras intentaba dar con una respuesta razonable.

—¿Ha pasado algo ya? —me llevó a un rincón de la recepción.

—No ha pasado nada.

—Define «nada».

—¿Siempre eres así? —dije en un intento de desviar la conversación.

—Tengo un don.

—¿Para leer la mente?

Sus ojos verdes se iluminaron.

—Entonces sí que ha pasado algo. Lo sabía.

—Lo besé. O él a mí. Nos besamos.

—¿Y…?

—Y nada. Paramos.

—¿Por qué?

—Porque no pretendíamos hacerlo. Estábamos discutiendo. Él intentaba hacer que me marchara de Alaska y yo insistía en descubrir la verdad.

—Espera. Creía que Stone te convenció para que te quedaras.

—No me convenció de nada. No sé por qué sigue intentando llevarse el mérito por eso. Sí, claro, ahora quiere que me quede, pero entonces quería que me largara de Alaska y no volviera nunca.

—Siempre se pone de parte de mi tío. Son una piña —dijo con gesto más serio.

—¿Stone y Braxton?

—Todos. Los hombres Cambridge. Nunca escuchan… —se le volvió a iluminar la cara—. Pero da igual. Aquí me tienes si quieres mi ayuda.

—No necesito ninguna ayuda con Stone. Me quedo

para conoceros mejor a Kyle, a Mason y a ti. Nunca había tenido primos.

Volvió a agarrarme del brazo.

—Pues te va a encantar tener primos. O, al menos, te va a encantar tenerme a mí de prima, y a mí me va a encantar estar contigo. Pero ten cuidado con los chicos.

—¿Por qué?

—Son muy resueltos y con las ideas muy claras.

—Yo también lo soy.

—Tú ten cuidado, solo te digo eso. Vamos, seguro que ya tenemos la comida en la mesa.

Tuve que darle la razón a Adeline cuando vi a Stone y a Kyle dirigiendo el montaje del jardín para la barbacoa. Los dos parecían saber exactamente lo que querían.

La carpa era enorme y con el techo transparente. Podía imaginar el resultado final. Quedaría impresionante. Vi a varios de los trabajadores descargar mesas de un camión. Eran rectangulares y demasiado simples para la belleza de la carpa. Me acerqué al hombre que parecía estar al mando.

—Buenos días.

—Hola.

—Soy Sophie Crush.

—Michael Hume.

—Encantada, Michael.

—¿Puedo ayudarte en algo? —preguntó algo distraído. Estaba muy ocupado y lo entendí.

—¿Sabe el número de invitados?

Pareció sorprendido por la pregunta.

—Doscientos veinticinco.

Evalué el espacio rápidamente.

–¿Bufé o servicio en mesa?

–Bufé. ¿Y tú eres?

–La persona al mando –dijo Stone detrás de mí.

No lo había oído acercarse.

–No pretendo hacerme cargo de nada –le dije a Stone.

–Sophie puede ocuparse de la organización de las mesas.

–Claro –respondió Michael–. No lo sabía.

–Yo tampoco –dije. No quería empezar con mal pie con Michael. Simplemente tenía algunas sugerencias.

–Sabe lo que hace –señaló Stone–. Regentaba un restaurante en Seattle.

Había exagerado. No había estado al cargo de todo el Blue Fern, solo del servicio de comedor.

–¿Qué quieres cambiar?

Me lancé esperando que Michael no reaccionara demasiado mal a mis ideas.

–Estaba pensando que sería mejor que las mesas fueran redondas.

–Se han encargado las rectangulares. Es tradición desde hace años.

–¿Tenéis mesas redondas disponibles? –pregunté.

–Sí, pero…

–Pues vamos a cambiarlas –dijo Stone.

–Voy a necesitar más tiempo.

–¿Es razonable? ¿Muy costoso? –podía imaginármelo y me gustaba la idea, pero no quería resultar demasiado terca.

–Podríamos hacer horas extra esta noche –sugirió Michael.

–No hay problema –respondió Stone–. Queremos lo mejor.

–Las mesas redondas son lo mejor –dije.

–Hecho –concluyó Stone.

Michael apretó la mandíbula y respondió con tono muy profesional y educado.

–Entonces redondas.

Silbó y todos los trabajadores levantaron la mirada. Fue hacia ellos.

–Espero no haber causado muchas molestias.

Stone se encogió de hombros.

–Le pagamos para que lo haga bien. Y confío en tus ideas. ¿Algo más?

–¿Te has planteado servicio en mesa en lugar de bufé?

Por su expresión supe que no.

–Habla con el *catering*.

–¿Que hable yo con ellos?

–Es la primera vez que tenemos a una profesional de la restauración en la empresa.

–No pertenezco a la empresa.

–Ya sabes a qué me refiero.

Mientras dos hombres pasaban delante de nosotros retirando las mesas, Stone señaló hacia la entrada con la cabeza.

–Vamos. Te llevo a verla.

–¿A quién?

–A Mel. Te caerá bien.

–¿Puedes hacerlo?

–A Mel no le importará.

Subíamos por el camino de entrada trasero en dirección al garaje.

–Me refiero a que si puedes usar mis ideas para cambiar la fiesta.

–Te has ofrecido.

–Lo único que he sugerido son mesas redondas.

–Y servicio en mesa. Ahora todo depende de ti, Sophie. Parece que te gustan estas cosas.

Y tenía razón. Me encantaba organizar experiencias gastronómicas y me producía una satisfacción enorme ver a la gente pasar un buen rato.

Nos acercamos a una camioneta y Stone abrió la puerta del copiloto.

–Sube.

–¿No íbamos a ver a Mel?

–Sí.

–¿No está aquí?

–Estará en su local.

Lo miré. Aunque estábamos separados unos metros, podía sentir su magnetismo.

–¿Vas a dejarlo todo para llevarme a Anchorage?

–Sí –respondió con voz profunda.

–¿Por qué?

Clavó su mirada en la mía despertando unas sensaciones que había estado intentando controlar.

–Creo que sabes por qué.

–No –respondí esperando que dijera algo halagador, que dijera que le gustaba o que quería pasar un rato conmigo.

–Por Braxton. Le gustará que te impliques en la fiesta.

Lo hacía por Braxton, no por él. Me invadió la decepción.

Capítulo Cinco

El trayecto hasta Anchorage se me hizo eterno por estar ahí metida en el coche con Stone; era como si estuviéramos avanzando muy despacio por la serpenteante carretera. Pero entonces, de pronto, algo negro asaltó mi visión.

–¡Eh! –exclamó Stone girando el volante.

Caí hacia su lado y me agarré al reposabrazos.

Vi que era un oso. No, dos osos. No, tres. Una madre y dos oseznos.

–Cuidado –dije instintivamente aunque él podía ver lo mismo que veía yo y estaba efectuando todo tipo de maniobras para esquivarlos.

No sabía contra qué íbamos a chocar, pero íbamos a chocarnos con algo. De pronto la camioneta se enderezó levantando grava y al instante estábamos avanzando por una estrecha carretera secundaria.

–¿Estás bien? –me preguntó Stone.

Asentí vacilante.

–Sí. Sobresaltada. Era un oso.

–Era un oso –confirmó Stone y se detuvo–. ¿Te has hecho algo? ¿Te has torcido el cuello? –me miraba fijamente.

Estiré el cuello hacia atrás y hacia delante en busca de dolor o rigidez.

–Todo bien, creo. ¿Esto pasa mucho?

–Sí, aunque normalmente pasa con los alces.

—Es bueno saberlo.

Stone sonrió; fue una sonrisa que se reflejó en su hermoso rostro y en sus ojos azules y que, a pesar de la situación, hizo que me derritiera de cabeza a pies. ¿Por qué tenía que ser tan atractivo?

—Menos mal que estaba aquí esta carretera.

—Conduce al lago Horn. Es una zona muy verde por la escorrentía glaciar. Una vez nadamos allí cuando éramos adolescentes y eso casi nos mata. Éramos idiotas.

—¿Mason, Kyle y tú?

—Sisamos una botella de whisky de la bodega y nos la bebimos primero. Aquella noche nos retamos a tirarnos al agua.

—¿Y quién fue el primero en aceptar el reto?

Su expresión me dijo que fue él.

—¿Tenías algo que demostrar?

—Digamos que yo no había recibido la educación refinada de Mason y Kyle. Cuando era pequeño, si alguien te retaba, lo hacías. Era el único modo de que te tuvieran respeto y de mantenerte a salvo.

—Qué triste —no pude evitar sentir lástima por una infancia tan dura.

—No es triste. Más bien fue alentador. Además, funcionó. De pequeño los otros chicos no se metían conmigo —soltó una risita— y aquella vez valió la pena ver las caras de Mason y Kyle.

—¿Cómo de frío estaba el lago?

—Prácticamente congelado. Se puede ver el glaciar del que nace.

—¿Sí? —pregunté mirando hacia delante con curiosidad.

—¿Quieres verlo?

–¿Se tarda mucho?

–Está a unos pocos kilómetros.

–¿Tenemos tiempo?

–Claro –arrancó lentamente.

Mientras avanzábamos por la carretera llena de baches, estaba emocionada ante la idea de ver el lago y el glaciar.

–Agárrate –me dijo Stone señalando la esquina superior de mi lado.

Vi un asidero y me agarré.

–Gracias. ¿Seguro que podemos llegar?

–Es más fácil a caballo, pero sí, llegaremos. ¿Te estás mareando?

–No. Estoy bien.

–Bien. Solo unos kilómetros más.

–¿Unos kilómetros más?

–Lo elegimos porque era muy retirado.

–Para beber tranquilos.

–Y para soltar todo tipo de tacos y liarnos con alguna chica de vez en cuando.

Me acaloré y miré a otro lado antes de que pudiera verme sonrojarme. Lo último que quería era que supiera que me había imaginado a mí misma con él en esa situación tan particular.

–¿Se pone peor? –pregunté para cambiar de tema.

–¿La carretera?

–Sí.

–Un poco, justo cerca del final.

–Qué bien.

–Es divertido.

–Lo estoy deseando –dije con sarcasmo.

Pisó el acelerador.

–Agárrate.

El coche traqueteaba; los dientes me traqueteaban. Y entonces un terraplén increíblemente empinado apareció ante nosotros.

–¿Vamos a subir eso?

–Lo he hecho montones de veces.

Cerré los ojos, noté el coche elevarse un poco y por un instante fue como si estuviéramos flotando.

–¿Lo ves? –preguntó Stone cuando subimos–. ¿No ha sido divertido?

El primer vistazo al lago Horn me confirmó que era espectacular. Un agua cristalina turquesa rodeada de un exuberante bosque con un glaciar blanco y deslumbrante a lo lejos contra el cielo azul.

Stone dejó la camioneta de cara a la carretera y dijo:

–Vamos a echar un vistazo.

Salimos del vehículo y bajó el portón trasero para que pudiéramos sentarnos.

–Un momento –dije. Primero quería comprobar la temperatura del agua.

Me agaché y metí los dedos. Estaba tan fría que dolía.

–¡Ay! –exclamé apartando la mano al instante.

–¿Está fría, eh? –me preguntó situándose a mi lado.

–Congelada.

–Sí, por entonces éramos bastante salvajes. No sé cuánto se tarda en entrar en hipotermia con esta temperatura, pero no creo que sea mucho.

–¿Estás diciendo que tuviste suerte de sobrevivir a tu adolescencia?

–Ahora entenderás con lo que tuvo que lidiar Braxton.

73

Lo había pensado en más de una ocasión y era admirable que un hombre hubiera acogido a un adolescente rebelde que había asaltado su propiedad.

–¿Sabes por qué lo hizo?

–Sigue siendo un misterio para mí. Está claro que no me lo merecí.

–Te estás menospreciando.

–No. Por entonces era un imbécil y tardé un tiempo en valorar lo que hizo por mí –agarró un puñado de piedras y lanzó una al lago–. Al principio fue complicado. Pasé de una casa de acogida abarrotada de tres habitaciones a… bueno, ya lo has visto.

Arrojó otra piedra.

–La mansión Cambridge –dije–. A mí el dinero que tengo ahora también me ha supuesto una especie de choque cultural. No estoy diciendo que sea lo mismo por lo que pasaste tú, pero mi amiga Tasha tuvo que llevarme a rastras a ver casas en venta. Yo quería algo cerca del agua, con vistas al océano, pero las casas que hay allí son muy grandes. No tanto como una mansión, pero sí demasiado grandes para una persona. Al final me he comprado una de cinco dormitorios. ¿Qué voy a hacer con cinco dormitorios?

–Ya lo pensarás –lanzó la última piedra y después se sacudió la tierra de las manos.

–Eso mismo me dijo Tasha.

–Parece muy inteligente.

Señaló el portón de la camioneta y volvimos allí. Me subió a ella y, aunque solo fueron un par de segundos, el roce de sus manos se me quedó grabado en las caderas.

–Es muy inteligente. Ha renovado su vida por completo, se ha casado y se ha unido al comité de bibliotecas. Dirige un programa de acercamiento a la lectura para niños.

Se sentó a mi lado.

—Eso es genial.

De pronto mi visión periférica captó algo negro y grande moviéndose. Agarré del brazo a Stone.

—¿Qué es eso?

Él se giró e inmediatamente se puso de pie tirando de mí también.

—Es nuestra osa.

Los oseznos se movían alrededor de su madre. Uno se alzó sobre las patas traseras y olfateó al aire. Asustada, me pegué más a Stone.

—¿Qué quieren? ¿Tienen hambre?

—Los osos no comen personas. O no generalmente.

La madre bufó y se levantó sobre las patas traseras.

—Retrocede hacia la cabina. Despacio, con delicadeza.

Cuando nos movimos, la osa echó las orejas atrás y bufó de nuevo. Los dos oseznos corrieron a ocultarse tras ella y no pude evitar pensar que era una mala señal.

—Voy a saltar por el lado del conductor. ¿Puedes seguirme?

—Sí —asentí corriendo. Dada la situación, lo seguiría a cualquier parte.

—Voy a abrir la puerta y quiero que te metas lo más rápido que puedas. Estaré justo detrás de ti.

—Vale.

La osa se apoyó sobre las cuatro patas y soltó un rugido ensordecedor.

—Ahora —dijo Stone. Pegó un salto y agarró el tirador de la puerta.

Yo bajé con mucha menos elegancia, arañándome la

tripa y rompiéndome la camiseta, pero aterricé de pie en el suelo y corrí hacia la puerta. Al entrar vi que la osa corría hacia la parte trasera de la camioneta. Stone me puso las manos en las nalgas y me empujó hacia delante sin ningún tipo de miramiento. Después oí la puerta cerrarse tras él. Me atreví a mirar y vi a la osa plantar sus grandes pezuñas sobre el techo y rugir contra el cristal.

–¿Puede entrar?

Stone arrancó el motor.

–No vamos a quedarnos a descubrirlo.

El ruido del motor debió de sorprender a la osa, que se quedó atrás ofreciéndonos la oportunidad de avanzar. Bajamos por la pendiente dando botes y bandazos. No había tenido tiempo de abrocharme el cinturón y me caí del asiento. Me di un golpe en la rodilla.

–¿Estás bien? –gritó Stone.

–Sí. Tú sigue.

Miró por el retrovisor.

–No nos sigue.

Aminoró la marcha.

–¿Te puedes levantar?

–Claro –temblando, me incorporé y me abroché el cinturón.

Stone tiró del suyo con una mano y se lo cruzó por el pecho.

–¿Me puedes ayudar?

Alargué la mano y se lo abroché.

–¿Te había pasado antes?

–Aquí no. Los encuentros con los osos pardos no son habituales.

–¿Entonces ha sido algo especial? –logré decir con una risa temblorosa.

–Muy especial –me miró–. En serio, ¿estás bien? Tendrás la adrenalina por las nubes, así que puede que aún no sientas nada.

En eso tenía razón.

–Me he dado un golpe en la rodilla, pero nada más.

–Te has roto la camiseta.

–Es solo un tirón.

–Estás sangrando.

–Muy poco –ahora empezaba a escocer, pero no era un corte profundo–. ¿Y tú? ¿Te has hecho algo?

–Nada. Hemos hecho un buen entrenamiento de cardio durante un minuto –se rio también. Parecía mucho menos nervioso que yo.

Condujimos en silencio unos minutos más.

–Gracias –dije finalmente.

–¿Por ponerte en peligro? –preguntó mirándome.

–Por mantener la calma, por saber qué hacer.

Me di cuenta de que tenía el pelo hecho un desastre y, cuando me lo eché hacia atrás, vi que me temblaba la mano.

–Oye –dijo Stone preocupado.

Antes de poder darme cuenta, había parado la camioneta, nos había desabrochado los cinturones y me estaba abrazando.

–No pasa nada –dijo contra mi pelo.

–Lo sé. Es solo la adrenalina.

–La adrenalina es buena.

–Sobre todo cuando hay osos delante.

Se rio.

–Bien hecho, Sophie.

–¿Por qué me dices eso?

–Por recuperarte tan pronto, por bromear, por no perder los nervios.

Ni siquiera me había dado tiempo de perder los nervios. La reacción de Stone había sido rápida, inteligente y resuelta.

–Gracias –susurré de nuevo, abrazándolo con gratitud.

Nos quedamos un rato en silencio abrazados y entonces me rozó la sien con un beso de lo más sutil. Se me encogió el pecho, me ardía la piel, sentía un cosquilleo por las extremidades e, inconscientemente, arqueé el cuerpo hacia él. Volvió a besarme, esta vez con más firmeza y moviéndose hacia mi mejilla y más abajo. Después se apartó un poco. Me rodeó la nuca con una mano y me lanzó una mirada llena de preguntas. Asentí a modo de respuesta y se echó hacia delante para besarme en los labios.

Qué deleite. Estaba feliz de estar viva, feliz de estar en sus brazos. La naturaleza que nos rodeaba era grandiosa y energizante, y por primera vez no me sentí como una espectadora en Alaska. Me sentí un poco como si formara parte de ella.

El beso se intensificó y el deseo y la excitación me recorrieron. Su camisa era de algodón fino y pude sentir el calor de su torso filtrándose en mis pechos. Me agarró de las caderas y tiró de mí sobre el asiento antes de echarme hacia atrás y tenderse encima. Abandonó mis labios para centrarse en el cuello, cubriendo mi delicada piel de besos ardientes.

Temblaba mientras sus labios iban dejando un rastro de excitación hacia mi pecho. Me desabrochó la camisa y contuve el aliento a la espera de que me acariciara. El sujetador era de seda fina y noté los pezones tensarse contra la tela, esperando desesperados que los tocara. Entonces me acarició con la boca humedeciendo la seda y tomó la dura cúspide. Fue la sensación más erótica que había experimentado nunca y, jadeante, me arqueé hacia él, pidiendo más. Stone me complació y pasó al otro pecho. Le quité la camiseta. Quería sentir nuestras pieles y nuestros cuerpos juntos. Me apartó la camisa y me la echó sobre los hombros. Me miró a los ojos y volvió a juguetear con mis pechos. Yo, impaciente, terminé de quitarme la camisa, prácticamente arrancándomela, y me saqué el sujetador por la cabeza. Después pegué los pechos a su piel, lo rodeé por el cuello y lo besé intensamente mientras dejaba volar mi imaginación y veía nuestros cuerpos juntos, haciendo el amor, completándose.

–Sophie –me pareció como si su voz sonara muy lejana.

–Sí. Sí –acerqué la mano a su braguera.

–Sophie –repitió.

Me agarró la mano para detenerme y lo miré aturdida.

–No estaba pensando en esto –dijo con voz ronca y cerrando los ojos.

–¿Estás bien? –le pregunté estupefacta. No era la mujer más experimentada del mundo, pero sabía cuándo un hombre quería estar conmigo y, desde luego, Stone quería estar conmigo.

Me apartó la mano de la braguera.

–No es buena idea.

–No. Es una idea genial.

–Sophie –apoyó la frente en la mía con delicadeza–, estamos reaccionando al susto. Es algo hormonal.

–Ya nos habíamos besado.

–Pero no habíamos hecho esto –respondió mirando mis pechos desnudos–. Es demasiado complicado.

Recogió mi camisa del suelo y me cubrió con ella. Empecé a ponérmela y él desvió la mirada. El sujetador colgaba del asiento y me lo guardé en el bolsillo de los vaqueros.

—Ya está. ¿Contento?

—No. Molesto.

¿Estaba molesto conmigo? ¡Por favor!

—Has sido tú el que ha parado.

—No estoy molesto contigo, sino conmigo. Con las circunstancias —se situó en el asiento del conductor y agarró el volante—. No sabes quién soy.

—Y tú tampoco sabes quién soy yo. ¿Es un requisito para tener sexo?

—Sí.

—¿En serio?

—Bueno, no siempre, pero sí en este caso.

—¿Por qué?

—Eres su hija.

—¿Todo esto es por Braxton?

¿Un hombre al que apenas conocía estaba interfiriendo en mi vida sexual?

—Sí.

—¿No me tocas por un retorcido sentido de la lealtad hacia él? Mi vida personal no es asunto de Braxton Cambridge.

—Precisamente por eso no vamos a decirle nada.

—Desde luego que no vamos a decirle nada. ¿Por qué íbamos a decírselo?

—Exacto. Pero entonces le estaría ocultando algo y yo no funciono así. Ponte el cinturón —dijo mientras él se abrochaba el suyo.

—¿Estás diciendo que esta conversación ha terminado?

–Sí.

Me quedé mirándolo. Lo deseaba y él me deseaba, pero tenía claro que no le iba a suplicar.

–Sophie…

–No pasa nada. Haz lo que quieras.

Me sorprendió que Stone girara hacia Anchorage en lugar de volver a la mansión. No entendía por qué querría estar en el coche conmigo más tiempo del estrictamente necesario.

–¿Aún vamos a ir al *catering*?

–De eso se trataba. No ha cambiado nada.

Yo, en cambio, sentía que habían cambiado muchas cosas.

–¿Es lo que crees?

–No es que lo crea, es que es un hecho. Vas a conocer a Mel, hablaréis de ideas para la fiesta, compartirás tus conocimientos y te implicarás en el evento familiar. Así todos salimos ganando.

–¿No te sientes incómodo?

–¿Por qué? ¿Por mantenerme fiel a mis principios? No, eso nunca me hace sentir incómodo.

–Pues yo sí me siento incómoda.

–Supéralo. Somos adultos y hay cierta química sexual entre los dos, pero podemos decidir si nos dejamos llevar por ella o no.

–Muy bien.

Si eso era lo que quería…

–Bien.

–Cuéntame algo de Mel –ahora que el asunto estaba cerrado, quería pasar página.

–Es genial. Heredó el negocio de su padre, que a

su vez lo heredó de su abuelo. Llevan abiertos desde la fiebre del oro.

Me resultó intrigante. Era mucho tiempo.

—¿Solo se dedica al *catering* o tiene restaurante?

—Tiene una zona de comedor, es un lugar sencillo y rústico. Su clientela suele ser gente de clase trabajadora en busca de un buen almuerzo caliente para llevar o para tomar allí.

—Ya. No era lo que me había imaginado. Creía que sería algo más…

—¿Pijo?

—No —me lo planteé otra vez—. Pero bueno, claro, es una barbacoa.

—¿Eres una esnob, Sophie Crush?

Su tono de broma me sorprendió. Creía que estaríamos distantes mucho más tiempo.

—No soy una esnob, pero los Cambridge se han tomado muchas molestias con todo esto; la carpa, la pista de baile… Tiene que costar una fortuna.

—Es nuestro modo de dar las gracias a los empleados. No vamos a escatimar.

—¿Entonces por qué un *catering* simplón?

—¿Yo he dicho «simplón»? —ahora ya no bromeaba.

—No, pero ha sonado como si…

—La cocina de Mel es alucinante. Espero que no te comportes así cuando lleguemos.

Me sentí insultada.

—¿Comportarme cómo? Seré perfectamente educada.

—Y respetuosa.

—Sí, respetuosa. ¿Qué piensas de mí, Stone?

Me echó una mirada.

—Que eres una chica de la gran ciudad.

–¿Seattle? –en Seattle éramos bastante más sencillos que la gente de cualquier otra gran ciudad del país.

–Esto es Alaska. Somos gente trabajadora y con los pies en la tierra.

–Muy bien –y con tono sarcástico añadí–: Me comportaré lo mejor que pueda.

–Solo te pido que no vayas con ideas preconcebidas.

–No tengo ninguna idea preconcebida. Has dicho que era rústico.

–Lo rústico puede ser bueno.

Estaba cansada de discutir.

–Vale, perfecto. Lo rústico puede ser genial.

–Dilo con un poco más de entusiasmo –volvía a estar de broma. Me costaba seguirlo con tanto cambio de humor.

–Lo rústico puede ser genial –dije con sinceridad, porque lo creía.

–Esa es la actitud –puso el intermitente y accedió a un aparcamiento grande de grava.

Un cartel sobre el sencillo edificio marrón decía: «De la Tierra. Restaurante y Catering. Fundado en 1898». El edificio no parecía llevar tanto tiempo construido, pero sí que probablemente fuera de los años cincuenta.

Las bisagras oxidadas de la puerta chirriaron cuando Stone la abrió y me indicó que pasara.

Dentro estaba oscuro. Había dos hileras de mesas de estilo pícnic y una barra estropeada se extendía tras ellas.

–¡Pero bueno, Stone! –dijo una mujer saliendo de la cocina. Era alta, con el pelo rojo encendido recogido en un moño y un rostro atractivo.

–Hola, Mel –respondió Stone.

Mel me miró con curiosidad.

–Es Sophie Crush. Viene de Seattle y nos está ayudando con la barbacoa.

–Encantada, Sophie –dijo Mel acercándose.

–Sophie trabajaba en el negocio de la restauración.

–¿Has traído la artillería pesada? –preguntó Mel algo descolocada.

–Qué va –respondió Stone.

–Solo soy una amiga –añadí–. Estoy aquí de visita. Estaba viendo cómo preparan el jardín para la fiesta y he sentido curiosidad.

–¿Y qué puedo hacer por tu curiosidad?

Esperaba que no hubiéramos empezado con mal pie.

–Me encantaría ver el menú.

–Claro. Pasa y echa un vistazo.

La seguí hasta el interior de la cocina industrial. A diferencia de la zona de comedor, era luminosa y moderna y estaba repleta de electrodomésticos de acero inoxidable. Había tres cocineros trabajando y una repostera que en ese momento sacaba una bandeja de tartaletas del horno. El olor era delicioso.

–¿Hacéis vuestra propia repostería? –no era lo habitual. En el Blue Fern hacíamos encargos diarios a un horno de pan y bollería.

–Es una parte importante de nuestro negocio. Trabajamos la masa madre como nadie.

–¿Hacéis pan?

–Y nuestros panes de hamburguesa –dijo señalando unas rejillas enfriadoras–. La mayoría de los bollos se agotan por la mañana, pero las hamburguesas están en el menú y también los sándwiches a la plancha. Los servimos con sopa en el almuerzo. Las patatas fritas son más populares entre la clientela de la noche y también el chili, mi receta secreta. Aguanta muy bien para llevar.

—Es impresionante –dije mirando a mi alrededor.

—Para la barbacoa serviremos hamburguesas, claro. Y también de pollo.

—¿Empanado? –pregunté imaginándome las hamburguesas de pollo típicas de la comida rápida.

—A la parrilla. El año pasado gustaron mucho y hubo gente que pidió añadir pesto a los condimentos. Me pareció una buena idea.

—Me encanta. ¿Habéis pensado en servir también aguacate? –era otro sabor fresco que podía darle vida a un menú tradicional.

—No… Pero, ¿sabes?, podríamos hacer una versión Tex-Mex con guacamole y salsa.

—¿Y las costillas clásicas? –preguntó Stone–. Con patatas asadas, panecillos recién hechos y ensalada de col.

—Qué poco imaginativo –le dije.

—A mí una rodaja de aguacate no me hace nada.

—Todo eso lo tendremos, Stone –dijo Mel riéndose–. No te preocupes. Y no te olvides del postre –añadió dándole una palmadita en el brazo–. Pastelitos de frutos rojos y tarta de chocolate de varias capas.

—¿Y vuestro helado? –pidió esperanzado.

No pude evitar pensar que Stone y yo nos llevaríamos bien en el terreno de postres.

—Mason ha pedido el de chocolate y menta, pero también vamos a hacer de vainilla, como es habitual. Lo que me pidáis.

—¿Hacéis vuestro propio helado?

—Aprendices de todo, maestros de nada –dijo Mel.

—Yo diría maestros de todo –aclaró Stone.

La repostera puso una bandeja de tartaletas en la rejilla enfriadora debajo de los panecillos.

–¿Son los pasteles de frutos rojos? –pregunté.

–¿Quieres probar uno?

–Yo sí –dijo Stone acercándose a la rejilla.

Sonreí ante su entusiasmo.

–Voy a traerte un plato –me dijo Mel.

–¿Tienes helado? –preguntó Stone.

–Qué poca vergüenza tienes –le dije.

–Está acostumbrada a mí.

–Es verdad –dijo Mel–. Deberías haberlo visto de adolescente, era un pozo sin fondo.

–Quemaba muchas calorías.

Mel nos dio a cada uno un plato y un tenedor pequeño.

–Servíos. Voy a por el helado.

–Tienes que probarlas con el helado –me dijo Stone–, sobre todo cuando están así de calientes. No puedes decir que hayas vivido de verdad hasta no haber probado los pasteles de Mel.

Mel se rio mientras entraba en una cámara frigorífica.

–Ya te dije que te caería bien –me dijo Stone en voz baja al servirse dos tartaletas.

–Me cae bien, sí –yo me conformé con una. El delicioso aroma me hizo salivar.

–¡Solo tengo vainilla! –gritó Mel mientras volvía con un tarro de helado. Lo dejó en la encimera, quitó la tapa y abrió un cajón para sacar un cucharón–. ¿Sophie? –me preguntó.

–Totalmente –respondí sintiéndome una privilegiada por tener la oportunidad de probar semejante exquisitez.

–Sentaos –nos dijo después de servirme.

Stone retiró tres taburetes mientras Mel le servía doble ración de helado.

–¿Tú no comes nada? –le pregunté al verla cerrar el tarro.

–No puedo pasarme. Estoy deseando saber tu opinión –me dijo con un brillo en los ojos.

Los sabores del pastel y del helado me estallaron en la boca.

–¡Dios mío!

Stone dio un bocado y me sonrió.

–¡Esto está increíble! –le dije a Mel. Su habilidad me sorprendió y por un momento me sentí culpable por el dinero que estaba ganando con Sweet Tech. Nuestra tecnología podía lograr creaciones preciosas, pero no podían competir con las de Mel en sabor.

–Gracias –me respondió sonriendo.

–Increíble de verdad.

–¿Tenía razón o no? –me preguntó Stone.

–Acabo de renovar mi fe en ti.

Una calidez totalmente distinta me recorrió cuando nuestras miradas se encontraron y se clavaron la una en la otra.

Capítulo Seis

El jardín trasero solo se podía describir como un «caos organizado». Mel había dicho que accedería al servicio en mesa si le hacía una selección de seis platos. Además necesitaría una carpa para la cocina junto a la carpa comedor.

Ahora estaban montando la otra carpa y Adeline estaba sentada conmigo en el patio viendo cómo avanzaba todo. Estaba acurrucada en una tumbona acolchada y yo tenía el portátil sobre las rodillas mientras sopesaba si la ensalada de patata o las patatas fritas serían el mejor acompañamiento para las hamburguesas de pollo y pesto.

—¿Mel sirve batatas fritas? —pregunté.

—No que yo haya visto.

—¿Crees que las haría?

—Probablemente —me respondió—. Oye, ¿qué es eso?

Miré y vi un grupo de obreros levantando un andamio en la zona destinada al escenario.

—Impresionante —me pareció que debía de ser una tarea muy complicada.

—¿Está impresionante, verdad? —dijo Adeline abanicándose—. No los hacen así en California.

Observé a los seis hombres y me fijé en uno moreno con unos bíceps gigantescos.

—Creía que California era la meca de los culturistas —bromeé.

–Se muscular por moda, por estética, solo para lucirse. Estos, en cambio, son auténticos. Fíjate.

No pude evitar pensar en Stone. Lo había visto sin camiseta y sus abdominales y pectorales tan definidos me habían demostrado que estaba en una forma física fantástica.

–Entiendo que no tienes un novio en Sacramento.

–No hay novio –Adeline seguía mirando al hombre mientras hablaba–. Rompí con un chico hace unas semanas.

–¿Era algo serio?

–Para él sí. Para mí no.

–¿Por eso has venido antes?

–No, he venido por esto. Los preparativos son tan emocionantes como la fiesta. A ti también te debe de gustar. Si no, ¿por qué trabajabas en un restaurante abarrotado un sábado por la noche en lugar de tener un trabajo de oficina más relajado?

–Supongo que sí me gusta. A lo mejor por eso no me vuelve demasiado loca la vida de ricos. Es tranquila, demasiado tranquila.

–¿Qué es demasiado tranquila? –preguntó Stone, que apareció de pronto a mi lado.

–La vida de Sophie.

–Bueno, no ahora precisamente –añadí.

Stone se sentó a mi lado.

–¿Qué tal llevas los platos?

–Ahí voy. La cuestión es que sean sorprendentes pero no demasiado exóticos.

–Por eso lo del bufé.

–Los bufés son un barullo de gente yendo y viniendo y comiendo en momentos distintos. Un servicio en mesa es mucho mejor, sobre todo cuando el objetivo del evento es reunir a personas que no tienen la oportunidad de socializar muy a menudo. Compartir una buena comida es maravilloso para eso.

—Vende bien –dijo Adeline.

—Sí –apuntó Braxton uniéndose a la conversación.

Me quedé sorprendida. Aún me ponía nerviosa delante de él.

—He oído que estás haciendo unos cambios a la barbacoa.

—Algunas cosas –respondí sin girarme–, pero por supuesto Mel tiene la última palabra.

—A mí me parece buena idea –dijo sentándose al lado de Stone–. Estará bien darle un aire nuevo al evento. Además, tienes tanto derecho como nosotros a…

—No lo hago con intención de reclamar ningún derecho.

—Sophie –dijo con delicadeza–, me alegra que muestres interés.

—No quiero traspasar los límites.

—No podrías aunque lo intentaras. Ahora eres una de los nuestros.

—Pero si haces algo que no les gusta, te frenan –me dijo Adeline–. Así que si aquí tienes luz verde, aprovecha y disfruta.

—No estás ayudando –le dijo Braxton a su sobrina.

—Sí que ayuda –dije–. Gracias. Creo que lo disfrutaré.

Braxton resopló. Me dio la sensación de que no le hacía ninguna gracia que Adeline y yo nos hubiéramos aliado. Adeline, en cambio, parecía encantada.

***

La cena había ido bien y parecía haber sido del agrado de los invitados, que, por cierto, habían ido más arreglados de lo que me había imaginado. Por suerte, Adeline y yo habíamos ido de compras a Anchorage y me había animado a comprarme un conjunto chulísimo.

Todo el mundo había salido de la carpa del comedor y la banda se estaba preparando en el escenario. Aún se me hacía raro ver el sol tan alto en el cielo a las nueve de la noche. Hacía falta vivir un verano en Alaska para poder creerlo.

—Bueno, ha ido bien —dijo Stone al acercarse.

—Mel es toda una profesional.

—Es muy buen anfitrión —dije asintiendo hacia él. Parecía contento. Estaba moviéndose entre la multitud saludando a todos los empleados y sus familias.

—Sus empleados lo adoran. Se asegura de conocerlos a todos en persona.

—No me había imaginado que fuera así —comenté sorprendida.

—Eso es porque has conocido al Braxton familiar.

—¿El Braxton familiar?

—Están el Braxton familiar y el Braxton empresario. El empresario es sereno, profesional e impecable.

—Y el familiar puede ser… irritable y cascarrabias.

—Iba a decir «exigente».

—Eres incapaz de criticarlo, ¿eh?

—Solo estoy siendo preciso.

—Estás siendo amable.

—Soy un tipo amable.

—¡Ja!

—¿Cuándo no he sido amable?

—El primer día que entré por la puerta.

—Bueno, no te conocía.

—Ahora me conoces.

—Y ahora soy amable.

—Ahora eres imposible.

Me miró de arriba abajo.

—Estás genial, por cierto.

El cumplido me agradó demasiado.

—Me ha aconsejado Adeline. Tiene buen ojo.

—Te sienta bien –su mirada cálida despertó una chispa de deseo en mi interior.

—Creía que no íbamos a hacer esto.

—¿Hacer qué?

—No te hagas el tonto.

—Me lo he estado replanteando –dijo con una sonrisa pícara.

—¿Replanteándote qué?

—Lo de contarle lo nuestro a Braxton.

—¿Quieres decirle a Braxton que te vas a acostar conmigo?

Stone se rio.

—Me refiero a decirle a Braxton que quiero salir contigo. En cuanto al resto, no voy a dar nada por sentado.

No estaría dando nada por sentado teniendo en cuenta que me había abalanzado sobre él en el asiento de su camioneta.

—¿Por qué?

—¿Por qué quiero salir contigo?

—¿Por qué quieres decírselo a Braxton?

Se me acercó un poco más.

—Porque es la única forma de poder hacerlo. ¿Qué tal una cena y luego un poco de baile?

—Aquí pasa algo…

—¿Lo estás pasando bien? –me preguntó Braxton interrumpiéndonos.

No lo había visto llegar. Me aparté de Stone al ser de pronto consciente de que me había ido acercando más y más a él mientras hablábamos.

–Sí.

–Bien. Bien –me respondió con una sonrisa amplia y tono cordial. Era el Braxton empresario.

–A la gente le ha gustado mucho el nuevo formato de cena –señaló Stone.

–¡Sí! Gracias, Sophie. Ha sido genial. Y sé que a Mel le ha encantado trabajar contigo.

Me sentía rara, como si estuviera interactuando con un Braxton falso.

El cantante de la banda saludó por el micrófono.

–¡Vamos allá! –dijo Braxton contento–. Esta es la mejor parte de la fiesta.

–Los empleados de Kodiak son muy bailones –añadió Stone.

–¿Por qué estás ahí como un pasmarote? Sé un caballero y saca a bailar a Sophie.

Stone no lo dudó.

–¿Sophie?

Yo sí dudé. ¿Braxton intentaba juntarnos o solo estaba actuando como el Braxton empresario y ejerciendo de buen anfitrión?

Stone enarcó una ceja a la espera de mi respuesta.

–Claro –no quería ser grosera. Además, me apetecía bailar con él.

Cuando agitó los dedos para animarme a darle la mano, me quedé sin respiración por un momento. Puse la mano sobre la suya anticipándome a la inevitable ráfaga de calor que me recorrió el brazo y me llegó al pecho.

Fuimos a la pista y Braxton se quedó atrás.

–¿Qué ha sido eso? –pregunté.

–Ni idea –me respondió mientras asentía en respuesta a los saludos de la gente.

–¿Era el Braxton empresario cumpliendo con su deber?

–Espero que sí. No sé qué otra cosa ha podido ser.

Me rodeó con sus brazos y en cuestión de segundos nos fundimos en uno, nuestros ritmos se acompasaron y nuestros pasos se sincronizaron. No me había esperado que bailara tan bien.

–Se te da bien. ¿Se baila mucho en Alaska?

–Nos gusta divertirnos.

–¡Sophie! –gritó Adeline a unos metros.

La banda pasó a una canción más lenta y Stone cambió el ritmo.

–Hola.

Adeline me sonrió y agitó una ceja en dirección a Stone.

–¿A qué ha venido eso? –preguntó él.

–No lo sé –mentí–. Los Cambridge pueden ser muy raros.

–Tú eres una Cambridge.

–No soy… –me detuve. Sí que lo era–. Pero solo por un accidente genético.

–Eres Cambridge a más no poder.

Me quedé callada embargada por la melancolía y me acurruqué a él, apoyándome en su fortaleza como ya había hecho antes.

–Oye, ¿qué pasa?

–Todo va muy deprisa. Es como si el pasado se estuviese desvaneciendo, y no quiero perderlo.

–Jamás lo perderás, Sophie. Tu madre siempre será tu madre. Sé que me mi madre siempre será mi madre –añadió con la voz entrecortada.

–¿Tu madre? –era la primera vez que la mencionaba.

–Murió cuando tenía seis años.

–Lo siento mucho.

–Lo pasé mal, pero fue hace mucho tiempo. Ahora sé que no fue culpa suya. No fue culpa de nadie.

Lo agarré con más fuerza y él hizo lo mismo.

–Mis problemas no son nada comparados con los tuyos –dije.

–Te has llevado un impacto fuerte y solo han pasado unos días. Tienes derecho a sentirte confusa, furiosa y disgustada.

–No estoy furiosa –no lo estaba. Estaba triste y desorientada, pero no furiosa–. Bueno, a lo mejor con el hospital. Pero, claro, si lo hubieran hecho bien, no habría conocido a mi madre, no habría crecido con ella…

–Deja de sentirte culpable. No es culpa de nadie.

–Lo sé –mi cabeza lo sabía y mis emociones iban asimilándolo poco a poco.

Adeline estaba sola en la cocina cuando bajé. Eran casi las diez de la mañana, pero todos habíamos bailado y reído durante toda la noche, además de disfrutar del vino de la bodega Cambridge. Estaba atontada y deseando una dosis de café.

–¿Un expreso? –me preguntó, aún en pijama. Incluso despeinada y con el maquillaje emborronado estaba preciosa.

Yo había controlado mi antojo de café lo suficiente para peinarme y ponerme unos pantalones de yoga y un jersey suelto.

–Algo más suave. ¿Moca?

–Marchando –sacó una taza y pulsó unos botones de la cafetera–. Fue una pasada.

–Y tanto –respondí al sentarme en un taburete.

Exceptuando a los que se habían ido a casa pronto con sus hijos, los empleados de Kodiak Communications bailaron, bebieron y rieron hasta bien entrada la madrugada.

Mientras salía mi café, Adeline se sentó y dio un trago a su expreso.

–Anoche bailaste mucho –me dijo.

–Sí –fui a por el café y le di un trago antes de volver a sentarme–. Qué rico.

–Stone y tú hacíais muy buena pareja.

No pude evitar sonreír al recordarlo.

–Fue divertido.

–Y… –se inclinó hacia delante–. Y…

–Y nada. Bailamos, la noche terminó y volvimos a casa.

–Y…

–Y me metí en la cama.

Se me acercó más aún, expectante.

–Sola.

Le cambió la cara y hundió los hombros. Me reí al ver su decepción.

–¡Buenos días, buenos días! –gritó Braxton.

–Ay, tío –exclamó Adeline presionándose las sienes.

–Te lo tienes merecido –dijo Xavier, su padre, al entrar en la cocina después de Braxton.

–Buenos días, Sophie –me dijo. Nos habíamos visto de pasada en la fiesta.

–Buenos días.

–Tienes mucho mejor aspecto que Adeline.

–Fue una fiesta maravillosa. Lo pasé genial.

–Me han dicho que fuiste la ideadora de la cena servida en mesa.

–Ha sido Mel la que ha hecho todo el trabajo.

–Mel es increíble –dijo Xavier dirigiéndose a la máquina de café.

–¿Stone se ha levantado? –preguntó Braxton.

–Aún no lo he visto –respondí.

–Yo tampoco –añadió Adeline.

–Estaba pensando en mandarlo a la instalación del Glaciar Seafoam.

–¿Esta semana? –preguntó Xavier extrañado mientras le daba una taza de café a su hermano–. No tiene por qué ir Stone. Puedes enviar a un ingeniero.

–Sophie –dijo Braxton mirándome.

–¿Sí? –estaba nerviosa. No sabía qué pasaba, pero Xavier parecía confuso.

–Aún no has visto nada fuera de Anchorage. La isla Kodiak está absolutamente preciosa en esta época del año.

–¿De qué estamos hablando? –preguntó Stone sin el más mínimo signo de resaca. Me sonrió antes de mirar a Braxton–. ¿Ha pasado algo en la isla Kodiak?

–El Complejo Seafoam quiere una reforma.

–¿Ya? –preguntó Stone junto a la cafetera.

–Han añadido diez chalés nuevos. Jack Nice me lo consultó anoche. Quieren tener una sala de videotransmisión y de conferencias en el complejo.

–Nunca se tiene demasiada banda ancha –dijo Stone.

–¿Por qué no vas allí y les haces algunas recomendaciones técnicas?

Stone se quedó quieto con la taza a medio camino de la boca y me miró, parecía perplejo.

–¿Necesitas que yo vaya allí?

–Eso les demostrará nuestro grado de compromiso.

–Creo que la mejora de su infraestructura ya les demostrará nuestro grado de compromiso.

–Llévate a Sophie –añadió Braxton con tono de indiferencia; tal vez demasiado–. Así puedes enseñarle todo aquello.

–Yo también puedo ir –dijo Adeline.

A Braxton claramente le sorprendió el ofrecimiento de su sobrina.

–El paisaje es espectacular –me dijo entusiasmada–. Montañas y glaciares y mucha fauna.

–Entonces, arreglado –dijo Braxton.

Stone se quedó pensativo.

–Genial –dije, ya que todos parecían estar esperando mi respuesta.

–¡Perfecto! –Adeline se levantó de un brinco–. Deberíamos ir a la ciudad.

–¿Para qué? –le pregunté.

–Para devolver tu coche de alquiler. Es una tontería mantenerlo.

–Tenemos muchos camiones de la empresa. Puedes usar uno –dijo Xavier.

–Sophie no va a conducir un camión –le dijo Adeline a su padre–. Iremos al concesionario a por un SUV bonito.

–¿Quieres que me compre un coche?

–Lo comprará Kodiak –respondió tan contenta–. Siempre nos viene bien tener alguno nuevo en la flota. Tú solo tienes que elegirlo.

–No voy a…

–Buena idea –señaló Braxton con tono pensativo–. Necesitas un coche mientras estás aquí.

Sabía que el nivel económico de los Cambridge no tenía nada que ver con el mío, pero que compraran un coche nuevo para alguien que apenas estaría allí unos días me parecía ridículo.

–Y deberías elegir otra habitación –añadió Braxton–. Estás en la zona de invitados. Tienes que instalarte en una habitación más permanente.

–Soy una invitada y pronto me iré a casa.

–Pero volverás por aquí, ¿no? –preguntó Xavier–. Y todos queremos que te sientas cómoda.

–Me siento absolutamente cómoda.

–Queremos facilitarte las cosas para que vengas a visitarnos todo lo posible –continuó Xavier–. No deberías tener que recoger tus cosas cada vez que vienes y te vas.

Entonces pensé que tal vez estaba ocupando un espacio que podrían querer para otros invitados. No quería molestar.

–Lo que os venga mejor a vosotros.

–Vamos –dijo Adeline–, te voy a enseñar lo que tenemos.

No pude evitar mirar a Stone antes de salir. Seguía pensativo, pero no sabía por qué.

Adeline esperó a que hubiéramos subido medio tramo de escaleras antes de hablar, e incluso entonces susurró.

–¿Por qué el tío Braxton te quiere enviar fuera con Stone?

–No lo sé.

–Trama algo. Nunca hace nada sin motivo y mi padre tampoco.

–¿Por eso te has ofrecido a venir? ¿Para averiguar qué trama?

–Quería ver cómo reaccionaba a mi ofrecimiento. Me ha parecido que ha orquestado el viaje para juntaros a los dos y he pensado que saldría con alguna excusa para que yo no fuera.

–Pero no ha dicho nada. A lo mejor solo quiere que conozca Alaska.

–Ya. Aún no tengo todas las piezas, pero conozco a mi tío y a mi padre. Aquí pasa algo más –abrió la puerta de una habitación–. Voto por que te quedes esta. Está al lado de la mía.

Entré y miré a mi alrededor. Costaba creerlo, pero era aún más grande que la que tenía ahora.

–Es casi tan grande como mi antiguo apartamento de Seattle.

–Queremos que te guste estar aquí.

–Me gusta mucho estar aquí –salí al precioso balcón que tenía, inhalé el aire fresco y contemplé el prado y las montañas que ya me eran tan familiares.

Si el plan secreto de Braxton era que me gustara Alaska, iba por buen camino.

Capítulo Siete

Parecía imposible, pero Stone estaba incluso más sexi con traje de piloto que con vaqueros.

Estábamos subiendo a un hidroavión Cessna y estaba emocionada. Nunca había volado en un avión pequeño y, desde luego, nunca había despegado ni aterrizado en el agua.

Habíamos llegado en camioneta al lago Hood, donde estaba amarrado, y los tres habíamos descargado cajas, bolsas de lona y neveras portátiles. Stone lo había colocado todo al fondo. Justo en ese momento otra camioneta se detuvo junto a la orilla.

—Es Mason —dijo Adeline.

—Espero que no esté pensando en venir —dijo Stone mientras miraba por la ventana todos los objetos que acababa de colocar.

Mason llegó con una caja grande.

—¿Qué pasa? —gritó Stone.

—Seafoam acaba de llamar. Necesitan reemplazar tres extintores.

—¿Cuánto pesan?

—Cuarenta y cuatro kilos.

—¿Estás de coña? —dijo Adeline.

—Te has quedado fuera —le dijo Stone.

Adeline sacudió la cabeza y me miró como si sospechara que había sido todo una treta. Yo no lo vi así; supuse que habría surgido sin más.

–Bueno, pues pasadlo bien –dijo con tono apagado.

–Tú ya has estado allí y lo has visto todo –le dijo Mason.

–Ya, pero quería estar con Sophie. Es divertida, no como vosotros.

Mason y Stone se rieron. Yo me sentí mal por ella.

–Podría…

–No –dijeron los tres al unísono.

–Bueno, vale…

Stone colocó la caja en el asiento trasero que quedaba libre y la sujetó con una cuerda.

–Pisa aquí –me dijo después señalando un saliente de metal–. Agárrate a ese asidero. Está alto, pero yo te sujeto por detrás.

–Vale –dije.

–Hablamos cuando vuelvas –me dijo Adeline.

Sonreí.

Levanté un pie y me agarré al asidero. Stone me sujetó de las caderas y me alzó. Metí la cabeza y giré la cintura hasta que me acomodé en el asiento del copiloto.

–¿Bien? –me preguntó.

Asentí.

–La puerta se abre así –me hizo la demostración– y aquí hay un salvavidas por si caemos al agua –añadió dirigiéndome la mano bajo el asiento.

–¿Cómo dices?

–Los accidentes ocurren.

–¿Alguna vez has tenido alguno?

–Un par de aterrizajes complicados, pero nada de lo que debas preocuparte.

En realidad no estaba preocupada. Stone me transmitía una seguridad y una profesionalidad que me tranquilizaban.

Me abrochó el cinturón de seguridad.

–Si tienes que quitártelo, tira de aquí, ¿entendido?

–Entendido.

Después me dio unos auriculares con micrófono y me los puse.

–Esto bien cerca de la boca –dijo colocando el micrófono–. ¿Todo bien?

Asentí. Cuando se apartó, vi que Adeline y Mason seguían en el muelle. Sonreí y me despedí con la mano mientras Stone cerraba la puerta y soltaba las cuerdas que nos amarraban.

Adeline sacó una foto. Me alegró saber que tendría un recuerdo de esa aventura.

Stone se sentó, pulsó unos interruptores y movió unos mandos y unas palancas antes de arrancar el motor. Se puso los auriculares, hizo unos ajustes más, contactó con la torre por radio y al instante nos estábamos moviendo por el lago.

–¿Preparada? –me preguntó con una sonrisa.

–Sí.

Me volvió a impresionar lo sexi que estaba con el traje caqui y verde con el logotipo de Kodiak Communications en el hombro. Una gorra de béisbol a juego y unas gafas de sol le ensombrecían los ojos.

El avión tomó velocidad sobre el agua y nos ladeamos. El movimiento me sobresaltó y me agarré. Después el segundo flotador se elevó del agua y al momento estábamos volando.

–¿Bonito, eh?

–Bonito –respondí. Era increíble.

A medida que ascendíamos, veía los altos edificios de Anchorage, las montañas coronadas de blanco a lo lejos y el agua moteada de embarcaciones. Cruzamos un bosque con algunos lagos y lleno de alces, caribús e incluso unos cuantos osos pardos.

—Los osos me gustan mucho más desde aquí arriba —dije.

Se rio.

Atravesamos una amplia extensión de mar para llegar a la isla Kodiak. Me puse un poco nerviosa al ver que nos acercábamos al agua y respiré aliviada una vez aterrizamos y bajamos.

—¡Hola, Stone! —gritó una voz masculina desde lo alto de una rampa larga.

—¡Hola, Ray-Jay! —contestó Stone, que ya había amarrado el avión y ahora estaba descargando.

Quería ayudarlo, pero no sabía qué debía hacer y no quería estorbar.

—¿Qué tal la pesca? —añadió cuando Ray-Jay se acercó.

—Fantástica. Estamos teniendo un año estupendo para el salmón y el bacalao.

—¿Muchas reservas?

—Con lista de espera hasta dentro de dos años.

Stone sonrió.

—Eso es lo que te gusta.

Ray-Jay me miró.

—Hola, soy Ray-Jay, el director general del Complejo Seafoam.

—Y el dueño —añadió Stone—. Es Sophie Crush.

—¿Una amiga especial?

—Una amiga especial de la familia.

—Vaya, en ese caso, encantado de conocerte, Sophie Crush.

Debía de tener treinta y tantos años y era alto y guapo. Se acercó y me estrechó una mano fuerte y callosa.

Aunque fuera el dueño, estaba claro que también realizaba mucho trabajo físico.

—Mantente alejado, marinero.

—¿Pero por qué? No veo ningún anillo. Dime, Sophie, ¿estás soltera o comprometida con un tipo que ni se ha molestado en comprarte un anillo de diamantes?

—Eh… mantengo en privado mi vida privada —respondí con tono de broma.

Stone se rio.

—¡Ay! —exclamó Ray-Jay riéndose.

—Dame oportunidad de conocerte un poco —le dije bromeando.

—Entonces eso no es un «no» —señaló Ray-Jay.

—Es un «no» —contestó Stone—. Solo estaremos aquí esta tarde.

—A veces voy a Anchorage —me dijo Ray-Jay a la vez que se acercaba a ayudar a Stone.

—Vivo en Seattle.

—¿No has pensado en mudarte?

—No se va a mudar a la isla Kodiak —dijo Stone pasándole una caja desde dentro del avión.

—Tenemos el salmón primavera más grande del mundo.

—Para de una vez. La estás agobiando.

—¿Te estoy agobiando? —me preguntó Ray-Jay.

—Me estás divirtiendo —le respondí con sinceridad.

Ray-Jay gruñó y Stone se rio desde dentro del avión mientras seguía pasándole cajas.

—Eso no es malo —aclaré—. Tienes sentido del humor y me gusta.

—¡Le gusta! —le dijo Ray-Jay a Stone a la vez que apilaba las cajas que le iba dando.

—Te está dando largas —contestó Stone.

–¿Y crees que no lo sé? Pero le caigo bien, así que me quedo con eso.

–¿Puedo ayudar en algo?

–No, tranquila –dijo Ray-Jay.

–Nos apañamos –añadió Stone.

Me aparté para no incordiar.

–Llamaré a los chicos para que se lo lleven –dijo Ray-Jay sacando el teléfono.

Mientras, Stone bajó del avión.

–Me siento inútil –le dije cuando se situó a mi lado.

–No te he traído para trabajar –me respondió tocándome la parte baja de la espalda con delicadeza para instarme a subir la rampa.

Una vez arriba, llegamos a una pradera muy verde. Un camino de grava conducía a un edificio de madera.

–Es precioso –dije asombrada.

–¿Tienes hambre?

Capté el aroma a pan recién hecho.

–Ahora sí.

–Bien. Marianne nos dará algo para almorzar y después tengo trabajo que hacer.

Cuando llegamos a un pequeño tramo de escaleras que conducía a unas puertas dobles, volvió a tocarme la espalda. Fue un gesto caballeroso y, aunque era absolutamente capaz de subir sola unos escalones, me agradó. Sentí la calidez de sus dedos a través de la tela. Había unos centímetros de piel desnudos entre la camiseta y los vaqueros, pero no me estaba tocando ahí. Ojalá.

Un segundo después me soltó y abrió una de las puertas. Dentro había casi tanta luz como fuera, con una pared de ventanas y varias puertas que conducían a la terraza. Había una zona de recepción con asientos y, tras un muro de piedra, un restaurante acogedor.

–¡Stone! –dijo una mujer de unos cincuenta años corriendo hacia él. Sonrió al abrazarlo–. Bienvenido otra vez.

Cuando me miró, di un paso adelante y alargué la mano.

–Sophie Crush. Soy de Seattle y estoy visitando a los Cambridge.

–Encantada, Sophie –dijo estrechándome la mano con entusiasmo–. Soy Marianne. Bienvenida.

–Todo esto es alucinante –dije mirando a mi alrededor otra vez.

–No te esperabas algo así aquí, ¿eh? –me preguntó sonriendo.

–No sabía qué esperar, pero desde luego algo más pequeño y más rústico.

–Tenemos clientes de todas partes. Es el viaje de su vida y no queremos decepcionarlos. Bueno, tengo que volver a la cocina. Poneos cómodos. Hoy tenemos sopa de almejas y hamburguesas de salmón, y de postre tarta de chocolate y cerezas.

Me encantó cómo sonó lo de la tarta de chocolate y cerezas y esperaba que el pan que estaba oliendo también formara parte del almuerzo.

El almuerzo, que incluyó el pan recién hecho, resultó tan delicioso como había sonado.

Una vez terminamos, Stone y Ray-Jay se marcharon en dos *quads* a una estación satélite mientras yo pasaba la tarde sola, paseando encantada por la playa y el resto del complejo. Encontré un espacio soleado en la terraza y una empleada me ofreció unos prismáticos. Conté doce águilas imperiales y vi muchos otros pájaros, además de ardillas e incluso un ciervo y un cervatillo.

Eran más de las cinco cuando los vi volver y dejar los *quads* en el garaje. Lo había descubierto durante el paseo junto con algunos cobertizos situados en la rocosa playa al este del edificio principal. Al oeste y al sur, en las zonas más bonitas de la propiedad con una playa de arena fina, había chalés frente al agua y entre los árboles. Según había visto en un folleto, los huéspedes podían alojarse en habitaciones en el edificio principal o en los chalés si buscaban más intimidad. Las comidas *gourmet*, el vino y el resto de bebidas de primera estaban incluidos en cualquiera de las opciones.

Stone sonrió al verme y me saludó con la mano. Ray-Jay le dijo algo y los dos se rieron. Intenté no darle importancia, no había nada que indicara que estaban hablando de mí. Podrían haber comentado cualquier otra cosa.

—Espero que hayas pasado una tarde agradable —me dijo Ray-Jay cuando se acercaron.

—¿Lo has visto todo? —preguntó Stone.

—Creo que sí.

—Tenemos una plataforma de observación sobre el valle —comentó Ray-Jay.

—La he visto desde la terraza.

—Deberías llevarla allí, Stone. Aunque es un poco pronto —añadió mirando el reloj—. Hay mucho más que ver más entrada la tarde.

Stone se sentó frente a mí.

—¿Te apetece?

—Sí —parecía divertido.

—Podríamos quedarnos y subir por la noche.

—Voy a avisar —dijo Ray-Jay entrando al edificio.

Stone estiró las piernas y se recostó en la silla. Se había quitado el uniforme de vuelo y llevaba unos pantalones de bolsillos y una camiseta fina. Parecía cómodo allí en plena naturaleza, un tipo duro y curtido a pesar de tener solo treinta y cuatro años.

–¿Viajas a muchas instalaciones?

–Ya no mucho. Casi todo el tiempo estoy en la oficina de Anchorage, pero lo echo de menos.

–¿Tienes alguna teoría sobre por qué nos ha hecho venir Braxton?

–Es muy simple. Quiere que veas parte de Alaska.

La interpretación de Braxton no tenía mucho que ver con la de Adeline.

–¿Esta parte en particular? ¿Hoy, contigo?

–¿Por qué no? Esta zona es la joya de la corona, ¿no crees?

–¿Y no crees que hay algo más? –no sabía por qué, pero no podía descartar del todo las sospechas de Adeline.

Una ráfaga de viento lo despeinó y no pude evitar pensar una vez más que ese hombre era pura sensualidad.

–Se siente culpable.

–¿Por haber sospechado de mí?

–Se siente culpable por haberse ido del hospital con el bebé equivocado. Dejó atrás a su hija.

–Ah –no había contemplado esa posibilidad.

Por un segundo me alegré de que mi madre no hubiera tenido que pasar por esto. Se habría sentido igual por haber dejado atrás a Emily, y no habría sido justo. No había sido culpa suya y, por la misma razón, tampoco había sido culpa de Braxton.

–Intenta recuperar el tiempo perdido. Cree que es culpa suya e intenta enmendarlo.

Por primera vez me sentí mal por Braxton.

–¿Qué debería hacer?

–Nada. No tienes culpa de nada. Disfruta –dijo señalando lo que nos rodeaba.

Estaba disfrutando y él era uno de los grandes motivos.

Pasaban las ocho cuando Stone me llevó hasta un *quad*.

–Creía que iríamos andando –le dije pensando en poder quemar las calorías de la tarta que nos había servido Marianne después de la cena.

–Son ocho kilómetros. Sube –me dijo después de sentarse en el *quad*–. Arrancó el motor–. Busca los reposapiés y agárrate a la rejilla trasera… o a mí.

Vi su sonrisa de perfil. Le puse una mano en el hombro y eché una pierna sobre el asiento. Me acomodé y me agarré a la rejilla. Acurrucarme a Stone y rodearlo por la cintura me parecía demasiado íntimo.

–¿Lista?

–Lista.

Aún brillaba el sol en el cielo y árboles cubiertos de musgo se alzaban sobre nosotros según ascendíamos, rodeados de exuberantes prados verdes y flores de muchos colores. Cuando llegamos a la plataforma, vi que estaba vallada y que tenía un portón. Stone descorrió el pestillo. Había dos hileras de sillas situadas de cara al valle y seis telescopios cubiertos.

–¿Es peligroso?

–Está vallada básicamente para darles a los turistas sensación de seguridad. Los osos no tienen tanto interés por nosotros.

Les quitó la cubierta a dos de los telescopios.

—Es mejor elegir un punto y observar detenidamente.

Me acerqué.

—Elige un punto de referencia del río y luego desplázate hacia abajo con esta palanca pequeña de aquí.

—Está todo negro.

—Tienes que quitar la tapa de la lente.

—Ah, gracias —dije al ver la luz de pronto. Volví a probar y ahora pude ver con asombroso detalle los arbustos, las rocas y el agua corriendo. Sin embargo, no vi nada que se moviera.

—Mira por aquí —me dijo apartándose de su telescopio.

—¿Qué has encontrado?

El animal tenía unas astas impresionantes y estaba agachado bebiendo del río.

—Es un alce.

—Hay otro, y otro más —exclamé emocionada.

Volví a mi telescopio.

—¿Cómo puedo encontrarlos?

—Sigue usando el mío.

Vacilé. No me parecía justo.

—Vamos. Yo miraré a ver qué encuentro con el tuyo.

Acepté la invitación porque estaba fascinada con los animales, pero cuando volví a mirar, ya no estaban.

—Se han ido.

—¿Seguro? Mira bien.

Esperé y entonces vi una forma grande y marrón.

—¡Guau! Ya he visto lo que los ha asustado.

—¿Un oso?

—Sí. No. Tres osos —al darme cuenta de que estaba acaparando las vistas, me aparté—. Mira tú.

—Tranquila. Tú sigue mirando, en serio. Quiero que te diviertas.

—¿Te paga Braxton?

—Sí, pero no por hacer esto —se me acercó y me dijo con voz susurrante—: Me gusta verte contenta, Sophie.

Se acercó más. Iba a besarme y sonreí al imaginarlo. Me puso una mano en la nuca, agachó la cabeza, me rodeó la cintura con la otra mano y me llevó hacia él. Nuestros labios se encontraron y una vez más la pasión me recorrió, chisporroteando. Separé los labios y lo rodeé por el cuello. Me apoyé en él y posé la otra mano en su pecho, sintiendo su fuerza y el latido de su corazón.

El beso se intensificó y sus dedos encontraron esa franja de piel entre mi camiseta y mis vaqueros. Todo mi cuerpo suspiró de satisfacción. Coló la mano bajo la camiseta. Nuestros muslos se tocaron y arqueé la espalda hacia él llena de deseo. Entonces se apartó ligeramente y besó con ternura mis labios inflamados.

Sonrió y me acarició la mejilla.

—¿Quieres seguir mirando animales?

Estaba demasiado inquieta como para mirar alces y osos.

—Ya he terminado.

—Vale —volvió a cubrir los telescopios y fuimos hacia el *quad*.

No sabía qué iba a pasar ahora y tampoco me atreví a preguntar. La última vez que le había sugerido algo, me había rechazado rotundamente, y no quería volver a pasar por lo mismo.

Se subió a la moto y arrancó. Cuando me senté, me agarró los brazos y se los colocó alrededor de la cintura. Me apoyé en él y me acurruqué a su espalda, sintiendo su calidez.

—¿Preparada? —me preguntó.

Estaba más que preparada.

112

Capítulo Ocho

El trayecto de vuelta me resultó decepcionantemente rápido, mucho más que el de ida. Contemplé el paisaje, pero básicamente me centré en Stone. Sentía su hombro fuerte bajo la mejilla y notaba los músculos de su abdomen flexionarse al tomar las curvas y esquivar obstáculos.

Cuando el tejado rojo del hotel apareció ante nosotros, en lugar de tomar el camino que conducía al garaje, Stone accedió a un camino secundario y se detuvo frente a un bonito chalé.

Esperé a que apagara el motor antes de levantar la cabeza.

—¿Vas a recoger algo?

—¿Puedes bajar?

—Claro. ¿Vamos a ir andando? —estaba cansada, pero dispuesta a hacerlo.

Stone se giró en el asiento con una llave colgándole del dedo.

—Me la ha dado Ray-Jay.

—¿Vamos a quedarnos aquí?

—Sí —respondió al bajar.

—¿Juntos?

—Bueno, hay tres habitaciones si no quieres…

—Sí quiero —dije agarrándole la camiseta.

Lo besé. Me devolvió el beso, sonrió y volvió a besarme.

—Bien, porque yo también.

De la mano cruzamos el porche. Al entrar no me fijé mucho en nada, tenía la atención centrada en él, en sus ojos oscuros, en su atractivo rostro, en ese cuerpo musculoso que ya estaba rodeando con mis brazos. Stone cerró la puerta con el pie y se quitó la camiseta. Yo hice lo mismo. No tenía ningún sentido esperar. Me desabroché el sujetador y lo tiré. Después me acerqué a él, juntando nuestros torsos, y lo rodeé por el cuello mientras lo besaba en la boca. Sabía que esta vez no nos detendríamos.

—Madre mía —susurró entre besos. Sus cálidas manos estaban sobre mi espalda. Después se me colaron bajo la cinturilla de los vaqueros y subieron por mi abdomen hasta mis pechos.

—Sí —gemí, echando la cabeza atrás. El deseo me invadía. Stone era pura magia.

Con las manos recorrí sus hombros firmes, sus pectorales esculpidos y sus abdominales musculados hasta llegar a la cinturilla de sus pantalones. Me agarró las nalgas y me levantó. Lo rodeé por la cintura con las piernas y nuestra conexión intensificó mi pasión incluso a pesar de las capas de ropa. Se movió y entonces sentí una mesa debajo de mí. Me acarició la cara mientras me echaba el pelo atrás y me besaba los labios con ternura. Permanecimos así un largo rato hasta que coló la mano entre los dos y me desabrochó los vaqueros. Yo hice lo mismo con sus pantalones. Nuestras miradas se quedaron enganchadas mientras terminábamos de quitarnos la ropa y al instante estábamos desnudos y pegados el uno al otro. Los besos se intensificaron. Nos recorríamos con las manos, acariciándonos, mientras a él se le aceleraba la respiración y yo notaba el corazón golpeteándome el pecho. Sus caricias se volvieron más íntimas y mi deseo estalló. Me moví hacia su mano arqueando la espalda y gimiendo su nombre.

–¿Ahora?

–Sí, sí. Ahora está bien. Ahora.

Al instante estaba dentro de mí y éramos uno. Me embestía a la vez que seguía haciendo magia con las manos, encontrando puntos que yo no sabía que existieran, elevando mi pasión a cotas más y más altas. Me besó el cuello y después los hombros y los pechos. Su respiración entrecortada me indicó que me deseaba tanto como yo a él. Sonreí justo cuando volvió a besarme la boca.

–¿Bien? –me preguntó con una sonrisa en la voz.

–Genial. Absoluta… mente genial.

–Bien –dijo con clara satisfacción.

Sus embestidas se volvieron más fuertes, más rápidas, más insistentes.

Lo agarré por los hombros cuando mi cuerpo se tensó en una espiral de placer infinito.

–Stone…

–Sophie –gimió de satisfacción agarrándome con fuerza.

Poco a poco un letargo se apoderó de mis extremidades. Fue una suerte que Stone me estuviera sujetando porque me sentí como si me fuera a derretir. Abrí los ojos y miré a mi alrededor.

–Qué sitio tan bonito.

Stone se rio y su cuerpo vibró contra mí. No tenía ninguna gana de apartarme de sus brazos y me aferré a él con más fuerza. Me abrazó y susurró:

–Me gusta estar aquí. Me gusta mucho.

Se apartó lo justo para acariciarme la mejilla. Suspiré y ladeé la cara, pidiendo más. Me acarició los labios y le besé el pulgar. Se detuvo un segundo y después me besó en la boca. La pasión revivió en mi interior, sorprendiéndome, y me moví contra él.

—¿Tú crees? —me preguntó sonriendo.

—¿Podemos?

—Claro que sí —me besó y su lengua jugueteó con la mía.

Al final nos metimos en una cama y nos acurrucamos sobre unas sábanas limpias y frescas. Dormimos abrazados y nos despertamos ya por la mañana cuando comenzó la actividad en el complejo. Deseé que pudiéramos quedarnos algo más en la isla Kodiak, pero sabía que era imposible. Ya íbamos a llegar más tarde de lo planeado y esperaba que eso no le causara problemas a nadie.

Después del maravilloso desayuno que nos ofreció Marianne, volvimos a la mansión, donde nos estaba esperando Adeline.

—¿Qué te ha parecido? —me preguntó agarrándome del brazo y alejándome de Stone—. ¿Bonito, eh?

—Sí, precioso. Y el vuelo me ha encantado.

Salimos al patio y nos sentamos al sol.

—Bueno, venga, cuéntamelo.

—¿Contarte qué? —me hice de rogar un poco, aunque ya había decidido que se lo iba a contar. No me avergonzaba haberme acostado con Stone.

—Suéltalo —añadió descalzándose.

Yo hice lo mismo.

—Hemos visto alces, osos y caribús desde el avión —la estaba haciendo rabiar y me resultaba divertido.

116

–Y…

–Y la isla Kodiak es maravillosa y la comida impresionante.

–Y…

–Y subimos a la plataforma de observación.

–Y…

–Y… Sí. Lo hemos hecho.

Adeline soltó un gritito y miré a mi alrededor para asegurarme de que no nos había oído nadie.

–Lo sabía –susurró y se me acercó más–. Dame todos los detalles. Bueno, no. No me des detalles. Resultaría un poco incómodo tratándose de Stone.

–No te los iba a dar de todos modos.

Oímos una puerta abrirse y miramos.

–Me alegro de que hayas vuelto, Sophie –dijo Braxton saliendo al patio acompañado de un hombre más joven–. ¿Lo has pasado bien?

–Ha sido un viaje maravilloso –respondí sin atreverme a mirar a Adeline–. Y el Complejo Seafoam es increíble.

–Stone ya me ha contado que ha sido un éxito y que podremos tener la instalación actualizada antes de lo esperado. Mira, te presento a Joe Breckenridge.

–Hola, Sophie. Me alegro de volver a verte, Adeline –Joe parecía tener treinta y pocos años, era alto, moreno y con una sonrisa bonita.

–Joe –dijo Adeline con aspereza.

–Quédate a cenar –le dijo Braxton dándole una palmadita en el hombro.

–Es una oferta tentadora. No me gustaría perderme una comida de Sebastian –respondió Joe sin apartar la mirada de Adeline.

Ahora iba a ser yo la que le sacara información a ella.

–Sophie y yo tenemos planes para cenar –dijo Adeline.

La miré asombrada, pero enseguida cambié la expresión a una neutral.

–¿No podéis posponerlos? –preguntó Braxton tensando la mandíbula.

–Tenemos una reserva.

–Cambiadla.

–Es en el Big Edge, tío. Ya sabes lo que cuesta conseguir reserva.

–Puedo ayudaros con eso –dijo Joe sacando el teléfono–. ¿Qué otro día podríais?

Vi que Adeline se quedó bloqueada, así que le eché una mano.

–No sé cuánto tiempo me voy a quedar.

–¿Qué? –preguntó Braxton–. No sabía que pensaras irte.

–Tengo que volver para mudarme a mi casa nueva.

Braxton no dijo nada, pero no se quedó muy convencido. Miró a Adeline.

–Por favor, no seas maleducada.

Adeline se cruzó de brazos y resopló.

–Vale. Lo cancelaremos.

Joe sonrió.

–¿Qué día y qué hora?

Adeline no respondió, seguía enfadada.

–El viernes a las siete –dije, suponiendo que lo de Joe era un farol y que, de todos modos, no conseguiría mesa.

–Hola, Rhonda –dijo al teléfono–. Soy Joe Breckenridge. ¿Puedes conseguirme una mesa para el viernes a las siete? En la terraza, si tenéis –esperó un momento–. Sí. Gracias –colgó–. Listo.

Me quedé alucinada. ¿Quién era ese hombre?

***

–Es miembro del congreso –me dijo Adeline cuando nos quedamos solas–. ¿Te apetece beber algo? ¿Una mimosa?

–¿Miembro del Congreso de los Estados Unidos?

–Sí, de ese congreso. ¿Quieres un bollito o algo para acompañarlo? –añadió al levantarse.

–Claro. Es bastante joven para estar en el congreso.

–Su familia tiene el rancho más grande de Alaska. Llevan generaciones aquí. Joe estudió Derecho en Harvard.

Nos dirigimos a la cocina.

–No te cae bien.

–No lo conozco bien.

–Venga, he visto cómo has reaccionado.

–Mira, Sophie. Braxton y mi padre quieren tener influencia por todo el país, ¿y quién mejor para ayudarlos que un congresista?

–Aaah…

–Eso, aaah.

De una de las dos neveras de dos puertas sacó una jarra de zumo de naranja y una botella de champán. Me maravilló que tuvieran botellas de champán ahí en la nevera para que lo tomara quien quisiera, y además era de marca buena.

–Las copas están en el tercer armario –me señaló Adeline.

–¿No es tu tipo? –pregunté mientras sacaba dos. Eran preciosas.

–Es político.

–¿Y para ti eso es negativo?

–Sí. Además, no voy a permitir que mi padre y mi tío me programen la vida para su propio beneficio. Por algo llevo nueve años en California.

–¿Entonces no estás allí porque te encante la planificación urbanística?

–Me encanta y me encanta California. Y también me encanta Alaska, pero estar aquí demasiado tiempo tiene sus inconvenientes, como acabas de ver –descorchó la botella.

–¿Y Joe qué opina?

–Soy la hija de un empresario destacado, he nacido y crecido en Alaska, y estoy en edad de casarme. Sé bailar y socializar, y me arreglo bien para las ocasiones formales.

–Seguro que estás preciosa.

Tenía esa clase de figura a la que le sentaba todo bien. Además, tenía un cabello rojizo y unos ojos verdes únicos. Si yo fuera Joe y buscara novia, Adeline sería mi primera opción.

–Si yo fuera él, lo haría.

–¿Hacer qué? –me preguntó mientras llenaba las copas.

Las bebidas tenían un aspecto delicioso y en la encimera teníamos un cesto de bollitos de arándanos recién hechos.

–Casarme contigo –respondí al servirme una mimosa y un bollito.

Adeline soltó una carcajada de pronto.

–Yo sí que me casaría contigo.

–Pero somos primas.

–Es verdad –se encogió de hombros y fue hacia la puerta.

Volvimos a sentarnos.

–¿No irás a marcharte pronto, verdad? –me preguntó.

–No lo he pensado –y era verdad.

Le di un bocado al bollito, que se me derritió en la boca.

–Qué rico. ¿Cómo es que Sebastian no tiene su propio restaurante?

–Porque le pagamos mucho para que siga aquí.

–¿En serio?

–No sé la cifra exacta, pero en cuanto se plantea expandir sus horizontes, la familia entra en pánico y alguien le sube el sueldo.

–No me extraña. Aunque espero que sea feliz así.

Stone llegó en ese momento desde la cocina.

–¿Quién esperas que sea feliz? ¿Yo?

–Sebastian –respondió Adeline poniendo los ojos en blanco.

–¿Y por qué no iba a ser feliz? –preguntó Stone sentándose a nuestro lado.

–Porque pensaba que le gustaría abrir un restaurante –dije.

–¿Intentas quedarte con Sebastian? ¿Vas a abrir un restaurante?

–Es una idea genial –dijo Adeline–. Aunque a lo mejor deberías abrirlo en California –esbozó una sonrisita al añadir–: Sacramento está muy bien.

–Ni se te ocurra intentar quedarte con Sophie –la advirtió Stone.

–No soy un objeto.

–Sophie decide –dijo Adeline.

–¿Los dos sabéis que no voy a abrir ningún restaurante, no?

–De todos modos, pujaríamos más que tú por Sebastian –dijo Stone–. ¿Queda algún bollito?

—En el cesto —respondió Adeline.

Saboreé otro pedazo del mío mientras Stone iba a la cocina a por uno.

—¿Sabe que lo sé? —susurró Adeline.

Negué con la cabeza.

—Vale.

—He visto a Joe —comentó Stone al volver y sentarse. Se había servido una mimosa también—. Están los tres en el estudio.

—Qué casualidad —exclamó Adeline.

—Es un buen tipo. Deberías darle una oportunidad —dijo Stone sonriendo.

—¿Estás de acuerdo con que quieran emparejarlos? —pregunté.

—Es un modo más de conocer a alguien.

—¿De qué parte estás? —le pregunté. Estaba claro que a Adeline no le interesaba Joe, así que ¿por qué querían presionarla?

—Aquí no hay partes, solo una familia que la quiere y un hombre que se siente atraído por ella.

—¿Y qué pasa con la mujer que sabe lo que quiere?

—¡Eso! —dijo Adeline.

—Yo solo digo que debería darle una oportunidad.

Adeline se levantó.

—¿Quieres otro bollito? —me preguntó.

—No, gracias —estaba llena.

Cuando se alejó, abrí la boca para preguntar a Stone por qué la estaba presionando, pero me interrumpió acercándose con una sonrisa y unos ojos cargados de calidez.

—¿Cómo estás?

—Bien —accedí al cambio de asunto porque no me apetecía discutir. Además, estaba bien, muy bien, invadida por los recuerdos de la noche anterior y de esa mañana.

—¿Quieres que hagamos algo? ¿Que vayamos a la ciudad, a cenar, a bailar?

—¿Me estás pidiendo una cita?

—Sí, te estoy pidiendo una cita.

—Claro que quiero —respondí.

—Sophie sigue necesitando un coche —dijo Adeline al volver y sentarse.

—Sophie está acostumbrada a otro estilo de vida —contestó Stone.

—¿Un estilo de vida sin coches?

—Tengo uno en casa.

—Me refiero a un estilo de vida normal en el que la gente tiene que ahorrar para comprar cosas como un coche —terminó Stone.

—Pero si no tiene que pagarlo ella.

—Puedo pagarlo perfectamente —podía pagarlo simplemente con los *royalties* que había cobrado esa semana.

—Sophie tiene su propio dinero. Mucho dinero —dijo Stone.

—Desde hace poco —aclaré.

—Ah, claro, lo del invento —dijo Adeline. Se levantó y se terminó la mimosa de un trago—. Pues venga, vamos al concesionario. ¡Qué divertido!

123

Capítulo Nueve

Adeline me había llevado a un concesionario de coches de lujo mientras ensalzaba el valor de la comodidad, la estética y la calidad a largo plazo por encima del ahorro a corto plazo. Stone le había dado la razón y al final me había decidido por un SUV de tamaño mediano azul metalizado que, debía admitir, me encantaba. Estaba en *stock* y cargado de extras. Lo había conducido de vuelta a la mansión con Adeline de copiloto y habíamos llegado a tiempo para cenar con Joe.

Nuestras habitaciones eran contiguas y compartíamos el balcón. Teníamos las puertas abiertas casi todo el tiempo y nos habíamos acostumbrado a acceder por ahí a la habitación de la otra.

—¿Qué te parece? —me preguntó al entrar.

Terminé de ponerme el jersey y la miré. Llevaba un blusón de seda con manga japonesa, unos vaqueros negros ajustados y unas botas de piel azules. Además se había puesto unos pendientes gruesos de oro y más maquillaje del habitual.

—Estás muy arreglada —le dije.

—No tanto. Vamos a cenar en el comedor formal.

Yo llevaba un jersey morado con mangas tres cuartos y vaqueros azules, y había pensado ponerme zapatos planos.

—¿Debería cambiarme?

—Estás genial.

–¿Va a ser una cena formal porque es un congresista?

–Porque papá y el tío creen que el mundo gira a su alrededor y porque no quiero que luego me echen la bronca diciendo que ha sido una falta de respeto por mi parte, bla, bla, bla.

–Me voy a cambiar de pantalones.

Me pondría unos negros y, en lugar de los zapatos planos, unos botines de tacón. Además, me cambiaría los pendientes.

–¿Es que quieres impresionar a alguien en la mesa?

No pude evitar sonreír.

–No creo que le dé mucha importancia a lo que me ponga, pero es una cena al fin y al cabo.

Me cepillé el pelo, me puse unos pendientes de cristal largos y las botas de tacón.

–Estamos increíbles –dijo Adeline–. Asegúrate de sentarte a mi lado. No quiero que me caiga la charla de negocios toda la noche.

–¿Alguna vez te ha interesado el negocio familiar?

–Nunca. No me gusta la tecnología y no estoy dispuesta a pasarme el resto de mi vida dominada por mi padre.

–¿Tan mala es la relación?

–Él me propone qué debería hacer, dónde debería ir y cómo debería sentirme, y si no acepto sus sugerencias, se enfurruña y vuelve a proponerlas dándoles la vuelta por si no me doy cuenta. Ah, claro, y siempre convence a Braxton para que me presione, además de a Mason y a Kyle, aunque no creo que mis hermanos lo hagan con mala intención –abrió la puerta y salimos.

–Dame un ejemplo.

–Joe Breckenridge.

–Eso ya lo sé. Otro.

—La universidad de Alaska en lugar de la de California. La elección de mi carrera. Mi vestido de graduación. Mi pareja para la fiesta de graduación.

—¿Intentaron que fuera Joe?

—Joe llegó después, pero si por entonces hubieran sabido lo que acabaría siendo…

Nos reímos y entramos al comedor.

Braxton y Xavier estaban charlando mientras Stone, Mason y Kyle parecían inmersos en una animada conversación con Joe.

—Ah, aquí están —dijo Xavier con un tono que me hizo preguntarme si habríamos bajado demasiado tarde.

Adeline me dio un pellizco en el brazo disimuladamente.

—Bienvenidas, señoritas —dijo Braxton. Retiró una silla mirándome—. Por favor.

Quedó claro que no podría elegir dónde sentarme. Xavier había hecho lo mismo al otro lado de la mesa.

—¿Adeline?

—Quería sentarme al lado de Sophie.

—No digas tonterías —dijo Xavier con tono amable—. Sebastian lo tiene todo planificado.

Adeline me miró mientras nos separábamos. Braxton, muy galante, me acercó la silla a la mesa y le di las gracias. Stone se sentó a mi derecha y Mason a mi izquierda. Joe estaba frente a Stone y Kyle frente a Mason. Braxton y Xavier ocuparon los extremos.

Un hombre trajeado, que debía de ser un *maître*, salió de una puerta lateral seguido por otros ocho ataviados con pantalones y chalecos negros y camisas blancas. Me pareció excesivo.

—Buenas noches. La cena de hoy serán vieiras con salsa de miel y mostaza de Dijon y ensalada de cítricos.

A continuación, fletán a la plancha con ciruela y pepino y *risotto* de setas como plato de principal. De postre, *crème brûlée*. Para el vino tinto Sebastian sugiere un *cabernet sauvignon* de 2007 y para el blanco, un *chardonnay* de 2013.

—¿Señoritas? ¿Tinto o blanco? —preguntó Braxton mirándome.

—Tinto, por favor.

—Blanco. Gracias, Randall —dijo Adeline.

Randall hizo un gesto muy sutil y un camarero se situó detrás de Adeline. Tardé un segundo en darme cuenta de que yo tenía otro camarero detrás para llenarme la copa. Mientras, otro me retiraba la copa de vino blanco.

—¿Caballeros? —preguntó Xavier.

Cada uno eligió y resultó que Joe y Adeline fueron los únicos que tomaron blanco.

—¿Así es como lo hacen los ricos? —pregunté a Stone en voz baja—. Es inquietante.

—Tú déjate llevar, tranquila.

—¿Qué tal la familia, Joe? —preguntó Xavier cuando los camareros se retiraron.

—Papá está bien. Mamá insiste en que delegue más trabajo en el capataz del rancho para que ellos puedan viajar, pero creo que a mi padre no le interesa mucho.

—Debería pensárselo. La familia es lo primero —dijo Braxton.

—Se lo diré de tu parte —respondió Joe sonriendo—, pero dudo que sirva de algo.

—¿Y tus hermanas? —preguntó Xavier.

—Patty está embarazada otra vez y Elaine está saliendo con un chico de Texas. Proviene de una familia de rancheros.

—Tu padre se alegrará si la cosa funciona —dijo Xavier.

–Y todos sabemos lo importante que es eso –añadió Adeline.

–Yo no tengo hermanos –dije para romper el silencio que se hizo–. Mis nuevos primos son todo lo que tengo ahora, así que estoy emocionada –mis palabras generaron más impacto que las de Adeline y rápidamente me di cuenta de mi error–. Creía que se lo habíais dicho.

–¿Vamos a contárselo a la gente? –preguntó Braxton complacido.

–A los amigos cercanos y a la familia –respondí vacilante.

Joe me lanzó una cálida sonrisa. Adeline frunció el ceño.

–Es un honor que se me incluya en ese grupo. ¿Cómo es que no me lo habías contado? –le preguntó Joe a Braxton.

Braxton dejó la copa en la mesa y se puso derecho.

–Sophie... –dijo y me lanzó la sonrisa más cálida que había visto nunca– es mi hija.

Joe no mencionó nada, pero sus ojos reflejaban que se había quedado impactado.

–Será mejor que le contemos toda la historia –dijo Stone.

–A Emily y a Sophie las cambiaron al nacer –señaló Mason.

–En el hospital –añadió Stone–. Acabamos de descubrirlo.

Joe me miró.

–Tú eres...

–Parte de la familia –dije levantando la copa.

–Por supuesto –aseveró Braxton con un tono de lo más efusivo.

–Bienvenida, Sophie –dijo Kyle alzando la copa hacia mí.

Todos hicieron lo mismo y me sentí avergonzada. Stone me dio un pellizquito en el muslo.

–Tranquila –me susurró otra vez.

Estaba metida en mi coche nuevo con el manual de instrucciones en las manos. Por un lado me costaba asimilar que fuera mío, ya que nunca había tenido un coche nuevo, pero además me estaba divirtiendo aprendiendo cómo funcionaba todo, como los asientos calefactables por ejemplo. Ahora no hacía falta, pero si volvía a Alaska en invierno, iba a agradecer tener la espalda y el trasero calentitos.

La puerta del copiloto se abrió sorprendiéndome. Era Braxton.

–¿Te gusta?

–Mucho.

Me había prometido ser más paciente con él.

–¿Te importa?

–Para nada.

Entró, se sentó y cerró la puerta.

–Podemos hacerte un sitio en el garaje.

–No es necesario.

–Será un placer. Así te ahorrarás tener que quitar la nieve en invierno. ¿Estabas pensando en sacarlo a dar un paseo? –preguntó con tono afectuoso.

–¿Te apetece venir?

–Me encantaría.

Aunque aún no sabía qué sentía por él, sabía que estar un rato solos era buena idea. Respiré hondo y pulsé el botón de arranque.

–Qué bien suena –dijo.

Estábamos demasiado en silencio. Puse la radio.

–He sacado unos álbumes de fotos para que los veas –me dijo cuando salí a la carretera–. He pensado que te gustaría ver fotos de tu madre.

Apreté la mandíbula al oír cómo se refirió a ella.

–¿Preferirías que la llamara Christine?

–Cuando oigo la palabra «madre» pienso en mi madre de verdad… Lo siento, quiero decir, la madre que me crio.

–No te disculpes. Entonces la llamaremos «Christine».

–¿Te molesta?

–Lo que yo sienta no importa –dijo mirando al frente–. ¿Has estado ya en el puerto deportivo? Tenemos un barquito amarrado allí, por si te apetece.

Nunca había navegado, pero debía de ser divertido.

–No me importaría ir a verlo.

Me fue dando indicaciones y, tras atravesar una zona de bosque, llegamos a una playa rocosa con un pequeño aparcamiento y un muelle con embarcaciones.

–¿Te sueles quemar con el sol? –me preguntó mientras se ponía una gorra.

–Me bronceo con facilidad.

–Bien. Por aquí.

El *Emily Rae* era el velero más grande del muelle.

–Buenos días, señor Cambridge –dijo un hombre que había a bordo ataviado con pantalones blancos y camiseta azul clara.

–Buenos días, Wade. Te presento a mi hija, Sophie.

Wade apenas se inmutó al conocer a una hija crecidita de Braxton.

–Buenos días, señorita Cambridge.

130

–Me apellido Crush, pero puedes llamarme Sophie.

–Entonces buenos días, Sophie. Bienvenida a bordo –me dijo tendiéndome la mano.

–¿Tenemos tiempo? –le pregunté a Braxton.

–Todo el tiempo del mundo –dijo feliz de verme tan dispuesta–. ¿Te mareas con facilidad?

–No me he mareado nunca.

–Bien –se hizo visera con la mano y miró a lo lejos–. No pinta mal por allí. Estamos cerca de Fiddler's Point.

–Y en la isla hay un sendero muy bonito por si quieren estirar las piernas –añadió Wade.

–¿Puedo hacer algo para ayudar? –pregunté aunque no sabía nada sobre navegar.

–Disfrutar del viaje –dijo Wade–. Voy a darte un chaleco salvavidas. ¿Tienes gafas de sol?

–No.

–Sin problema. Tenemos de sobra –desapareció por una pequeña escalera.

–Esto es increíble –dije mirando a mi alrededor.

–Me alegro mucho de que te guste.

Wade volvió con tres chalecos salvavidas y una gorra y unas gafas de sol para mí. Nos los pusimos. Braxton le dio su teléfono.

–¿Puedes sacarnos una foto?

Wade agarró el móvil y nos colocamos. Me preparé por si Braxton me echaba un brazo sobre los hombros, no muy segura de cómo me haría sentir ese gesto, pero no lo hizo; se limitó a situarse detrás para encajar mejor en el plano.

Zarpamos y recorrimos una buena distancia con un motor silencioso antes de que Wade y Braxton desplegaran las velas. El viento me soplaba contra la cara y

131

el agua me salpicaba refrescándome. Braxton se sentó a mi lado.

–¿Sabes navegar? –le pregunté.

–Sí, aunque de joven lo hacía más. Ahora los aficionados son Stone, Mason y Kyle.

–¿Stone navega? –en cuanto lo dije me di cuenta de mi error. Debería haber incluido también a Mason y a Kyle en la pregunta–. Me refiero a que si navega además de pilotar hidroaviones.

–Volar y navegar se basan en muchos principios parecidos. Una vela es una forma de ala.

–¿Y pasas mucho tiempo en el agua?

–No tanto como antes. Lo echo de menos.

–Es muy relajante.

–En días como hoy sí –señaló Wade–, pero tenemos otros complicados en los que el tiempo cambia en un instante y la cosa se pone peligrosa.

–¿Y hoy va a cambiar?

–Probablemente no.

–¿Puedo mirar abajo?

–Desde luego –Braxton me acompañó por los estrechos escalones.

Todo era muy compacto, pero parecía práctico y estaba resplandeciente. Había unos bancos azules rodeando el perímetro, una mesa, una cocina diminuta y una puerta en el otro extremo.

–Podemos dormir seis personas. Bueno, tres parejas.

–¿Entonces se puede hacer un viaje de varios días?

–Por supuesto.

–Es impresionante.

–Es reducido, pero lo hemos usado mucho a lo largo de los años.

–Es más grande de lo que me esperaba –me fijé en

las literas y no pude evitar imaginarme en una de ellas acurrucada a Stone mientras las olas nos mecían.

Volvimos a subir.

–¿Eso es Fiddler's Point? –pregunté al ver tierra.

–Sí –respondió Wade.

Me acerqué a la proa y me agarré a la barandilla. Sonreí al ver cómo nos acercábamos a la orilla.

–Podemos amarrar si quieres ir a ver la cascada.

Me apetecía mucho, pero no quería entretenerle.

–¿Seguro que no te estoy entreteniendo?

–Estoy pasándolo genial –respondió. Hizo una señal a Wade y se levantó para echarle una mano.

En ese momento me sonó el teléfono. Lo miré suponiendo que sería Adeline, pero resultó ser un mensaje de Tasha. Me preguntó si podíamos hablar y quedamos en hacerlo más tarde.

El velero topó contra el muelle, que estaba prácticamente destartalado, y se balanceó de un lado a otro. Wade saltó con una cuerda en la mano y lo amarró. Colocó la pasarela y bajamos.

–No tardaremos –le dijo Braxton.

–Tómense su tiempo, señor.

Cruzamos una playa rocosa hasta un camino de tierra bajo un precioso manto de árboles y oí un sonido fuerte según avanzábamos.

–¿Eso es la cascada?

–Estamos muy cerca.

Justo entonces doblamos una curva y nos topamos con ella y con un estanque de agua cristalina.

–¡Vaya! –fue lo único que alcancé a decir. Eso sí que era una maravilla de la naturaleza.

–Traíamos a los niños aquí cuando eran pequeños –dijo Braxton con melancolía.

–¿A Emily le gustaba?

Asintió, se agachó y arrojó una piedra al agua con maestría.

–Debes de echarla de menos.

–Cada día.

–Lo siento mucho.

–No es culpa tuya. Quería enseñarte esto porque… siento que te has perdido muchas cosas.

No sabía qué decirle, pero para mi alivio de pronto sonrió y señalando a las piedras me dijo:

–Prueba. Era mi pasatiempo favorito.

–Vale.

Mi primer intento fue un fracaso y se rio. Me hizo una demostración y volví a intentarlo. La segunda vez lo hice mejor y a la décima la piedra casi llegó a la cascada.

–Entiendo por qué te gusta tanto esto.

–Es una joya oculta. A la gente le asusta el mal estado del muelle y nadie se anima a arreglarlo.

–Y eso ayuda a mantenerlo en secreto –supuse, sintiéndome parte de esa sociedad privada.

–Deberíamos volver –dijo con un suspiro y gesto triste–. Tengo una videoconferencia a mediodía.

–Gracias por enseñarme esto.

–Un placer –sonrió con expresión melancólica antes de lanzar una última piedra.

Capítulo Diez

–¿Te ha llevado a Fiddler's Point? –me preguntó Adeline desde la puerta del baño.

Me había duchado y ahora estaba secándome el pelo.

–Ha sido genial.

–Cuando éramos pequeños siempre íbamos allí. ¿Han reconstruido el muelle?

–No. Braxton dice que así sirve de camuflaje.

Adeline sonrió.

–Hemos lanzado piedras.

–Es una tradición –respondió y se quedó en silencio, pensativa.

La vi por el espejo y apagué el secador.

–¿Qué?

–Lo está dando todo contigo –dijo con gesto de desconfianza.

–Stone dice que se siente culpable por no haber distinguido a su bebé en el hospital.

–A Braxton no lo mueve la culpabilidad. Es un hombre muy complejo.

–Complejo sí, pero está claro que se trajo a casa a la niña equivocada.

Adeline asintió, aunque no parecía muy convencida con mi argumento. Aun así, sonrió.

–Bueno, ya vale de psicoanálisis. ¿Qué planes tienes para el resto del día?

–Stone quiere que vayamos a cenar a la ciudad.

–¿Sí? ¿Al Moonstone? Me apetece bailar –dijo dando unos pasitos y una vuelta.

Yo estaba bastante segura de que la idea de Stone era que fuéramos solos.

–Tengo el vestido perfecto para dejarte –dijo saliendo del baño–. Y también tengo un montón de zapatos para que elijas. Te encontraremos algo.

Parecía tan ilusionada que no tuve valor de decirle que no podía venir. Aunque, ¿por qué no iba a poder venir? De cualquier modo Stone y yo podríamos bailar juntos.

–¿Sophie? –la voz de Stone sonó desde fuera de mi habitación mientras llamaba a la puerta con delicadeza.

–¡Pasa! –le dijo Adeline–. Me han dicho que esta noche vamos al Moonstone. Sophie y yo deberíamos empezar a prepararnos.

Stone me miró confundido y me encogí de hombros.

–Me apetece ir al Moonstone –dijo Mason apareciendo en la puerta detrás de Stone–. Se lo diré a Kyle.

Contuve la risa al ver la cara de Stone.

Para cuando todos estuvimos listos y reunidos en el vestíbulo eran casi las siete.

–¿Qué pasa aquí? –preguntó Braxton al vernos allí tan arreglados.

–Vamos a la ciudad –respondió Mason.

–¿Me he perdido algo? –preguntó Xavier, que pasaba por allí con un periódico bajo el brazo.

–Van a la ciudad –dijo Braxton.

–Pues entonces tenemos un pequeño problema –señaló Xavier.

–¿Qué problema? –preguntó Kyle.

–Esta noche hay reunión familiar –dijo Xavier.

–¿Para qué? –preguntó Adeline claramente contrariada.

–¿Tenemos que estar todos? –preguntó Kyle.

–Solo vosotros tres –dijo Xavier mirando a sus hijos–. Es por un asunto del plan de patrimonio. Los abogados necesitan los documentos a primera hora de la mañana.

Miré a Stone, que me sonrió, y supe lo que estaba pensando. Podríamos estar los dos solos. Y aunque a mí tampoco me había decepcionado el giro de los acontecimientos, por otro lado lo sentí por Adeline, Kyle y Mason, que se habían arreglado y estaban deseando ir.

Braxton le dio una palmadita en el hombro.

–No hay por qué estropear vuestros planes.

Adeline miró a Braxton con recelo.

–¿Nos vamos entonces? –me preguntó Stone.

–Lo siento, chicos –les dije a los tres.

–Lección número uno –me susurró Stone al salir por la puerta.

–¿Lección sobre qué? Dime que no has planeado todo esto con Xavier.

–¡No! ¿Cómo iba a hacer algo así? Me refiero a una lección sobre cómo viven los ricos. Querías aprender a ser rica.

–¿En el Moonstone? –me gustaba mucho ese lugar, pero tampoco era el local más exclusivo.

–Tengo reserva en el Big Edge.

–¿Ese es el sitio pijo?

–Es elegante y muy caro.

–Pues vamos allá.

Me llevó hacia un SUV negro y me abrió la puerta del copiloto.

Dejamos el SUV a un aparcacoches y cruzamos un porche precioso con celosías, flores, y lucecitas blancas.

—Paso número uno —dijo Stone.

—¿Abrir la puerta?

—Muy graciosa. Darle una propia al aparcacoches. Puede que esté en la universidad y, además, así cuidará muy bien de tu coche.

—¿Este aparcacoches está en la universidad? —estaba claro que lo conocía porque lo había llamado por su nombre.

—Estudia Ingeniería y es probable que lo contratemos cuando se licencie.

Entramos en un vestíbulo pequeño y Stone pulsó el botón del ascensor.

—¿Subimos? —pregunté.

—Subimos —una vez dentro me rodeó por la cintura y añadió—: Por fin solos.

Todo mi ser suspiró ante su roce. Se me acercó más, me acarició la mejilla y me besó los labios con ternura.

—Lo he echado de menos.

—Y yo —admití.

Salimos del ascensor y en el vestíbulo del restaurante nos recibió la encargada. La sonrisa que le lanzó a Stone decía que lo encontraba atractivo. ¿Y cómo culparla? Era espectacular.

—Hola, Kristy. ¿Cómo estás?

—Muy bien, gracias. ¿La mesa de siempre?

—Por favor.

La seguimos hasta un comedor con una iluminación tenue. Tenía un estilo rústico pero de lo más refinado.

La música era suave y la temperatura perfecta. Kristy nos llevó a una mesa redonda en un pequeño reservado. Stone me retiró la silla y después se sentó.

–Gracias, Kristy –le dijo él dándole un billete doblado.

–¿Todo el mundo hace eso? –pregunté cuando la mujer se retiró.

–¿Qué?

–Dar propina a todo el que se mueve. ¿Cuánto le has dado al aparcacoches?

–Suficiente –respondió sonriendo–. Este es un buen sitio y tiene mucha clientela. Los precios son altos, pero pagan sueldos altos y generan empleo en el sector alimentario en Anchorage. Pasas una buena velada y dejas todo el dinero posible. Es una forma de contribuir a la economía local.

Me acarició la mano y se me puso la piel de gallina.

–Buenas noches, señor Stone. Señora –dijo un camarero.

–Buenas noches –respondí.

–Me alegro de verte, Richard –dijo Stone.

–¿Puedo ofrecerles un cóctel para empezar?

–¿Hay alguna especialidad? –pregunté. Tenía ganas de probar una bebida cara.

–Por supuesto. El Martini Glaciar.

–Pues lo probaré.

–Yo lo mismo –dijo Stone sonriéndome.

–Enseguida.

–¿Lo ves? Aprendes rápido.

–¿He pedido una bebida muy cara?

–Sí, y es una de mis favoritas.

Otro camarero llegó con panecillos recién hechos y nos los sirvió con unas tenazas de plata.

—Pero sigo sin saber qué hacer con el dinero a una escala mayor. Me he comprado la casa más grande en la que podría vivir y en una de las zonas más caras de Seattle. Acabo de comprarme un coche aquí y supongo que podría comprarme otro en Seattle, pero hasta ahí llega mi imaginación.

Le di un mordisco al panecillo. Estaba delicioso y tierno, y el sabor a mantequilla me estalló en la boca. Tuve que contenerme para no gemir de gusto.

—Invierte en un negocio.

—Eso fue lo que hizo Jamie con Sweet Tech. Nos proporcionó el capital para ponerla en marcha.

—Y seguro que le fue rentable.

Nuestras bebidas llegaron en unos vasos de martini con una viruta de limón colgando del borde.

—Ya me gusta solo con verlo.

—Pruébalo.

—Mmmm.

—Perfecto —le dijo Stone al camarero.

Di otro trago.

—Braxton me ha llevado a navegar hoy.

—Ya me he enterado.

—¿Te lo ha dicho Adeline?

—Braxton. Hacía tiempo que no salía a navegar.

—Me ha llevado a Fiddler's Point.

—Bonito destino. ¿Habías navegado antes?

—No.

—¿Y qué te ha parecido?

—Me ha gustado mucho. Repetiría. Por cierto, Braxton me ha dicho que sabes navegar.

—¿Me estás proponiendo otra cita?

—Tal vez.

Me agarró la mano.

–Aunque esta no tiene por qué terminar pronto y resulta que estamos justo encima de un hotel. Podemos quedarnos aquí si quieres.

Quería. Desde luego que quería.

Decidimos tomar el postre en una *suite* del hotel y pedimos además una botella de champán y trufas de chocolate.

Mientras me quitaba los zapatos, que en realidad eran de Adeline, Stone sacó el champán de la hielera y lo descorchó. El vestido de cóctel era precioso, pero no demasiado cómodo, así que lo cambié por un albornoz blanco que encontré en el baño.

Cuando volví al salón, moderno y elegante y con una chimenea de cristal que lo separaba del dormitorio, Stone se quedó paralizado con una copa en cada mano.

–Es… tás…

–¿Cómoda?

–Sexi. Preciosa. Deseable –se acercó–. ¿Cómo esperas que beba champán si estás así vestida?

–Porque es un champán muy bueno –le quité una copa y di un sorbo– y esas trufas tienen una pinta de locura.

Me acerqué a la mesa, donde estaba la bandeja de plata con las trufas. Me metí una en la boca y noté a Stone mirándome. Me sentí sexi bajo su mirada, excitada, pero sin ninguna intención de apresurar las cosas.

–Qué rica.

Se acercó.

–¿Quieres probar? –le dije ofreciéndole la mitad.

El deseo me recorrió y se intensificó cuando me besó con su dulce boca y me llevó contra él haciendo que nuestro calor se mezclara. Me quitó la copa de la mano y tiró del cinturón del albornoz. Apartó la tela y coló las manos para rodearme con ellas. Ladeé la cabeza y me besó con más intensidad mientras subía la mano hasta cubrirme un pecho desnudo.

–El champán puede esperar –me dijo.

Y estaba de acuerdo. Todo podía esperar. No había nada más importante en el mundo que hacer el amor con Stone.

Me levantó en brazos y fue hacia el dormitorio para tenderme en la cama. Esperé ansiosa mientras se quitaba la chaqueta, la corbata, la camisa y los pantalones. No dejó de mirarme hasta que estuvo desnudo. Después se arrodilló y muy despacio me bajó las braguitas por los muslos, los gemelos y los tobillos. Comenzó a besarme, tomándose su tiempo y deteniéndose en el vientre, los pechos, el cuello y finalmente la boca. Al instante se tendió sobre mí y nuestros besos y nuestras caricias se convirtieron en una maraña de brazos y piernas.

Volvíamos a estar juntos y las oleadas de pasión nos sacudían una vez más. No quería que esa sensación terminara, pero era una fuerza imparable. Fue aumentando más y más y nos quedamos ahí arriba aferrados a ella, hasta el último segundo, cuando gritamos de pasión entre olas de un incesante placer.

Fui volviendo en mí poco a poco mientras sentía el peso de Stone y el calor y el sudor de nuestros cuerpos. El reflejo anaranjado que despedía la chimenea titilaba y se reflejaba en las paredes y en el inmenso ventanal con vistas a la ciudad. Stone se apoyó sobre un codo para mirarme. Lo miré. No tenía nada que decirle. No sentía la necesidad de hablar.

—Eres increíble –me dijo.

Sonreí de pura felicidad.

—Tú tampoco estás mal.

—Lo digo en serio, Sophie –me dibujó la cara con un dedo–. Nunca había sentido algo así.

Ni yo, y sabía que me estaba enamorando de él, rápida e irrevocablemente.

—Yo tampoco.

—Bien –me dijo antes de acercarse para besarme con ternura.

No sé por qué, pero casi se me saltaron las lágrimas y se me hizo un nudo de emoción en el pecho. Como no podía hablar, lo rodeé por el cuello y lo abracé.

—¿Tienes sed? –me susurró al oído.

—Sí –no se me ocurría nada mejor que quedarme allí tumbada en la cama y beber champán.

Se levantó y desnudo fue al salón. Volvió con el champán y las trufas. Me dejó una copa en la mesilla y me incorporé.

—Me alegro de que no hayamos desatendido nuestras prioridades –me dijo antes de meterse una trufa en la boca.

—¿Tenías alguna duda?

—¿De que fuéramos a meternos en la cama en cuanto estuviéramos solos? No. Ninguna.

Sonreímos. En ese momento el teléfono de Stone sonó desde el bolsillo de su chaqueta.

—Deberías responder.

—Volverán a llamar.

—¿Seguro? ¿No quieres ver quién es?

—Seguro. Solo quiero quedarme aquí tumbado desnudo contigo y beber champán.

—Buena elección.

Pero el teléfono volvió a sonar.

—Puede que sea importante —le dije.

—No hay nada más importante que tú.

—Será mejor que compruebes quién es.

A regañadientes, se levantó a por el teléfono.

—¿Sí? —se detuvo y me miró—. De acuerdo —sacudió la cabeza y señaló a la puerta.

Asentí y Stone salió del dormitorio y cerró la puerta. Me quedé allí sentada terminándome otra trufa y entonces recordé que tenía el móvil en el baño. Fui a por él y llamé a Tasha.

—¡Por fin! —me dijo con tono alegre al responder.

—Lo siento.

—¿Sigues navegando?

—No, no. Al final me he entretenido con Adeline y luego Stone y yo hemos salido a cenar.

—¿Estás con Stone?

—Sí.

—¿Ahora mismo?

—Ajá.

—¿Y qué haces hablando conmigo? Cuelga y vuelve con el tío bueno.

—Nunca te he dicho que sea un tío bueno.

—Tengo acceso a las redes sociales. ¿Crees que no lo he buscado?

—Bueno, sí, es un tío bueno. Y está en la otra habitación.

—Creía que habíais salido a cenar.

—Sí, pero nos hemos tomado el postre en la *suite* de un hotel.

—Bien hecho, Sophie. Entonces te gusta mucho.

—Sí —recosté la cabeza en la almohada—. Estoy… no sé… La cuestión es que… Es tan…

–¡Ay, madre! Te has enamorado.

–Ojalá pudieras conocerlo y así me entenderías.

–Pues llévalo a casa. Iremos a Seattle de visita –oí voces de fondo y después Tasha añadió–: Es Jamie. Te manda recuerdos.

–Salúdalo de mi parte –sabía que a Tasha y a Jamie les gustaría Stone.

La puerta de la habitación se abrió y Stone reapareció, desnudo, en todo su esplendor.

–Tengo que colgar.

–Ya me lo imagino –respondió Tasha riéndose.

Capítulo Once

A la mañana siguiente apenas pasamos por la mansión más que para cambiarnos de ropa y desde ahí fuimos directos al velero. Wade no trabajaba ese día, pero Stone pilotó la embarcación y pasamos un día maravilloso en el mar y en una pequeña aldea, donde almorzamos y compramos pasteles y algunos recuerdos.

Cuando volvimos a casa, Adeline estaba esperándome en mi habitación.

–Habéis estado fuera toda la noche.

–Sí –respondí sin poder contener una sonrisa de satisfacción.

Me esperaba que ella también sonriera, pero a cambio frunció el ceño y se sentó en la cama.

–¿Qué pasa?

–Lo de anoche estaba preparado –se sentó en la cama–. Mi padre no nos necesitaba, aunque lo del documento era cierto porque ahora Braxton tiene una nueva heredera.

–¿No te referirás a mí? –no me gustó cómo sonaba eso.

–Claro que me refiero a ti.

Me senté al otro lado de la cama.

–No me interesa heredar nada de él.

–Braxton hará lo que quiera hacer, pero bueno, a mí eso me da igual. Aquí lo que importa es que lo de anoche fue todo un montaje.

–¿En qué sentido?

–Lo de Stone y tú. Braxton quiere juntaros.

–Fue Stone el que me pidió una cita hace un par de días, ya estaba pensado.

–Es el superpoder de Braxton.

–¿Superpoder? –Stone sí que tenía superpoderes: inteligencia, físico, sentido del humor, fuerza, compasión. La lista era larga.

–Mi padre también lo tiene. Logran que pienses que la idea ha sido tuya.

–Hace falta algo más de percepción extrasensorial para que yo me acueste con un hombre.

–Pero te has acostado con él.

–Sí.

–Pues ahí lo tienes.

Contuve las ganas de reír ante lo absurdo de su teoría.

–Me he acostado con Stone porque me gusta. Me gusta mucho.

–Está claro que Braxton quiere que unos bebés Stone y Sophie perpetúen su dinastía. No te dejes manipular.

–No me dejo manipular.

–Es fácil dejarse arrastrar por la grandiosidad de todo esto, la casa, la familia, la dinastía. Braxton quiere que te quedes en Alaska por su propio bien, pero tú no olvides quién eres.

–Sé quién soy.

Braxton nunca podría obligarme a hacer nada que no quisiera hacer.

–Te he ofendido.

–No, no, tranquila.

–Lo siento.

Le apreté la mano.

–No te disculpes por nada. Estás cuidando de mí.

–Eres mi prima.

Sonreí cuando nos soltamos.

–Tenemos que mantenernos unidas –dijo.

–Siempre lo estaremos.

–Sé que eres inteligente y sensata, pero prométeme que no perderás el norte.

–No perderé el norte –sonreí–. Me gusta Stone, me gusta mucho, pero eso no tiene nada que ver con Braxton.

–Tú solo asegúrate de anteponer tus deseos y tus necesidades. No te dejes llevar por las aspiraciones de la familia.

–Eso puedo hacerlo –sabía que podía.

No permitiría que nadie me manipulara.

Me dirigía al comedor para la cena, ansiosa por ver a Stone pero dispuesta a disimular delante de la familia, cuando oí su voz, profunda y resonante, desde el estudio.

–No lo creo, Stone. No lo creo –le decía Braxton, y parecía enfadado.

Sorprendida, aminoré el paso.

–He hecho todo lo que me has pedido –Stone también parecía enfadado.

–Ya le gustas.

¿Estaban hablando de mí?

–No voy a presionar más.

–No te estoy pidiendo que presiones.

–Es exactamente lo que me estás pidiendo.

–Te estoy pidiendo que veas las oportunidades y las aproveches.

—¿Que las aproveche?

De pronto pensé en lo que había dicho Adeline y me quedé horrorizada.

—¿Me estás diciendo que no puedes hacerlo mejor? —le preguntó Braxton.

—Te estoy diciendo que lo dejes. Siempre será tu hija.

Me temblaron las rodillas.

—Pero no va a estar siempre aquí —dijo Braxton ahora con una voz más débil.

—Siempre estaré en deuda contigo, siempre. Por lo que hiciste, por lo que hice, por lo que me perdonaste, pero tengo mis límites.

Se me escapó un grito ahogado y me tapé la boca. No podían saber que estaba ahí. No podía volver a verlos nunca.

—Me lo debes —dijo Braxton mientras yo retrocedía dispuesta a salir corriendo.

—Pero no voy a mentirle.

Contuve una carcajada histérica y desesperada porque parecía que lo único que Stone había hecho hasta ahora había sido mentirme. Había hecho todo lo que le había pedido Braxton. Él mismo acababa de decirlo. Y estaba claro que Braxton le había pedido que me sedujera.

Me recordé desnuda en sus brazos; desnuda y sonriente como si todo estuviera bien en el mundo. Borré esa imagen.

—Solo un paso más —dijo Braxton.

—No. Así no —respondió Stone tajante.

—Los nietos. Mis nietos.

—No estoy diciendo que no lo vaya a hacer nunca.

Volví a llevarme la mano a la boca. ¿Es que Stone tenía pensado seguir cortejándome hasta…?

149

Me quedé sin aliento y se me cayó el alma a los pies.

—No puedes dejar escapar esta oportunidad —dijo Braxton.

Stone volvió a hablar, pero yo ya estaba subiendo la escaleras y no distinguí lo que decía. Entré corriendo en la habitación y metí mis cosas en la maleta apresuradamente.

—¿Sophie? —preguntó Adeline al entrar desde el balcón—. ¿Qué pasa?

—Tenías razón —tomé aire. Me dolían los pulmones. Me dolía el pecho. Tenía la garganta seca.

—¿En qué?

—En todo. Tengo que irme. Ahora. Ahora mismo.

—No, no —se me acercó y me abrazó.

—Los he oído hablar —dije con la voz rota.

—Lo siento mucho.

—Ha estado fingiendo todo el tiempo. Estaban conspirando, planificando un futuro para los dos.

—No lo pueden evitar.

—Tengo que irme.

—Lo sé.

—Stone me ha mentido… —no pude terminar. No podía expresar con palabras lo traicionada que me sentía. Me colgué el bolso al hombro—. Debería haberte escuchado —agarré la maleta y fui hacia la puerta—. Te escribiré. Te llamaré.

—Sophie, espera…

Pero no podía esperar más. Tenía que salir de allí antes de encontrarme con Stone.

***

—Te va a encantar esto –dijo Tasha con forzado entusiasmo.

Estábamos en mi salón nuevo, decorado por un profesional que lo había elegido todo para hacer destacar mis millonarias vistas al mar. Ahora llovía, pero la lluvia hacía juego con mi estado de ánimo.

Jamie y Tasha habían volado desde California esa mañana en cuanto le había contado lo sucedido. Jamie había salido a comprar pizza y vino y ahora estábamos bebiendo un *merlot* en mis copas viejas. Al menos ellas me resultaban familiares y me reconfortaban.

—Con el tiempo –respondí.

—Encontrarás la felicidad cuando menos te lo esperes –me dijo Jamie.

—Es demasiado pronto para eso, cielo –señaló Tasha.

—Es verdad. Lo siento, Sophie –dijo Jamie–. Tú bebe, hay otra botella por si la necesitamos. Y también he traído varias tarrinas de helado.

—Eres el mejor –dije sonriendo como pude. Había estado llorando todo el día, pero hablar con ellos me había ayudado.

Alguien llamó a la puerta y nos miramos sorprendidos.

—Nadie sabe que vivo aquí.

—¿Será un vecino? Voy a ver –dijo Jamie.

Oí la puerta abrirse y después oí la voz de Stone. Era inconfundible.

—¿Es él? –preguntó Tasha al ver mi cara de asombro.

—Que se vaya.

—Ni lo dudes –se levantó y cruzó el salón.

—Espera –le dije.

No quería verlo. ¿O sí?

—¿Sophie? –dijo Jamie–. Insiste en…

—Por favor, escúchame –me dijo Stone, que había seguido a Jamie hasta el salón.

Jamie se cruzó de brazos y le bloqueó el paso.

—No pasa nada –dije.

Tal vez fuera mejor así. Tenía que verlo para poder seguir adelante con mi vida.

—¿Estás segura? –preguntó Jamie.

—Estoy segura.

Stone me miró y la energía que fluía entre los dos sacudió mis barreras emocionales haciéndome recordar cada glorioso minuto que habíamos pasado juntos.

—¿Podemos hablar?

—Dilo aquí –no me fiaba de estar a solas con él.

—Adeline me ha contado lo que ha pasado –se me acercó–. Deberías haber hablado conmigo.

—¿Para que pudieras mentirme otra vez?

—Para poder decirte la verdad.

—¿Qué verdad?

—Que cuando te fuiste por esa puerta, te llevaste mi corazón contigo.

—Los dos sabemos que eso no es verdad.

—Sophie, no sabes lo que siento.

—Sé lo que has hecho. Sé lo que quieres. Sé que se lo debes a Braxton.

—Esto no tiene nada que ver con Braxton.

Me levanté.

—Por lo que oí, todo tiene que ver con Braxton.

—No sabes tanto como crees.

—Sé suficiente.

—Me iré de Alaska. Podemos quedarnos en Seattle o podemos ir donde quieras.

No lo creí ni por un segundo. Braxton jamás lo permitiría, así que esto tenía que ser otro truco, otra forma de manipularme.

—¿Y cómo lo haríamos? —pregunté para obligarlo a admitir que era un ardid.

—Me quedaré aquí o compraremos una casa en otro sitio. Puedo encontrar otro trabajo.

Ahora sí que me quedé desconcertada. ¿Estaba dispuesto a dejar su vida en Alaska por cumplir el sueño de Braxton de tener hijos? ¿Y después qué? ¿Llevaríamos a los niños de visita allí? Dudaba que a Braxton le convenciera el plan.

—Te necesito, Sophie.

—¿Para qué?

Se sacó una cajita de terciopelo del bolsillo y la abrió. Era un anillo de diamantes.

—Para siempre.

Por un segundo mi corazón lo creyó y quise abalanzarme sobre él, pero entonces recordé lo que le había pedido Braxton: un paso más. Esto era claramente ese paso.

—¿En serio te casarías conmigo para hacerlo feliz?

—Esto no es por él.

—Todo es por él. Lo ha sido desde el minuto uno.

—Sophie, no…

—Déjalo, Stone. Te he pillado. Esto ha acabado.

—Vale, sí, soy leal a Braxton. Y sí, quería juntarnos y se lo permití. Pero me gustabas. Me gustabas mucho.

—Vaya, pues qué suerte has tenido, ¿no?

—Sophie.

—¡Ni Sophie ni nada! ¿Qué clase de hombre…?

—¿Crees que estaba fingiendo? —me preguntó claramente emocionado—. Y sí, estoy en deuda con Braxton y al principio lo hice por eso.

—Sé que te acogió —no podía culparlo por estarle agradecido.

—¿Que me acogió? —soltó una carcajada amarga—. Me dejó quedarme. Después de matarla.

Me fallaron las rodillas y me agarré a la silla.

—Emily murió por mi culpa. Yo tenía que haber conducido aquel día, pero estaba haciendo el tonto con mis amigos. Christine odiaba conducir con las carreteras heladas. Odiaba…

—Stone…

—Y entonces apareciste tú y fue una segunda oportunidad. Primero me pidió ayuda para que te quedaras allí y pudierais conoceros mejor, pero después nos vio juntos y empezó a imaginarse a sus nietos. Fue la primera vez en dieciocho años que lo había visto feliz de verdad.

—No puedes casarte conmigo por Braxton.

—No me quiero casar contigo por él, sino por mí. Te quiero, Sophie.

—No te creo.

—¿Tú me quieres?

—No —mentí.

Stone me miró como si me estuviera retando a decir la verdad, pero entonces su expresión cambió y ahora parecía vencido. Cerró la cajita y se giró para ir hacia la puerta.

La puerta se cerró tras él y ya solo se oyó la lluvia cayendo sobre el tejado y en la terraza.

—Ha sido… —empezó a decir Tasha.

—Parecía… —dijo Jamie mirándola.

—Ha sido así todo el tiempo —dije.

Los dos me miraron atónitos.

—Adeline me advirtió que no me creyera nada. Son una familia de lo más complicada.

–Todas las familias son complicadas –dijo Jamie–. Y este tipo… está muy enamorado de ti.

Cuando Jamie lo dijo, supe que era verdad y se me cayó el alma a los pies.

Stone me había dicho que me quería y me había pedido matrimonio. Era leal a Braxton, sí, pero yo ya estaba al tanto de su plan, así que ¿por qué iba a seguir mintiéndome?

–Ve –me dijo Tasha.

Corrí hacia la puerta y salí a la lluvia. La blusa se me mojó al instante y se me pegó al cuerpo.

Stone seguía allí, de pie, frente a su coche de alquiler.

–¿Stone?

Me miró.

–Lo siento. Te quiero. Te quiero mucho –le dije.

Se quedó mirándome como si no se creyera que era real. Entonces abrió los brazos y me abalancé sobre ellos. Sentí su fuerza envolviéndome, la calidez de su pecho y el frescor de la lluvia sobre mi pelo y mi cara. Me besó con intensidad mientras me daba vueltas en el aire.

–Sophie…

Me dejó en el suelo, se metió la mano en el bolsillo y se puso de rodillas, ignorando los charcos.

–Sophie, por favor, ¿quieres casarte conmigo, tener hijos conmigo y hacerme el hombre más feliz del mundo?

–Sí, Stone. ¡Sí!

Se levantó sonriendo y me puso el anillo.

–Tus amigos –dijo mirando detrás de mí.

Me giré y vi a Tasha y a Jamie agarrados del brazo y sonriendo.

–Deberíamos volver a Alaska –le dije a Stone.

–Podemos ir adonde quieras.

–Quiero estar con Adeline, Mason y Kyle.

–Y… ¿con Braxton?

Suspiré.

–Las familias son complicadas.

–No sé qué significa eso.

–Significa que Braxton es mi padre aunque tengamos que poner algunos límites.

–Estará encantado de verte. Está destrozado de pensar que te ha ahuyentado.

–Siento mucho haberme marchado así.

–No lo sientas.

–Debería haberme quedado y haber luchado… por nosotros, por ti, por mi complicada familia.

–Por mí no tienes que luchar –me susurró abrazándome contra su pecho y su corazón–. Soy yo el que lucha por ti. Te quiero y soy tuyo para siempre.

DESEO

BARBARA DUNLOP

ESPOSO SOLO DE NOMBRE

Capítulo Uno

Katie Tambour, mi mejor amiga y compañera de estudios en Cal State, estaba de pie sobre una silla de mi minúsculo comedor, deslizando un detector sobre la pared.

–No hay por qué colgarlo –le dije.

–Yo colgué el mío esta mañana –respondió–. Soy una profesional.

Mi flamante título de doctorado, muy lujosamente enmarcado, estaba a sus espaldas, sobre la pequeña mesa de la cocina. En aquellos momentos, me había convertido en doctora oficialmente. Adeline Emily Cambridge, doctora en arquitectura y planeamiento urbano.

–Tú no te vas a mudar –señalé.

A Katie le habían ofrecido un puesto en Sacramento para dar clases de Física y Astronomía en el campus de Cal State. Solo era a tiempo parcial, pero sus padres vivían en la ciudad, con lo que tendría muy pocos gastos mientras engordaba su currículum.

–Tú también te vas a quedar más tiempo –replicó ella.

–Puede…

En realidad, no tenía prisa alguna en marcharme de California. Me había pasado los últimos nueve años de mi vida disfrutando del sol y del templado clima del estado, de un relajado estilo de vida y de una sensación de libertad y de autosuficiencia.

–¡Aquí! –exclamó Katie, encantada

Efectivamente, me sentía cómoda y feliz en mi pequeño apartamento. Estaba cerca del campus y del río y desde el balcón podía disfrutar de una fresca brisa en los cálidos días de verano. A aquellas alturas del mes de mayo, disfrutaba ya de un dorado bronceado por las horas que me pasaba leyendo, estudiando y escribiendo sentada allí, sobre mi hamaca favorita.

–Dame el martillo –dijo Katie mientras extendía la mano hacia atrás, totalmente a tientas.

–No debo hacer agujeros en las paredes sin que me den permiso.

–Es un agujero muy pequeño.

–Ya sabes que tuve que pagar una fianza para cubrir posibles daños.

–No se dará cuenta nadie de que hay uno más –repuso Katie inclinando la cabeza hacia la escultura de cristal que tenía a su izquierda. Era cierto que había necesitado hacer tres agujeros para aquella pieza y que eran mucho más grandes que el que Katie iba a utilizar para mi título.

–Está bien –dije con resignación mientras le entregaba el martillo–. Adelante. Destroza mis paredes.

Katie se echó a reír y me entregó el detector a cambio del martillo.

–Te va a encantar ver esto. Y deberías utilizar el título. Firmar como doctora Cambridge o algo así. Te aseguro que yo voy a firmarlo todo como doctora Tambour durante un tiempo.

–Si lo haces, la gente te pedirá consejo médico.

Katie comenzó a golpear suavemente el clavo contra la pared.

–Les diré que se trata de un doctorado en Física y

4

empezaré a explicar a Planck a todas horas. Eso hará que me dejen de preguntar.

—Ni que lo digas.

Tras haberse asegurado de que el clavo estaba firme, Katie se giró para tomar el título enmarcado. Tras colgarlo, se aseguró de que estaba recto. Entonces, se bajó de la silla se y y se colocó a mi lado.

—Perfecto.

Yo no pude evitar preguntarme cuánto tiempo permanecería aquel marco colgado antes de que lo empaquetara en una caja de mudanzas.

—Ayer me hicieron una oferta de trabajo muy rara —dije. Llevaba un tiempo tratando de apartar aquella extraña carta de mi pensamiento, pero sabía que ignorarla no era la respuesta.

—¿Rara en qué sentido?

—Sorprendente… desconcertante… No sé cómo describirla exactamente.

Me dirigí hacia la encimera de la cocina y tomé la carta. Mientras se la entregaba a Katie, me fijé en el elegante membrete de tres colores de Windward, Alaska.

Katie se sentó en una silla junto a la puerta abierta del balcón, cerca de la copa de merlot que había abandonado hacía veinte minutos, y comenzó a leer. Supe perfectamente el momento en el que comprendió lo que estaba leyendo.

—¿En serio?

—Yo no me he presentado al puesto. De hecho, ni siquiera sé cómo saben sobre mí.

—Publicaste tu tesis y la ceremonia de graduación fue retransmitida en directo por internet. No se puede decir que seas una completa desconocida.

Katie leyó la descripción del proyecto. Se trataba de diseñar y construir un complejo artístico y cultural para la educación en las bellas artes, además de un espacio para una galería y zona de recreo y restauración en la tercera ciudad más grande de Alaska.

Me senté en el sofá y tomé mi copa de vino de la mesa que se interponía entre nosotros.

Era mi trabajo soñado. De eso no tenía ninguna duda. Además, no podía engañarme. En circunstancias normales, no conseguiría nada parecido a aquello sin al menos diez años de experiencia. Además, había un detalle que me hacía aún más idónea para el puesto. Yo era originaria de Alaska.

—Pero… —murmuró Katie mirándome con consternación—, dijiste que…

—Que nunca, nunca volvería a casa.

—En ese caso, tendrás que esperar a recibir más ofertas de trabajo —repuso Katie rápidamente, mirando la pared—. Ya tienes la decoración y todo lo demás.

Podía esperar más ofertas.

Debería hacerlo.

Lo haría.

—O podrías reconsiderar lo de Tucson —añadió Katie—. O lo de Reno, pero allí hay serpientes y toda clase de bichitos. Creo que no saldrías viva de allí.

—Bueno, en Alaska hay osos.

—¿De verdad estás considerando lo de Alaska? —le preguntó Katie curiosidad.

Katie se terminó su copa de vino y se levantó. Se volvió a llenar la copa y me indicó si quería más.

—Por favor. Tengo que contestarles en un sentido o en otro.

Podría rechazar todas las ofertas y quedarme un

mes más en California esperando que me surgiera algo mejor. El dinero no era problema, pero quería empezar a trabajar. Después de defender mi tesis y haber recibido oficialmente mi título, quería dar los primeros pasos en lo que iba a ser el resto de mi vida.

—El alcohol siempre me ayuda cuando tengo que tomar decisiones importantes —bromeó Katie mientras se me acercaba con la botella—. Me ayuda a pensar y a poner los puntos sobre las íes.

Le ofrecí la copa para que me la llenara.

—En ese caso, brindemos por los puntos sobre las íes. Salud —añadí, con la voz de Katie al unísono.

Volvimos a tomar asiento.

A los pocos instantes, comprendí que había eliminado todas mis posibilidades. Tomé un trago de vino para armarme de valor. Katie pareció intuir mi decisión.

—Me parece que te vas a Alaska.

—Mi padre, un profesional de éxito, está en Alaska. Mi tío, un profesional de éxito, está en Alaska —comenté mientras dejaba escapar un suspiro de desesperación ante los recuerdos de mi infancia en la mansión de los Cambridge—. Todas las expectativas y las presiones familiares están en Alaska.

—Bueno… ¿a qué distancia está Windward de Anchorage?

—No la suficiente.

—Pero no hay carretera, ¿verdad?

—Mis hermanos saben pilotar un avión. Usan los de la empresa.

—Tienes veintisiete años. No te pueden obligar a algo que no quieras hacer.

Me incliné hacia la mesa y volví a tomar la carta. La releí. Katie habló antes de que yo terminara.

–Yo podría ser tu acompañante…

–¿Acompañante por qué? ¿Acaso vamos a salir esta noche?

–Podría irme a Alaska contigo.

Yo la miré sorprendida, segura de que estaba bromeando.

–Hablo en serio –afirmó Katie–. Las clases no empiezan hasta septiembre. Puedo preparar el curso desde cualquier sitio.

–¿Es que piensas protegerme de mi padre y de mi tío?

–O de los osos. No te olvides de los osos.

–No te ofendas, Katie. Me encantaría que me acompañaras a dondequiera que yo vaya. Eres la mejor amiga que he tenido nunca, pero no me serviría de nada. Esos dos son una fuerza de la naturaleza.

–¿Acaso yo no lo soy? No creo que se te haya pasado por alto que soy doctora en Astronomía. Ahora mismo tengo el título colgado en mi pared. Y por si no lo sabes, permíteme que te diga que el lugar en el que la naturaleza es más fuerte es en un agujero negro supermasivo. Yo los he estudiado y sé mucho más que la mayoría sobre el colapso gravitacional, el gas interestelar y los núcleos galácticos activos.

–Absorben la energía de todo lo que pasa a su lado, ¿verdad?

Katie arrugó el rostro al escuchar una explicación tan simplista.

–A nivel astronómico, básicamente sí… sí…

–Pues eso lo hacen también mi padre, Xavier, y mi tío Braxton.

Katie parecía confusa.

–No sé lo que quieres decir con eso. ¿Me voy a Alaska contigo?

***

El aire de media tarde era cálido y limpio cuando salimos del avión para pisar el asfalto del aeropuerto de Windward, en Alaska.

–¿Hueles eso? –le preguntó Katie maravillada.

–¿El qué?

–¡Nada! Precisamente. Es limpio y puro, como las burbujas que salen de un carísimo champán. Mis pulmones aún no se lo creen.

–Aquí no hay industrias pesadas –comenté. Al igual que Katie, aspiré profundamente y recordé la pureza de aquel aire–. Al oeste, solo está el océano, más de seis mil kilómetros hasta llegar a China. Al este, está el norte de Canadá, que tampoco es un hervidero de emisiones industriales. Y al norte tenemos tres parques nacionales.

Entramos en el edificio de la terminal a través de unas puertas correderas y dejamos atrás el ruido de las pistas. Todo parecía más moderno desde la última vez que estuve allí, aunque seguía siendo un aeropuerto minúsculo comparado con Anchorage.

Mientras nos dirigíamos a recoger nuestro equipaje en el único carrusel que había en todo el aeropuerto, vi una fotografía en la pared. Resultaba evidente que se trataba de un gesto de homenaje, tal vez por la renovación del aeropuerto.

El congresista Joe Breckenridge me sonreía con condescendencia. Experimenté una sensación de ansiedad en el estómago. Me dije que solo era una fotografía. El verdadero Joe Breckenridge estaba muy lejos, en Washington D.C. Se pasaba gran parte de su vida allí y

9

el resto entre Anchorage y Fairbanks, donde vivían la mayoría de sus votantes y su familia, en un rancho en la península de Kenai. A pesar de todo, no podía evitar la sensación de que los muros de Alaska estaban empezando a encerrarme.

Recogimos rápidamente las maletas y salimos de la terminal para tomar el autobús que nos iba a transportar al hotel. Cuando atravesamos las puertas, el autobús de cortesía del Redrock Hotel ya estaba esperando junto a la acera.

El conductor se nos acercó. No llevaba uniforme, tan solo unos vaqueros negros y un polo dorado con el emblema del hotel bordado en el pecho. Tras comprobar que teníamos reserva en el hotel, se hizo cargo de nuestras maletas mientras nosotras nos subíamos al autobús.

Había una pareja de más edad ya sentada en los asientos delanteros del pequeño autobús. Nos sonrieron y asintieron cuando pasamos a su lado. Nos acomodamos tres filas más atrás.

Instantes después, el conductor subió al autobús y cerró la puerta.

–¡Qué rápido ha sido todo! Ya vamos de camino hacia el hotel. ¡Menudo servicio! –exclamó Katie mirando por la ventana–. Me encantan las montañas. Mira qué montón de árboles.

–Aquí hay bosques hasta en la costa –comenté.

–¡Y hay nieve en lo alto!

Vi que la mujer que iba sentada delante de nosotras se daba la vuelta para mirarla. Probablemente le divertía la reacción de Katie.

–Es un glaciar –le explique–. Las montañas alcanzan más de los cuatro mil metros. La nieve ahí no se deshace nunca.

10

—Me siento como si estuviera en una aventura.

—Y yo como si estuviera viajando en el tiempo —comenté, mientras pensaba en la foto de Joe Breckenridge en el aeropuerto.

Recordé la última vez que lo vi. Estaba con mi familia en Anchorage. Sus ojos castaños me miraban con afecto, pero parecían estar tratando de leerme sin asustarme. A él no le interesaba averiguar si yo era inteligente o divertida o si compartíamos la misma moralidad y ética. Se estaba preguntando si yo era como mi padre o mi tío, si podía ser elegida para una causa común, siendo esta la del negocio familiar, Kodiak Communications, y la carrera política del propio Joe.

Mi padre, que era amigo desde hacía mucho tiempo del padre de Joe, había apoyado la candidatura política de este desde el inicio. Habían hablado maravillas de él a todos sus contactos, asegurándose apoyos y empujándole hacia la victoria. Después de la elección, Joe se puso a aunar esfuerzos con todos para encontrar dinero federal con el que financiar un cable submarino hacia el norte para abrir la infraestructura de la empresa al tráfico de datos de Europa.

A continuación, se habían fijado en mí. Habían decidido que Joe necesitaba una novia de Alaska de buena familia y los Cambridge un vínculo fuerte con un político en ascenso. Era un beneficio mutuo. Desgraciadamente, la novia, es decir yo, no se mostró dispuesta.

—Tu familia está al otro lado del golfo de Alaska —me dijo Katie para tranquilizarme.

—Kodiak Communications tiene una instalación en Windward.

—¿Trabajan aquí tus hermanos?

—Casi nunca. Y las oficinas están fuera de la ciudad.

–Pues ya está.

En realidad, creía que tenía muchas posibilidades de conseguir que mi presencia en Alaska fuera secreta. Si no lo hubiera creído así, ni siquiera habría considerado el trabajo. Iba a reunirme en persona con William O'Donnell, que era el director del colectivo de arte y cultura de la Cámara de Comercio, y con Nigel Long, de la oficina del gobernador, a primera hora de la mañana para ultimar todos los detalles.

El autobús se detuvo por fin frente al hotel. Un botones se encargó de recoger nuestras maletas y de conducirnos al mostrador de recepción.

–Hola, soy Adeline…

En la pantalla de televisión que había en el vestíbulo vi una imagen de Joe con vaqueros, una camisa de cuadros, botas y un Stetson. No me lo podía creer. Parecía que su imagen me perseguía.

–¿Señora? –me preguntó la recepcionista, que se llamaba Shannon.

–Cambridge –dijo Katie en mi nombre.

–Tienen una reserva para tres noches…

La voz de Shannon parecía resonar en la distancia, muy muy lejos. Yo no podía dejar de observar a Joe Breckenridge en la pantalla de televisión.

Se trataba de unas imágenes de archivo en las que Joe aparecía paseando con el gobernador Harland. En la pantalla, se informaba que el congresista Breckenridge iba a asistir a una reunión en el Ayuntamiento de Windward.

–¿En serio? –musité.

–¿No son tres noches?

Katie me dio un codazo. Regresé al presente.

–¿Se marchan el veintitrés? –preguntó Shannon.

–Sí, así es –dije mientras sacaba la cartera para entregarle mi tarjeta de crédito.

–¿Qué es lo que te pasa? –me susurró Katie.

–¿Hay peluquería en el hotel? –le pregunté a Shannon.

–Por supuesto. Al otro lado del vestíbulo, más allá de los ascensores. Está junto al spa.

–¿Spa? –preguntó Katie con inmediato interés.

Shannon sonrió mientras pasaba mi tarjeta sobre el lector.

–Está abierto entre siete de la mañana y diez de la noche. Se puede ir sin reserva, pero es mejor hacerla antes. El horario de la peluquería es de nueve a seis.

–¿Es que te vas a acicalar para la entrevista? –me preguntó Katie.

–Me lo estoy pensando.

–¿Tiene una entrevista de trabajo? –quiso saber Shannon.

–Sí –respondió Katie–. Para ella.

–Pues muy buena suerte –comentó Shannon mientras me devolvía mi tarjeta–. Espero que terminen quedándose en Windward mucho tiempo.

–Yo aún no estaba decidida. Me sentía muy emocionada por el proyecto, pero estaba empezando a sentir los riesgos. Lo último que necesitaba era encontrarme con Joe o que me reconociera alguien de Kodiak Communications.

–Pareces una persona totalmente diferente –me dijo Katie mientras me observaba desde el otro lado de la mesa del Steelhead Restaurant, que formaba parte del Redrock Hotel.

13

Habíamos pedido unas ensaladas de salmón salvaje y cítricos, acompañadas de un delicioso Chardonnay de California. En realidad, yo no estaba del todo convencida de que me gustara mi nuevo peinado, pero tampoco me desagradaba. Nunca me había teñido de rubia. Mi cabello siempre había tenido el mismo tono marrón cobrizo.

–Es muy arriesgado –añadió Katie mirándome con la cabeza ligeramente ladeada.

Giré la cabeza para que me pudiera ver mejor y sentí que los mechones de la parte de atrás ya no me cubrían el cuello. Llevaba la raya al lado y el cabello me caía por la frente y se levantaba ligeramente en las puntas.

–Ya crecerá si cambio de opinión –dije, para tranquilizarme.

–Pues va a tardar un poco. ¿Y lo de las gafas? ¿Has optado por una imagen intelectual para equilibrar lo del rubio?

Quitarme las lentes de contacto era tan solo otra manera más de cambiar mi aspecto.

–Tú eres rubia –señalé.

–A veces creo que debería teñirme de castaño para que la gente me tomara más en serio.

–La gente te toma muy en serio.

Kate era un genio. Todo el mundo en Cal State lo sabía y por eso le habían ofrecido un puesto de profesora tan solo unos minutos después de recibir su título de doctora.

–En Cal State sí –comentó ella riéndose–. Por cierto, las gafas son muy monas.

Era una montura de color rojo oscuro, moteadas y ligeramente redondeadas, con un pequeño adorno de cristal adornando la patilla.

Me las ajusté en la nariz. Estaba convencida de que me costaría acostumbrarme a llevarlas todo el tiempo, dado que había utilizado siempre lentillas desde que era una adolescente.

–Es un disfraz bastante bueno –observó Katie.

–¿Tú crees?

–Me ha resultado difícil reconocerte –dijo antes de tomar un sorbo del vino.

–¿Adeline?

Una voz masculina, profunda, acababa de pronunciar mi nombre. Sentí que un profundo escalofrío me recorría la espalda. Sabía perfectamente de quién se trataba.

–Estás en Windward –dijo Joe innecesariamente. Había dejado a los tres hombres con los que estaba para acercarse a nuestra mesa.

Inmediatamente, lamenté haberme cortado el cabello.

–Hola, Joe.

Estaba vestido con un traje, no con la indumentaria típica de un vaquero. Joe Breckenridge tenía un físico espléndido, con el que podría defender cualquier estilo. Miró a Katie antes de contestarme, educado y cortés como siempre, dado que existía la posibilidad de que mi amiga pudiera convertirse en votante.

–Doctora Katie Tambour, te presento al congresista Joe Breckenridge.

Katie sonrió al escuchar que yo utilizaba su título. Asintió.

–Congresista…

–Encantado de conocerte, Katie. ¿Vives aquí en Alaska?

Pregunta clave.

—California —respondió Katie—. Adeline y yo hemos ido juntas a la universidad.

Joe se volvió a mirarme.

—¿Estáis aquí de vacaciones?

—Nos vamos a alojar aquí en el hotel un par de noches más —respondí, sin entrar en detalles.

—¿Y luego vais a ir a Anchorage?

Me di cuenta de que me estaba tratando de sacar información.

—No se trata de un viaje para ver a la familia. En esta ocasión, es solo para mi amiga Katie y para mí.

Resultó evidente que Joe no se quedaba satisfecho, pero yo no le di más detalles. Él miró a su grupo, que acababan de tomar asiento, y me dijo que no se podía entretener más.

—Por supuesto —dije.

Joe frunció el ceño casi imperceptiblemente.

—Las dos sois más que bienvenidas al ayuntamiento mañana —comentó. Se sacó una tarjeta del bolsillo y la dejó sobre la mesa—. O hazme saber si hay algo más que pueda hacer.

Katie tomó la tarjeta.

—Gracias.

Entonces, Joe asintió y se marchó a su mesa.

Katie se inclinó hacia mí y leyó la tarjeta.

—¿Congresista? —murmuró en voz baja—. ¡Vaya con Adeline, codeándose con la élite en Alaska!

Yo dejé escapar un bufido de intensa frustración. Katie parpadeó.

—¿Qué pasa?

—Es él.

—¿Quién?

—Él.

–¿De quién hablas? –preguntó Katie. Levantó las cejas y miró hacia la mesa de Joe.

–¡No hagas eso!

–¿El qué?

–Te dije que mi padre quería emparejarme con un tío de aquí, de Alaska.

–¿Sí?

–Claro que sí, haz memoria. Aquel día en el parque. El café junto al río. Después de que tú rompieras con Andrew.

–Ah, sí. Bueno, Andrew era un inútil.

–Ya lo sé. Y estábamos hablando de los hombres.

–Pero tú dijiste… ¿Tu padre escogió un tío de Alaska… en concreto?

Asentí.

Katie volvió a mirar a Joe.

–No…

–Pero si ni siquiera está mirando hacia nosotras. ¿Tu padre escogió un congresista?

Hice un gesto de desesperación, enojada con el destino por haber llevado a Joe a Windward y a aquel restaurante precisamente aquella noche.

–Vaya, pues sí que apunta alto tu padre.

–Depende de cómo lo mires.

–¿Y cómo debería mirarlo?

–Es un político –contesté. Yo tenía una opinión muy firme sobre la moralidad y las motivaciones de algunos políticos y Joe nunca me había dado motivo alguno para hacerme pensar que él pudiera ser diferente.

–Es alto, guapo y con éxito –replicó Katie–. Y parecía bastante agradable.

–¿De qué lado estás?

17

–Del tuyo. Siempre del tuyo. Me estaba preguntando qué es lo que no te gusta de él.

–¿Qué te parece que está dispuesto a acceder a casarse con la hija de Xavier Cambridge?

–Estás exagerando.

–No.

–No estamos en el siglo XVIII.

–Ni siquiera se esconden.

–¿Qué es lo que hace para que pienses así?

–De acuerdo, Joe es un poco más sutil, pero siempre me está sonriendo, se muestra simpático y trata de conseguir que nos pongamos a hablar los dos solos, así como íntimamente. Y me hace reír. Tiene esos ojos, oscuros como el café y sé que está tratando de leerme los pensamientos con ellos. Quiere saber lo que estoy pensando para deducir cómo derribar mis defensas y conseguir algo de mí como… como que le conceda una cita.

–Tal vez sea que simplemente le gustas.

–¡Ja! Pero si apenas me conoce.

–Lo que tú digas –comentó Katie. Su escepticismo había quedado claro como el día.

–Te aseguro que no me lo estoy imaginando. Joe Breckenridge está en los inicios de su carrera política. Tiene más oportunidad de éxito con una esposa nacida en Alaska y que, además, tenga profundas raíces familiares. Los Cambridge, por otro lado, quieren tener un político de influencia en la familia, tanto por el poder que eso pueda proporcionar como para asegurarse una legislación blanda que facilite la expansión de la industria de la tecnología y las telecomunicaciones.

–Veo que lo tienes todo claro.

–Son ellos los que lo tienen todo claro. Yo me he estado escondiendo en California.

El camarero llegó entonces con nuestras ensaladas. Tras ponerles un poco de pimienta, se marchó. Katie se mostró desolada. Yo miré su ensalada.

–¿Le pasa algo a tu ensalada? La mía está bien.

Katie tomó el tenedor.

–Me fastidia que solo por eso no vayas a aceptar el trabajo.

Llevaba pensando en eso algunos días. En realidad, sí que quería aquel trabajo. De hecho, lo deseaba lo suficiente como para encontrar una razón para quedarme.

–Joe solo va a estar aquí un par de días.

–En ese caso, no tienes problema –comentó Katie más animada.

–Además, cree que solo estoy aquí de vacaciones.

–Ya me he dado cuenta de lo que le has dicho. ¡Brillante mentira!

–No he mentido.

–Pues lo has engañado muy suavemente.

–Sí, bueno… No hay leyes que prohíban engañar suavemente a la gente.

Me coloqué la servilleta sobre el regazo y me preparé a disfrutar de mi deliciosa ensalada.

–Nos está mirando…

Pinché un trozo de aguacate.

–Que mire todo lo que quiera. Nosotras no lo vamos a mirar a él.

Capítulo Dos

Me reuní con Nigel Long y William O'Donnell en la Cámara de Comercio de Windward. El despacho de William estaba en lo que había sido un antiguo dormitorio de una casa histórica del centro de la ciudad. Cuanto más lo escuchaba, más emocionada estaba con el proyecto.

Me explicó que necesitaban a alguien que comprendiera la cultura de Alaska. Mi antecesor en el proyecto era de Chicago y los resultados habían sido desastrosos. Por ello, en aquellos momentos, tenían que asegurarse la financiación, preparar los planos y también implicar a la comunidad para obtener apoyo público.

Mientras que William se ocupaba del lado empresarial del proyecto, Nigel parecía estar más interesado en mí personalmente, sobre todo en los años que había pasado en California. Lo más extraño era que también quería saber mis planes de futuro. Resultaba difícil saber de qué iba. Se comportaba de un modo relajado, tranquilo, pero yo no podía dejar de pensar que parecía escoger muy cuidadosamente sus palabras.

Después de la reunión, fuimos al lugar donde se iba a llevar el proyecto. Mi emoción se acrecentó al ver las montañas y el mar tan cerca unos de otros, pero mantuve controlado mi entusiasmo. No habíamos finalizado los detalles del contrato y no quería perjudicar mis posibilidades de negociación dejando que los dos supieran que me moría de ganas por hacer el proyecto.

–¿Asistirás a la reunión que habrá esta noche en el ayuntamiento? –me preguntó William.

Debí de parecer muy sorprendida por la sugerencia porque frunció el ceño.

–Claro, por supuesto –respondí rápidamente–. Vi los carteles cuando aterrizamos.

–Yo estoy en el panel. Probablemente no diré mucho dado que el congresista está aquí también.

–El gobernador está ocupado en Juneau –dijo Nigel–. Pero yo estaré allí para monitorearlo todo e informar.

–Te puedo presentar a Joe Breckenridge –me sugirió William.

–No –dije rápidamente. Demasiado rápidamente. Lo último que quería era que Joe supiera que existía la posibilidad de que yo me quedara en Windward.

–¿Prematuro? –preguntó William.

–Sí –dije. Mostrarme de acuerdo con lo que él había dado por sentado era la salida más fácil.

–En ese caso, pongámonos a lo nuestro, ¿de acuerdo?

–Por supuesto.

–¿Cumple el proyecto con tus expectativas?

–Es exactamente como se había publicado –contesté.

–¿Y el solar? –comentó mirando a nuestro alrededor–. Creo que puedes ver el potencial de todo esto.

–Así es.

–Y sabes todo lo que hay que saber sobre la vida en Alaska. En ese sentido, no tengo que contarte nada.

–No, no es necesario –contesté. Si había alguien que comprendía los desafíos y las ventajas de la vida en la remota Alaska, esa era yo.

–¿Hay alguna pregunta por tu parte?

Por lo que a mí se refería, tan solo quedaban los últimos flecos.

–¿Puedo dar por sentado que el sueldo estará al nivel de mis estudios?

William sonrió y me comunicó una cifra muy atractiva.

–Además de beneficios, por supuesto. Una compensación por vivir en el norte y alojamiento.

–¿Alojamiento? –dije. Me sorprendí, pero traté de no aparentarlo.

–Sí. La Cámara posee una casa histórica totalmente amueblada en Rampart Street y te la cederemos a ti. Fue construida entre 1920 y 1930, pero se ha renovado varias veces desde entonces. Fue la antigua residencia de Paul Pettigrew, capitán de barco y uno de los fundadores de Windward. Ahora, ¿qué me dices?¿Vas a aceptar el puesto?

Miré una vez más hacia el solar pensando mil maneras en las que se podría aprovechar su topografía. Además, una casa histórica en la que vivir era la guinda del pastel.

Sonreí y le ofrecí la mano.

–Sí. Acepto el trabajo.

William sonrió y nos dimos la mano.

–Excelente noticia. Excelente.

Nigel se mostró más lento a la hora de felicitarme. Sonrió también, pero había algo más. Una vez más, no pude comprender el porqué de su actitud. Cuando habló por fin, noté una cierta ironía en su voz.

–Bienvenida a bordo, Adeline. El despacho del gobernador está deseando trabajar contigo.

–Gracias –dije. Escruté su expresión mientras me daba la mano, pero no encontré más pistas.

–Entonces, ¿lo anunciamos esta noche? –preguntó William.

Sentí que desfallecía.

–¿Podemos esperar un poco? –sugerí sin poder encontrar una razón–. Necesito hablar con mis amigos y con mi familia primero.

–Lo comprendo. No hay problema.

–En cuanto tenga todo organizado, te lo haré saber.

Sería exactamente en el mismo momento en el que Joe Breckenridge se montara en un avión para marcharse de la ciudad.

Joe estaba sentado en el centro de una mesa que estaba sobre el pequeño escenario que se había instalado en la sala de juntas principal del Ayuntamiento de Windward. Los tres panelistas tenían micrófonos, notas y vasos de agua delante de ellos. A la derecha, había un estrado, junto al que esperaba el maestro de ceremonias. Joe estaba flanqueado por William a la izquierda y una mujer de unos cuarenta años a la derecha.

Katie y yo entramos sigilosamente por la puerta principal y nos sentamos en una de las últimas filas. La sala estaba medio llena ya, pero la gente entraba constantemente mientras se acercaba la hora de comienzo del acto. Yo no tenía intención alguna de hacer preguntas. Solo quería calibrar la opinión del público sobre los planes que había para la ciudad.

La reunión iba a cubrir tres puntos: el complejo de

artes y cultura, las mejoras que se debían realizar en un parque nacional cercano y el potencial de una carretera que uniera Windward con Skagway para proporcionar acceso a la pequeña ciudad del mango de Alaska a la parte del estado que quedaba en el continente.

Katie se inclinó para susurrarme al oído.

—Te ha visto.

Dirigí inmediatamente la mirada a Joe y, tal como había supuesto, él me estaba mirando. Me sonrió. Yo le devolví la sonrisa. Comprendí que había sido una utopía pensar que iba a lograr pasar desapercibida.

—Te está mirando como si fueras un delicioso helado —me dijo Katie.

—Qué asco...

—Para ser alguien que no ha tenido una cita desde hace seis meses, eres un poco picajosa.

—No hace... —repliqué. Entonces, hice la cuenta de cabeza—. Son... Cinco. Vale, cinco y medio.

—Es muy guapo.

Ciertamente, Joe era muy guapo. No había ninguna duda al respecto. La mayoría de las mujeres lo pensarían así. Era algo, estaba en forma y resultaba lo suficientemente rudo como para tener una belleza clásica. Evidentemente, era un hombre inteligente, podría ser que demasiado según había pensado yo en algunas ocasiones. Había escuchado conversaciones entre mi familia y él y había visto cómo los ojos se le iluminaban y esbozaba una sonrisa de humor irreverente que otros no parecían captar.

—Creo que yo le dejaría que me lamiera —comentó Katie.

—¡Qué asco!

—Calla —repuso ella riendo—. Viene hacia nosotros.

–No creo que…

Así era. Joe se había levantado de su asiento y había bajado del pequeño escenario para dirigirse hacia donde nosotras estábamos sentadas.

–Tal vez ha visto a otra persona –repliqué.

Miré hacia atrás, esperando… pero él se detuvo junto a nosotras. Katie estaba en el asiento del pasillo, pero la ignoró.

–Qué curioso –dijo mirándome–. ¿Te interesa esta reunión?

–Sí, la carretera –mentí para evitar que siguiera preguntando–. Me interesa la extensión de la carretera.

–Por Kodiak.

En realidad, no me importaba mucho que Kodiak Communications tuviera acceso por carretera con Windward. Les había ido perfectamente bien con el transporte por avión o por barco hasta aquel momento, pero me dejé llevar.

–¿Van a construir la carretera? –pregunté.

–Es posible. Sigue habiendo algunos problemas con el inclinado terreno que hay en algunas secciones de la costa.

Asentí. En ese momento, vi la mirada de preocupación que le dedicaba el maestro de ceremonias desde el escenario y llamé su atención.

–Creo que te están esperando.

Joe se volvió para mirar.

–¿Qué vas a hacer después de la reunión?

–Yo… –dudé. No se me ocurría ninguna mentira.

–Llevarme a ver las vistas –dijo Katie. Menuda compañera me había llevado a Alaska.

Joe la miró y apretó un poco la mandíbula.

–Deberíamos hablar, Adeline.

—¿Sobre qué?

—Ya sabes sobre qué.

—Joe…

—Buenas tardes, señoras y caballeros –dijo el maestro de ceremonias.

—Ahora sí que te necesitan ahí arriba –comentó Katie.

Joe me dedicó una mirada con la que parecía decirme que nuestra conversación no se había acabado, pero se marchó con paso rápido hacia el escenario.

—Vaya –susurró Katie–. ¡Qué hombre más intenso! ¿De qué crees que quiere hablar?

—Probablemente de los nombres que les vamos a poner a nuestros nietos.

Katie soltó una carcajada.

El maestro de ceremonias presentó a los panelistas.

—¿Habéis hablado alguna vez de ello? –me preguntó Katie mientras aplaudíamos.

—¿Te refieres a lo de decirle si sabe que mi padre quiere que me case con él? No.

El maestro de ceremonias comenzó a hablar del parque nacional.

—Deberías decirle que no estás interesada.

—Lo sabe. Dios santo, ¿cuántas indirectas tiene que echarle una mujer?

—¿En serio? Vaya… Es que algunos hombres no son demasiado perspicaces en lo que se refiere a las indirectas.

—Joe sí lo es.

—Deberías pasar página.

—¿Pasar qué página?

—Decírselo abiertamente. Decirle que nunca vais a ser pareja y que se encuentre otra perfecta novia alasqueña con la que casarse.

No pude evitar sonreír. Joe se quedaría sin palabras si yo le hablara de una manera tan directa.

—Estás sonriendo…

—Me hace gracia la imagen.

—Y él te está devolviendo la sonrisa.

Lo miré y vi que era cierto. Inmediatamente, me dejé llevar por la expresión de su rostro. No debería reaccionar así. Tal vez Joe era muy sexy, pero yo no me iba a dejar llevar.

Rápidamente borré la sonrisa y su rostro se quedó perplejo. Me di cuenta de que estábamos teniendo una conversación a través de aquel salón abarrotado.

—Podría funcionar.

—Se lo tomaría como un desafío.

—¿Acaso se te ocurre algo mejor?

—Mantenerme alejada de Alaska —contesté. Pero ya sabía que no había seguido mi propio consejo.

El maestro de ceremonias invitó a Joe a tomar la palabra. Él se inclinó ligeramente hacia el micrófono. Su profunda voz resonó por todo el salón, haciendo que todos los presentes guardaran silencio. Le resultaba muy fácil conseguir que todos le escucharan. Efectivamente, todo el mundo debería escuchar sus ideas al menos. Yo no. Y sobre todo cuando lo que decía era pedirme una cita.

—Adeline… —dijo Katie.

—¿Mmm?

—¿Estás segura de que no es otra cosa?

—¿De qué estás hablando? —le pregunté, volviéndome para mirarla.

—¿Tienes miedo de que pudieras sentirte atraída por él?

—No —contesté. Mi respuesta fue instantánea, a pesar de que sentí una cálida sensación recorriéndome todo el cuerpo.

–Oh, oh…

–No hay oh, oh…

–Oh, oh, no te sientes atraída por él, ni siquiera un poquito.

Quería decirle que no tajantemente, pero no podía mentir a Katie.

–Es físicamente muy atractivo. Tú misma lo has dicho. Es físicamente atractivo, pero eso es todo. Ya está. La mayor parte del tiempo me saca de quicio.

Katie me observó un instante, pero pareció aceptar mi respuesta.

–Está bien.

–Estupendo –respondí. Sentí que el tema estaba zanjado.

–Pero deberías decírselo.

–Se va a marchar mañana –le recordé. Y mis problemas se habrían terminado, al menos temporalmente.

Katie pareció considerar mis palabras.

–Supongo que evitarle es otro enfoque.

–Hasta ahora me ha funcionado.

Me puse a escuchar a Joe, que estaba hablando sobre el proyecto de carretera. Era elocuente, empático y entusiasma.

–Tiene una voz muy bonita –susurró Katie.

Era cierto. Todos los presentes parecían cautivados por sus palabras. Asentían y sonreían, aplaudiendo a rabiar cuando él terminó de hablar a pesar de que en realidad no había hecho promesa alguna.

Entonces, el maestro de ceremonias le preguntó sobre el complejo de artes y cultura.

Prácticamente dio la misma respuesta y, de nuevo, a

nadie pareció importarle su falta de concreción. Todos escuchaban atentamente, asintiendo y riendo cuando bromeaba y aplaudiendo al final como si hubiera dicho algo espectacular.

–¿Cómo lo hace? –le pregunté a Katie–. Es decir, tiene el don de la palabra, pero todo el mundo está comiendo de su mano. Podría leerles un manual de fontanería y la respuesta seguiría siendo la misma.

Katie se echó a reír.

–Evidentemente, así fue como consiguió que lo eligieran. Les da lo que quieren .

–¿Y qué es lo que representa?

–Votantes felices.

–Eso es lo que resulta tan frustrante.

–¿Sobre Joe Breckenridge?

–¿Sobre la política? Me disgusta toda la palabrería.

En aquellos momentos, Joe estaba escuchando cortésmente la descripción que William estaba haciendo del proyecto. Asentía de vez en cuando y, al final, fue el primero en aplaudir mientras parecía felicitar a William.

Todos los presentes parecían apoyar de igual manera el complejo de arte y cultura y la carretera. El proyecto del parque natural era algo menor, la continuación de una mejora a muy largo plazo, por lo que no creaba tanta expectativa.

Para mí, resultaba satisfactorio ver cuántas personas de la comunidad apoyaban el proyecto del centro de artes y cultura. Me moría de ganas por empezar.

Katie y yo conseguimos salir limpiamente del ayuntamiento y Joe se marchó de Windward a la mañana siguiente. Después, Katie me sugirió que regresáramos a Sacramento para organizar la mudanza y que yo pudiera empezar con mi trabajo inmediatamente.

Seguía decidida a vivir en Alaska conmigo durante un par de meses hasta que empezara el curso. Lo veía más como una aventura que como unas vacaciones y yo estaba encantada de disfrutar de su compañía. En la casa del capitán Pettygrew había sitio de sobra para las dos.

La antigua casa era como una madriguera llena de pequeñas habitaciones y zigzagueantes pasillos. Los suelos y las paredes eran de madera reluciente. Había recargados muebles de época y relojes de pared meticulosamente restaurados. Unas fantásticas cortinas enmarcaban las ventanas, sujetas por gruesos cordones que acentuaban aún más la opulencia de la decoración.

La casa tenía cuatro dormitorios, uno de los cuales estaba en la planta baja y se había destinado a despacho. Yo me quedé con el principal y Katie escogió uno de los que estaban destinados a los invitados. Afortunadamente, los cuartos de baño se habían remodelado muy recientemente y la cocina era la perfecta combinación de tradición y modernidad.

Después de llevar cuatro días instaladas, y aun con cientos de recovecos por explorar, seguía sin poder creer que tuviera la oportunidad de vivir en una casa así.

Aún no tenía coche. Como la Cámara de Comercio estaba tan solo a poco más de un kilómetro de mi casa, me había acostumbrado a ir y volver andando, con lo que no era tan necesario de momento. En la Cámara de Comercio tenía un pequeño despacho, aunque William me dijo que podría trabajar desde casa hasta que me hicieran un despacho en el solar de la obra, algo para lo que aún faltaban algunas semanas.

Me encantaba trabajar en mi pequeño despacho en Pettygrew House, pero también disfrutaba con otras personas en el edificio de la Cámara de Comercio.

En cuanto entré en el edificio, Stella, la recepcionista, me dijo que William me estaba esperando en su despacho. Subí las escaleras y llamé a la puerta.

—¿Sí?

Abrí la puerta y él me hizo entrar. Estaba hablando por teléfono.

—Por supuesto. Está aquí ahora mismo.

Yo entré en el despacho y me senté en una de las butacas.

—Agradecemos mucho esta oportunidad —añadió—. El Forberg —repitió mientras anotaba el nombre en un cuaderno. Entonces, colgó el teléfono y me miró.

—Buenos días —dije.

—Buenos días —respondió. Entonces, se puso de pie y se colocó detrás de su sillón para colocar las manos sobre el respaldo—. Era del despacho del congresista Breckenridge.

Yo me quedé totalmente inmóvil. En estado de alerta.

—El congresista quiere hablar con nosotros sobre opciones de fondos adicionales para el proyecto.

—Muy bien —respondí. Por supuesto, más fondos era siempre algo positivo.

—Contigo.

Eso era lo negativo.

—¿Por qué conmigo? Un momento, ¿cómo sabe que yo formo parte de este proyecto?

—No lo sé. ¿Y por qué no lo iba a saber?

31

–No lo anunciamos en la reunión. Y luego él se marchó.

–Bueno, del planeta no se ha marchado. Ya se ha mencionado en algunos sitios web y en la prensa.

Comprendí que mi reacción no había sido la apropiada.

–Claro. No hay problema. ¿Los tres? –pregunté. Di por sentado que William estaría presente.

–No. Solo vosotros dos.

Tardé un segundo en comprender las palabras de William.

–Tú conoces mejor el proyecto que yo. Está interesado en conocer a nuestro equipo.

–Tú eres el jefe del equipo.

–Pero a mí ya me conoce –dijo William.

Estuve a punto de decirle que el congresista también me conocía a mí… A punto.

–Antes de que saque la cara por nosotros, quiere asegurarse de que podemos ejecutar el proyecto.

–Claro que podemos –afirmé. Me sentía enojada con Joe por haber pensado que yo no podía dirigir un proyecto de construcción comercial. ¿Qué se pensaba, que yo había estado aprendiendo todos durante tanto tiempo? Tanto mi máster como mis estudios de doctorado habían incluido prácticas y becas. Sabía muy bien lo que estaba haciendo.

–Es una gran oportunidad, Adeline. Aún no estamos financiados al cien por cien y necesitamos ese compromiso por parte de la administración federal.

Traté de contener mis sentimientos. Yo era una profesional y aquello formaba parte de mi trabajo.

–Por supuesto. Lo entiendo perfectamente. ¿Concretó su secretaria una hora para la llamada?

–No hay necesidad.

Dejé escapar un suspiro de alivio. Si aún no se había concretado la llamada, podrían surgir otras prioridades y existía la posibilidad de que dicha llamada no tuviera lugar.

–Viene a Alaska.

–No.

William se quedó atónito con mi reacción.

–¿Qué quieres decir con no?

–Pues que… me sorprende. Pero si acaba de marcharse de aquí. Pensaba que había regresado a Washington. Eso fue lo que dijeron.

–Bueno, supongo que su agenda habrá cambiado –dijo William. Despegó un *post-it* de su escritorio y me lo entregó–. En el Forberg Club a las cinco y media.

–¿Hoy?

–Hoy. Habrá reservado una sala de reuniones, así que solo tienes que preguntar en la recepción. ¿Has estado allí antes?

–No.

–¿De verdad? Kodiak Communications es miembro.

–Yo no trabajo para Kodiak.

–De acuerdo. Está en Peel Road. Hay un ascensor privado desde el vestíbulo hasta el tercer piso.

Me puse de pie.

–Lo encontraré.

Mientras me dirigía a mi despacho, no podía dejar de pensar en lo ocurrido. Al llegar, dejé el teléfono sobre el escritorio y me senté.

–Juego y partido. Muy bien jugado, congresista –susurré. Cerré los ojos un instante y sacudí la cabeza.

Entonces, me cuadré de hombros y arranqué el

ordenador. Era una reunión profesional, no personal. Tendría disponibles todos los datos, cifras y datos antes de llegar al Forberg Club.

¿Joe quería hablar de cultura y arte? Perfecto. Hablaríamos de arte y de cultura y de absolutamente nada más.

El Forberg Club era lo más cercano que había en Windward a un establecimiento de cinco estrellas. Dado que la mayoría de las prendas que había metido en mi maleta era informales, traté de sacarle el máximo partido al único vestido que tenía. Era negro, básico, con el cuerpo ceñido y una falda de vuelo que me llegaba a la mitad del muslo. Lo complementé con una rebeca corta de color granate para darle a mi atuendo una nota de color. Me había llevado también un par de botines negros de tacón que quedaban pasables. Por último, añadí un collar de estrellas de mar realizado en platino que relucía con las pequeñas circonitas que lo tachonaban y un par de pendientes de diamantes que mi hermano Mason me había regalado el día que cumplí veintiún años.

Dado que mi disfraz no había servido de nada, me puse las lentillas y me alisé el cabello. Lo dejé caer sobre la frente y sobre la mejilla derecha. Me estaba costando un poco acostumbrarme al color y al corte, pero decidí que, al menos, era fresco y divertido.

Había esperado que me acompañaran a una de las salas de reuniones que había en el Forberg, pero la recepcionista me llevó hasta el comedor.

Joe estaba sentado en una esquina. Iba vestido con una camisa blanca, una corbata plateada y un traje con un corte impecable.

–Adeline –dijo sonriendo, mientras apartaba la silla para que me pudiera sentar. La recepcionista sonrió y nos dejó a solas.

–Esto no es una cita –le repliqué con desaprobación.

–Lo sé. Es una reunión.

–Estamos en un restaurante.

–Es un club en el que se hacen negocios –afirmó. Yo profundicé el ceño que tenía fruncido–. Me muero de hambre. En Anchorage tuve muy poco tiempo para cambiar de avión.

–¿No te sirvieron comida en primera clase?

–En algún lugar sobre Montana, pero de eso hace ya muchas horas. Siéntate.

Dudé un instante, aunque no podía dejar de preguntarme por qué me estaba mostrando tan obstinada. Probablemente, era mejor que nos estuviéramos reuniendo en un lugar público.

–Ya sabes que tengo que pedirte dinero.

–No tenemos que hablar de eso ahora mismo. Siéntate y relájate.

–Eso es mucho pedir –observé. Pero me senté.

–No te arrepentirás –comentó mientras regresaba a su asiento–. Aquí sirven una carne y un marisco deliciosos. Lo que te apetezca.

–Nuestro primer evento con la comunidad será la semana que viene –comencé, repitiendo exactamente lo que había ensayado–. Después, vamos a organizar otras herramientas, como un formulario y una encuesta en la página web, cuyo lanzamiento coincidirá con…

–¿Te apetece algo de beber?

De reojo, vi que el camarero se acercaba a nuestra mesa. Dejé de hablar.

–¿Una copa de vino? –me preguntó Joe–. ¿O tal vez un martini?

–Una copa de vino está bien –respondí. Lo último que me importaba era lo que iba a tomar para beber–. Del que tú vayas a tomar.

Mi respuesta pareció sorprenderle, pero reaccionó muy rápidamente.

–¿Tiene una botella de Château Cinq Rivières de 2003?

–Creo que sí –contestó el camarero–. Si no fuera así, ¿le parece aceptable el de 2005?

–Sí. Está bien.

–Volveré enseguida –anunció el camarero antes de marcharse.

–Como te decía, el lanzamiento de la página web coincidirá con…

–Adeline.

– …con la primera reunión pública para que los esfuerzos de marketing…

–¿Vas a estar haciendo esto toda la noche?

–¿Hablar del complejo de artes y cultura? Sí, por supuesto.

Joe trató de contener una sonrisa.

–No te atrevas a comportarte como si fuera encantadora, porque no lo soy.

–Eres encantadora.

Ahogué una exclamación.

–¿Te das cuenta de por qué me haces sentir tan agotada?

–No, no lo veo. No entiendo cómo puedo hacer que te sientas agotada. Si apenas me conoces.

–Te conozco lo suficiente.

El camarero regresó con una botella de vino tinto

envuelta en una servilleta blanca. Le mostró a Joe la etiqueta.

–Cabernet Sauvignon Château Cinq Rivières 2003.

–Perfecto.

El camarero abrió la botella muy cuidadosamente y sirvió un poco del vino en la copa de Joe. Él hizo girar el caldo en la copa para airearlo antes de tomar un sorbo.

–Muy bien –le dijo al camarero. Este le sirvió un poco más en la copa antes de hacerlo con la mía–. Como te decía –añadió cuando el camarero se hubo marchado–, no me conoces en absoluto.

–Hace siete años que te conozco.

–Prácticamente sales corriendo cada vez que yo aparezco.

–El pasado agosto me senté junto a ti en la cena.

Tomé un sorbo del vino, que era fantástico. Absolutamente extraordinario. Está bien. Tal vez había algo bueno en aquella reunión después de todo.

–Es un vino muy bueno –comenté.

–Por eso lo he pedido. Apenas hablaste conmigo en agosto.

–Éramos ocho a la mesa.

–Y tú hablaste con los otros seis.

–Principalmente con Sophie. Era nueva en la familia por aquel entonces.

Habíamos conocido a mi prima Sophie, de la que no habíamos sabido en mucho tiempo, solo unas semanas antes de aquella cena. Me había sentido obligada a que ella se sintiera bienvenida en la familia.

–¿Por qué estás intentando cambiar de conversación todo el rato?

Por primera vez desde que llegué, lo miré a los ojos.

Estaba pensando que tal vez Katie tenía razón y que había llegado el momento de ser sincera.

—Un acto reflejo, creo.

—Vaya, ahora sí que has sido sincera —comentó levantando la copa. Yo hice lo mismo.

—¿Acaso me culpas por rebelarme?

—¿Contra Braxton y tu padre? No. ¿Contra mí? Sí.

—No veo cómo puedo separar lo uno de lo otro. Me siento como la novia de una familia noble en la Edad Media, a la que se entrega a cambio de un acuerdo favorable, una alianza ventajosa o una dote. O tal vez todo.

—¿Acaso te he pedido yo alguna vez que te cases conmigo?

Me hizo la pregunta tan en serio y era algo tan descabellado que tuve que contener una carcajada.

—Y, para que conste —añadió—, nadie me ha ofrecido una dote. Sin embargo, tú eres un tesoro muy valioso. Hace cien años, tu familia podría haber sacado mucho por ti —concluyó en tono de broma. Yo lancé un bufido de ira, pero él me ignoró—. Con carácter. Hermosa... o al menos lo eras antes de que te cortaras el cabello.

Inconscientemente me toqué los cortos mechones que tenía junto a la oreja.

—Estaba bromeando —murmuró. Entonces, se inclinó ligeramente hacia delante—. Lo siento. Eso ha sido una grosería. Sigues siendo muy hermosa, aunque me encantaba el color de cabello que tenías antes. ¿Por qué te lo has cambiado?

Yo no tenía intención alguna de decirle la verdad. Adopté un aire despreocupado y levanté la copa mientras hablaba.

—Necesitaba algo más fresco para el verano. Una especie de celebración de la graduación.

–Por cierto, enhorabuena al respecto, doctora Cambridge.

–No pienso utilizar ese título. Ahora, podríamos hablar sobre los fondos del centro de arte.

–Sí, pero esa no es la razón por la que estamos aquí.

Joe miró su copa y, una vez más, hizo girar el vino en su interior y dio otro sorbo.

–Vamos a quitarnos eso de en medio. ¿Qué es lo que necesitas?

–Necesitamos que te comprometas a apoyar el complejo de artes y cultura cuando el estado solicite oficialmente el fondo de expansión rural

–Hecho. Es un proyecto que merece la pena y del que se puede beneficiar toda la comunidad. Además, estoy seguro de que tú vas a hacer un excelente trabajo para crear el edificio. Dile a William que tuviste que esforzarte mucho para convencerme –comentó. Levantó la botella y volvió a llenar las dos copas–. Ahora, ¿podemos relajarnos y disfrutar de la cena?

Decidí darle un sí por respuesta. Los dos nos decidimos por ensalada de langosta y fletán con *risotto* de setas salvajes.

Joe dejó a un lado el tema de mi familia y yo, por mi parte, no seguí hablando de la financiación del proyecto. Estuvimos conversando sobre temas sin importancia.

Cuando la cena estaba a punto de terminar, vi que Nigel Long estaba sentado muy cerca de nosotros. Si no nos hubiera estado mirando muy fijamente, tal vez no me habría percatado de su presencia.

Sonreí y él me devolvió la sonrisa, pero el resto de los rasgos de su rostro no parecieron acompañarle. Frunció los labios, pero el gesto no se reflejó en sus ojos, lo que provocó en mí una extraña sensación de inseguridad.

—¿Qué es lo que ocurre? —me preguntó Joe cuando centré mi atención en el menú de postres que teníamos sobre la mesa.

—Nigel Long.

—Lo he visto entrar.

—Me da la sensación de que no le caigo bien.

—Soy yo quien no le cae bien.

—¿Por qué no?

—El gobernador Harland no es uno de mis mayores admiradores.

—¿Por qué? —quise saber.

—El gobernador quiere la carretera, no el centro de arte y cultura. No ha conseguido que yo me comprometa a apoyarle.

—Nigel me dijo que el gobernador apoyaba el centro de arte.

—Ya me imagino —comentó Joe.

—¡Qué ladino! En realidad, no he conseguido que me caiga bien.

—Siempre se ha mostrado muy cortés conmigo, pero es el tipo de hombre que interactúa solo con el poder, el dinero y los títulos.

Como yo provenía de una familia de posibles, sabía perfectamente a lo que Joe se refería.

—Debes de enfrentarte a este tipo de situaciones constantemente.

Joe asintió.

—Es frustrante no saber nunca si le caes bien a la gente o si eres inteligente o divertido de verdad.

—Lo eres —dije. Me mostré sincera antes de que pudiera autocensurarme. Debía de ser por el vino.

–La gente asiente a todo lo que yo digo y se ríen de mis chistes, aunque, en secreto, estén pensando que estoy equivocado o que soy aburrido.

–Eso es porque controlas el dinero.

–Tengo influencia sobre ellos.

–Sabes muy bien que esa es la razón de mi presencia aquí –admití. Me sentí un poco culpable.

–Sé perfectamente por qué estás aquí, Adeline.

–¿Y me odias por ello?

–No, te admiro.

Aquella respuesta me confundió, dado que yo era una de las personas que estaban tratando de sacarle dinero.

–¿Por qué?

–Porque has luchado y has puesto tus responsabilidades por delante de todo. Has venido aquí por el bien de tu proyecto, aunque sea lo último que quieres hacer. Ahora, démonos el capricho de un postre.

Esperé a que Joe tomara el menú, pero se levantó y se estiró la americana.

–¿Qué estás haciendo?

–No hay necesidad de quedarnos aquí con Nigel Long y todos los que son de su calaña –comentó mientras lo miraba de reojo–. Conozco un lugar mucho mejor.

Capítulo Tres

Nos dirigimos hacia la costa, hacia un concurrido restaurante que se llamaba Pirate Pies. Se trataba de un moderno espacio al aire libre, con vistas a la rocosa playa. La brisa era fuerte, pero unas altas barreras de plexiglás protegían a los comensales. El plástico estaba tan rayado y amarillento que oscurecía ligeramente la espectacular puesta de sol.

Joe se quitó la chaqueta y nos sentamos sobre unos altos taburetes al final de una larga mesa, en la que había sentadas otros grupos, convenientemente espaciados a lo largo de su longitud.

—Este lugar no parece propio de ti…

—¿En qué sentido? ¿Por los deliciosos pasteles o por la espectacular vista?

—Ya sabes a lo que me refiero. No es nada estirado ni elegante.

—¿Y quién dice que yo soy estirado?

—Siempre lo has sido cuando has estado conmigo.

—Pero no lo soy cuando estoy en el rancho.

—¿Has estado allí últimamente? —le pregunté.

—Monté a caballo en la casa de tu padre en agosto.

Era cierto. Joe solía montar con mis hermanos cuando visitaba a mi familia. Los establos de los Cambridge se remontaban a mi bisabuelo. Nuestra casa estaba en tierra agrícola, rara en Alaska, y aún teníamos caballos en los verdes pastos.

Los dos disfrutamos de una porción de pastel de lima. Era el pastel más delicioso que había probado en toda mi vida. Después, Joe me acompañó a casa, insistiendo en ello, aunque solo estaba a pocas manzanas de allí y prácticamente no había anochecido. Estábamos tan cerca de solsticio de verano, que el cielo permanecía azul toda la noche.

—William debe de tener muchas ganas de que te quedes —comentó él al ver mi casa.

—Me habría quedado incluso aunque no me hubieran ofrecido alojamiento.

Me sentía inusualmente relajada con Joe. Al llegar a la puerta, me volví para mirarlo. Había decidido ser honesta y sincera sobre mi vida y el papel que él iba a representar en ella.

—Este proyecto es una oportunidad fantástica para mi carrera.

—Me alegro de saberlo.

—De verdad quiero que todo salga bien. Además, tengo planes para mi futuro. Espero que lo comprendas. No quiero presiones por parte de mi padre ni que Braxton empiece a entrometerse.

—Lo comprendo.

—Y eso te incluye a ti —afirmé. Quería ser totalmente sincera.

—Sé lo que estás diciendo.

Me di la vuelta y metí la llave en la cerradura.

—Gracias.

—Sin embargo, tengo una propuesta para ti.

Me tensé. Inmediatamente, sentí que mis defensas se erigían para ocupar su lugar.

—Por favor, no estropees la tarde pidiéndome que me case contigo.

Joe sonrió lentamente.

—No se trata de esa clase de propuesta.

—Me alegro.

Joe se acercó un poco más y plantó la mano sobre el umbral de la puerta. Su voz adquirió un tono más profundo.

—Deja que te dé un beso de buenas noches.

Yo negué con la cabeza inmediatamente.

—Escúchame —me dijo—. Tú insistes en que no hay nada entre nosotros, en que no hay esperanza alguna de una relación.

—Porque no la hay.

—En ese caso, demuéstralo. Deja que te dé un beso de buenas noches y demuéstralo de una vez por todas.

No iba a caer en la trampa. No podía ser tan sencillo.

—¿Me prometes que te vas a olvidar de este tema?

—Nunca he hecho nada al respecto.

Eso era cierto. Lo admití.

—Has sido muy… paciente.

—¿Y eso es malo?

—Siempre has estado…

—Esperando —susurró él. Dobló ligeramente el codo y se acercó un poco más—. Estoy esperando que me des una oportunidad.

—No hay oportunidad alguna, Joe. Mi familia no puede obligarnos a ser pareja. La vida no funciona así.

—De acuerdo, pero, volvamos a mi propuesta…

—Está bien, lo haré, pero solo si me prometes que dejas de revolotear alrededor de mi vida.

—¿De verdad? —preguntó Joe. Parecía muy contento.

—Ya lo has oído.

—Sí.

–Entonces, en ese caso… –dije. Respiré profundamente y levanté la barbilla. Entonces, fruncí los labios.

–Parece que vas al cadalso.

Joe estuvo a punto de hacerme sonreír con aquel comentario. En cierto modo, me sentía como una condenada.

–Al menos, me has concedido una última cena –comenté.

Joe levantó la mano y me enmarcó la mejilla.

–Y postre –susurró. Inclinó la cabeza y fue acercándose poco a poco.

Yo me preparé.

–Adeline…

–¿Qué?

Joe tardó un segundo en responder.

–No importa…

Con la mano que le quedaba libre, me rodeó la cintura mientras con los dedos de la otra mano me acariciaba el cabello. Entonces, me colocó la mano en la nuca y me rozó los labios con los suyos.

El contacto fue ligero, pero eléctrico. Pequeñas descargas de energía que me enviaban una oleada de calidez por todo el cuerpo y me obligaban a quedarme totalmente inmóvil.

Volvió a besarme, más firmemente en aquella ocasión. Sus labios engulleron los míos con una ternura tan sorprendente que no pude contenerme. Le devolví el beso.

Sentí como si no pudiera confiar en mí misma. Su brazo me apretaba la espalda, moldeándome contra su cuerpo, haciendo que sintiera el calor que emanaba de su cuerpo desde los hombros hasta las rodillas.

Joe profundizó el beso y yo me abrí él. Sentí que

una oleada de sentimientos me envolvía. Le rodeé el cuello con los brazos y me aferré a él. Eché la cabeza hacia atrás, aceptando beso tras beso…

Noté vagamente que él abría la puerta y la cerraba de una patada. Entonces, me hizo avanzar de espaldas por el vestíbulo hasta hacerme entrar en el salón. Yo era plenamente consciente del modo en el que él me acariciaba las nalgas, los muslos y llegaba hasta el bajo de mi vestido negro.

Traté de tomar aire, llenándome los pulmones para darme más energía y poder besarle con más fruición, para explorar los contornos de sus hombros y apartar la frustrante barrera de la americana, sin importarme que cayera al suelo. La camisa era muy fina y podía sentir cómo se tensaban sus fuertes músculos, tan poderosos y fuertes. Tan sexy.

Me incliné hacia su torso y le besé la piel a través de la blanca tela, humedeciéndosela.

Joe dejó escapar un suave gemido y deslizó la mano entre mis muslos hasta alcanzar las delicadas braguitas que no ofrecían oposición alguna.

Volvió a besarme, entrelazando la lengua con la mía. Con una mano, me cubrió el seno y yo sentí cómo el pezón se me ponía erecto, provocándome una fuerte excitación en el centro de mi feminidad.

Fui yo la que gimió de placer en ese instante.

Comencé a desabrocharle los botones de la camisa, deslizándole las manos sobre el suave torso, besándole la piel y saboreando su sal.

Joe se quitó la camisa y luego apartó el tirante de mi vestido para besarme el hombro desnudo. Después, fue besándome el torso, entre los senos, abriéndome más y más el escote para poder avanzar.

Yo eché la cabeza hacia atrás para ofrecerle el cuello, los labios y todo lo demás. Entonces, Joe me tomó en brazos y, sin dejar de besarme los labios, cruzó la sala. En cuestión de segundos, estábamos en mi dormitorio.

Me dejó sobre la cama y me despojó de las braguitas. Tan solo habían pasado unos instantes desde que sus labios tocaron los míos, pero ya los echaba de menos.

Comenzó de nuevo a besarme por todas partes. Yo me quité el vestido y él lo apartó antes de quitarse los pantalones.

Rodeé su gloriosa desnudez con mis piernas. Él trató de hablar, pero yo ya no podía escucharle. Lo besé dura y profundamente, arqueándome contra él, tirando de él y susurrando su nombre al tiempo que trataba de tomar aire.

Él me sujetó con fuerza y comenzó su ritmo. Me besaba los labios, el rostro, el cuello y los senos. El deseo se acrecentó, envolviéndome en su calidez y su tensión, bloqueando todo lo que nos rodeaba mientras que el placer se iba haciendo cada vez más presente entre nosotros hasta que canté de gozo, dejándome llevar por una gloriosa sensación de plenitud.

Lo primero que sentí tras unos instantes fue el aliento de Joe en la oreja y los latidos de su corazón contra mi pecho. Después, los dedos ágiles como plumas, acariciándome la curva de la cadera.

Sabía lo que había hecho y sabía por qué lo había hecho. Esperaba que él lo comprendiera.

–Creo que eso demuestra lo que te quería decir –dije con voz temblorosa.

–Por supuesto… No hay nada de atracción. Nada de nada.

Me alegraba que pensáramos del mismo modo.

—Exactamente.

Se levantó de mi cuerpo y se apartó a un lado.

—Sin embargo, es una pena.

—¿Por qué?

A mí no me parecía que fuera malo. De hecho, estaba convencida de que los dos podríamos seguir con nuestras vidas.

—Por el sexo tan espectacular del que acabamos de disfrutar.

—Sexo es la palabra clave, sí. Todo esto ha sido tan solo algo instintivo, provocado por las hormonas, un impulso repentino. No ha tenido nada que ver con el romance ni la atracción verdadera —comenté. Me detuve un instante, porque aún estaba sin aliento—. No sé para ti, pero para mí hace ya un tiempo.

—¿Estás diciéndome que esto no ha sido nada más que energía sexual acumulada?

Le dediqué una sonrisa y le dio una palmada de aprobación en el hombro. Cuando lo toqué, sentí que no deseaba apartar la mano, pero me obligué a hacerlo.

—Es una manera de verlo. Supongo —susurró él mirando el techo.

—Bueno —comenté mientras trataba de que el tono de mi voz fuera rápido, sin dudas—, supongo que ahora vas a volver a Washington y yo puedo seguir con mi vida aquí, ¿no?

—Ese era mi plan.

—Genial. ¿Sigue en pie lo que vas a apoyar nuestras aspiraciones económicas? Quiero poder decirle a William mañana que la reunión ha sido todo un éxito.

El reverso de la mano de Joe aún seguía tocando la mía. Las levantó juntas.

–Sí, Adeline.

Yo miré nuestras manos unidas y, por un momento, me maravillé de sus diferencias. La de él era grande, curtida, los dedos largos y la piel más gruesa y ligeramente callosa.

–¿Podemos guardar silencio sobre esto? –pregunté–. Me refiero a mi familia…

–No le diré nada a tu familia –respondió. Parecía algo molesto.

–Gracias, Joe.

Inesperadamente, me besó la mano.

–De nada, Adeline. No es así como esperaba que terminara nuestra reunión.

–Yo tampoco, pero me alegro de ver que hemos dejado todo bien hablado.

William estaba más que contento de que Joe nos hubiera dado su apoyo. Yo, por mi parte, sentía como si me hubieran quedado un enorme peso de los hombros. Además, Joe había prometido que guardaría silencio sobre lo ocurrido entre nosotros, así que tampoco me tendría que preocupar que mi padre y mi tío se hicieran ilusiones al respecto.

Por otro lado, las dos primeras reuniones sobre el centro cultural atrajeron a mucho ciudadanos de Windward y fueron muy bien. Con el apoyo de Joe para conseguir la financiación, se empezaron a construir las oficinas en el solar de la obra para que así pudiéramos solicitar el resto de la financiación. Todo parecía ir sobre ruedas.

Dado que no necesitaba muebles para mi casa, Katie había puesto la mayor parte de mis cosas en un trastero que había alquilado, pero había mantenido las cajas que contenían nuestros efectos más personales. Yo estaba encantada de poder montar mi espacio de trabajo en casa y de recuperar mi guardarropa.

–Por fin tenemos tecnología en la casa –dije. Ya podía poner todas mis notas y mis dibujos en la herramienta de trabajo adecuada.

–Pues esto hay que celebrarlo.

Era viernes por la tarde. Un par de horas más tarde, habría terminado oficialmente de trabajar hasta la siguiente reunión pública, que tendría lugar el domingo por la tarde.

–Necesitamos un pastel –dijo Katie–. Llevo tiempo deseando poner a prueba ese magnífico horno. Además, ahora que tenemos todas nuestras cosas, parece más nuestra casa.

–¿Quieres hacer un pastel?

–Sí, es muy divertido –respondió Katie–. Tienes unos plátanos muy maduros en la cocina. Será hasta saludable.

–¿Pastel de banana? Pues tendrás que decirme lo que hay que hacer.

–Es muy fácil –afirmó Katie mientras se dirigía hacia la cocina.

Nos divertimos mucho rebuscando en los armarios todo lo que necesitábamos para preparar el pastel. Una vez lo tuvimos todo, Katie me ordenó que aplastara los plátanos mientras ella mezclaba mantequilla con azúcar y nos pusimos manos a la obra.

–He seguido tu consejo –le dije. Había estado esperando unos días para hablarle a Katie sobre Joe.

–¿Los estás aplastando bien?

–Ah, sí, claro. Eso también.

–¿A qué otra cosa te referías? –me preguntó mientras batía la mezcla del pastel. Yo decidí esperar hasta que hubo terminado.

–A Joe. Volvió a venir.

–¿Aquí?

–Sí. Unos días después de que tú te marcharas. Lo de los fondos se estaba poniendo complicado y William quería conseguir el apoyo de Joe para darle visibilidad al proyecto en Washington. Nos reunimos en el Forberg Club, un lugar muy exclusivo y elegante en el que se realizan todos los negocios por aquí.

–¿Y fuisteis William, Joe y tú?

–Solo Joe y yo.

–¿Solo los dos? –preguntó Katie. Parecía muy sorprendida.

–Sí. Era la oportunidad perfecta, así que hice lo que me dijiste –confesé. Katie sonrió con evidente satisfacción mientras se dirigía al frigorífico para sacar los huevos–. Eché toda la carne en el asador. Le dije muy claramente que no iba a sucumbir a las maquinaciones de mi familia. Que no había futuro romántico para nosotros y que solo quería poder realizar mi trabajo aquí en paz.

–¿Y funcionó? –quiso saber Katie mientras rompía los huevos y los batía para añadirlos a la mezcla que había batido.

–Sí. Pareció respetarme por mi sinceridad y luego tuvimos sexo.

–Me alegro tanto de que… –Katie se interrumpió y abrió los ojos de par en par–. Espera un momento. ¿Qué has dicho?¿Que tuviste sexo con Joe?

–Sí. Nada romántico. Solo era química.

–¿Y eso mientras le explicabas que no había posibilidad alguna de que hubiera algo entre vosotros?

–Bueno… Me desafió para que lo besara. En realidad, de lo que se trataba era de demostrar que no nos sentíamos atraídos el uno al otro.

Katie me estaba dedicando una mirada muy significativa. Yo era consciente de cómo sonaba todo aquello, por lo que decidí explicarme un poco más.

–Fue algo químico. Nada de romanticismo, ni flores, ni velas ni nada.

–¿Por qué lo hiciste?

–Bueno, he de admitir que nos dejamos llevar un poco…

–Ni que lo digas.

–Ya están bien aplastados.

Katie me pidió el bol y lo mezcló todo junto.

–¿Y qué fue lo que dijo?

–¿De qué?

–Del sexo, de qué va a ser…

–Ah, lo comprendió.

–¿Estás segura? Dame la harina.

–Totalmente –le aseguré mientras le daba el bol donde habíamos mezclado la harina con la sal y la levadura.

–Pero, ¿qué fue lo que te dijo exactamente? –insistió.

–No me acuerdo. Me dijo que el sexo había sido espectacular.

–¿Y lo fue?

–Sí. También me dijo que solo había sido energía sexual acumulada y que apoyaría la petición de fondos que hacíamos para el proyecto.

–Bueno, pues entonces… –comentó Katie, como si algo le hiciera gracia.

–¿Qué te resulta tan divertido?

–Nunca en un millón de años habría pensado que el sexo haría que un hombre se alejara de una. Abre el horno.

Yo crucé la cocina y abrí la puerta tal y como ella me había pedido.

–Yo tampoco. Sin embargo, a veces las cosas salen como una esperaba –comenté mientras cerraba la puerta del horno y Katie ponía el temporizador–. ¿Te apetece una copa de vino mientras esperamos?

–Claro.

Nos acomodamos en una pequeña mesa que había en la cocina, desde la que se divisaba el jardín. Katie levantó su copa.

–Por el sexo espectacular y los hombres que apoyan todas las peticiones financieras.

Yo me eché a reír y brindé con ella. Entonces, cuando me llevé la copa a los labios, un aroma agrio me invadió de repente la nariz.

–Espera, creo que este vino se ha estropeado –dije, olisqueando un poco más.

Katie dio un sorbo.

–A mí me sabe bien.

–¿Estás segura? –insistí arrugando la nariz–. Creo que está malo.

Katie volvió a beber.

–Tal vez sea tu copa. Dámela –me pidió. Se la entregué y la olió antes de dar un sorbo–. Este vino está perfectamente.

Yo me estaba preguntando si mi paladar se había estropeado para siempre por la botella de vino que Joe y yo habíamos compartido en el Forberg. Sería una tragedia. No quería tener que comprarme un vino tan caro durante el resto de mi vida.

Entonces, noté que Katie me miraba extrañada.

–¿Qué ocurre?

–¿Cuándo exactamente os acostasteis Joe y tú?

–Después de la reunión. Regresamos aquí.

–¿Qué día?

–No lo sé. A principios de la semana pasada.

–¿Hace diez días? ¿Doce tal vez?

De repente, comprendí lo que ella quería decir. Sentí que se me hacía un nudo en el estómago.

–Adeline, ¿estás embarazada?

–No… No es… –susurré, horrorizada. Fui a buscar desesperadamente mi teléfono y consulté la agenda–. A ver. Fue… –añadí. Entonces, miré a Katie–. Tengo un retraso de cinco días.

Mi amiga lanzó un bufido y se dio con la palma de la mano en la frente.

Tres horas y una prueba de embarazo más tarde, Katie y yo estábamos en el salón mirándonos en silencio. Ella se había tomado dos copas de vino mientras yo me había hecho una infusión de té con limón. Al menos, me sabía bien.

–Es imposible…

–A veces ocurre.

Cerré los ojos y traté de calmarme. Después de unos minutos, Katie rompió el silencio.

–¿Te encuentras bien?

La cabeza me daba vueltas, pero la realidad era la que era. Conseguí esbozar una sonrisa.

–Tal vez me sienta mejor si lo digo en voz alta.

–Pues hazlo.

–Voy a tener un hijo.

–Muy bien. ¿Y ahora qué vas a hacer?

–No sé, pero no puedo quedarme sentada y preocuparme por lo ocurrido durante los próximos nueve meses –dije–. Ya he terminado mis estudios y puedo realizar gran parte de mi trabajo desde casa. Y existen las guarderías. Y las niñeras.

–Yo podría quedarme aquí para ayudarte.

–Tú tienes un trabajo estupendo para el que te has pasado ocho años de tu vida preparándote.

–Lo sé, pero no puedo dejarte aquí sola.

–Dentro de ocho meses no estaré sola –repliqué. Me sorprendió mi habilidad para bromear sobre el bebé tan pronto. Me sentí bastante orgullosa.

Katie sonrió.

–¿Y qué le vas a decir a Joe? ¿Vas a llamarle a Washington para decírselo?

–No sé… –respondí–. Tal vez le envíe un mensaje.

Mi teléfono empezó a sonar, vibrando en la mesa sobre la que lo había dejado antes. Durante un instante, me temí que fuera Joe, pero era mi prima.

–Es Sophie –le dije a Katie antes de contestar–. ¡Hola, prima! –exclamé con mi tono de voz alegre.

–¿Estás en Alaska? –preguntó Sophie muy emocionada.

–Te has enterado… –susurré tratando de fingir a pesar de que el corazón me había dado un vuelco. Si Sophie lo sabía, lo sabía ya toda mi familia.

–¡Sí! Joe le dijo a Mason que había estado contigo en Windward porque te ha salido un proyecto de construcción muy importante allí.

–Sí, aquí estoy –afirmé mientras maldecía a Joe en silencio. Y eso que había prometido guardarme el secreto.

–¿Y cuándo vas a venir aquí? ¿Quieres que te envíe a Stone para que te recoja?

Nathaniel Stone era el esposo de Sophie. Era el vicepresidente de Kodiak Communications. Como mis hermanos, tenía licencia de piloto y utilizaba los aviones de la empresa para volar por toda Alaska.

–Todavía no. Me acaban de traer todas mis cosas hoy mismo. Tengo que desempaquetarlas y, además, el proyecto avanza a toda velocidad.

–Lo entiendo, pero es que tengo tantas ganas de verte…

–Yo también –dije. Era cierto. Sophie era la persona de mi familia a la que más ganas tenía de ver–. ¿Cómo están todos por allí?

–Braxton se está portando bastante bien –comentó Sophie riendo.

–¿Qué significa eso?

–Esta semana no me está dando la tabarra con lo de los nietos.

Inconscientemente, me llevé la mano al vientre pensando que, contra todo pronóstico, iba a ser yo la primera en tener un hijo. No era ningún secreto que tanto mi padre como su hermano Braxton esperaban tener muchos nietos para perpetuar la dinastía familiar.

Braxton había perdido toda esperanza de tener nietos hasta que Sophie apareció el año anterior. Creía que tenía una prima perdida en Anchorage y nadie se sorprendió más que ella al descubrir que era la hija biológica de Braxton. En aquellos momentos, mi tío se moría por tener nietos y no era un hombre paciente.

–Me alegro.

–¿Cómo te fue con Joe?

–Me dijo que nos ayudaría a conseguir el dinero federal para el proyecto. Hay un programa, pero necesitamos su apoyo. Salimos a cenar y… no fue tan mal como había esperado. Además, no me propuso matrimonio ni nada por el estilo –dije. Estaba siendo totalmente sincera.

–Eres una paranoica, Adeline. Solo quiere conocerte.

–¿Es eso lo que Stone te ha dicho?

–Eso es lo que me ha dicho Joe.

–Espera un momento, ¿has estado hablando con Joe sobre mí? ¿Y qué le has dicho tú a él?

–Que debe darte espacio.

Dejé escapar un suspiro de alivio.

–Muchas gracias.

–No tienes por qué dármelas. Es lo que pienso…

Recordé cómo se había comportado Joe a lo largo de la cena. Había conseguido que yo bajara la guardia lo suficiente al final de la velada. En aquel momento, comprendí que había estado siguiendo los consejos de Sophie.

–¿Cuándo crees que tendrás tiempo de venir a visitarnos?

–No lo sé. Creo que tendré que esperar un poco.

–De acuerdo, pero haz que sea pronto, ¿de acuerdo?

–Te prometo que será tan pronto como pueda. Saluda a todos de mi parte.

–Lo haré. Me alegro de que hayas vuelto. Ya hablaremos.

Mientras yo hablaba por teléfono, Katie se había ido a la cocina. Estaba untando el pastel con la crema. Tenía un aspecto delicioso y me moría de ganas por tomarme una porción.

–¿Sabe que estás aquí? –preguntó Katie levantando brevemente la mirada.

–Joe se lo dijo a Mason y Mason a Stole. Estoy segura de que ya lo sabe todo el mundo.

–Supongo que era inevitable. ¿Te apetece un poco?

–Por supuesto. Pero Joe me prometió que no se lo diría.

–¿Y ha mencionado el sexo?

Negué con la cabeza y luego fui a sacar dos platos de uno de los armarios mientras ella buscaba el cuchillo.

–¿Cuándo se lo vas a decir? –me preguntó Katie mientras cortaba dos porciones del pastel y las servía en los platos.

–Creo que debería hacerlo en persona –respondí. Saqué dos tenedores.

Katie llevó los dos platos a la mesa de la cocina.

–¿Y va a venir pronto? –me preguntó.

–No creo –respondí. Nos sentamos y comenzamos a comer el pastel–. ¡Vaya! ¡Está buenísimo! ¿Dónde has aprendido a cocinar así?

–Me enseñó mi abuela. Tiene cientos de recetas almacenadas en la cabeza. Algún día, voy a escribirlas todas.

–Creo que tengo que ir a Washington para decírselo.

–Estoy de acuerdo.

–Iré el próximo fin de semana. Un viaje relámpago a Washington. Alquilaré un avión.

Katie me miró en silencio durante un instante.

–A veces se me olvida…

–¿El qué?

–Te comportas siempre con mucha normalidad y se me olvida que eres muy rica.

En realidad, el dinero me importaba muy poco.

–No suelo echar mano de la tarjeta de platino que me dio mi padre, pero creo que esta vez lo haré.

–¿De verdad tienes una tarjeta platino?

–Está ligada a un fondo. Mi abuelo me dejó unas acciones de la empresa que me dan beneficios y se van sumando en una cuenta. Casi nunca lo toco.

–Hasta que necesitas un avión privado –comentó Katie, riendo.

–¿Quieres venir? –le sugerí. En realidad, agradecería la compañía.

–Cuenta conmigo –replicó inmediatamente–. ¿Y tendrá enormes sillones de piel y champán en delicadas copas de cristal? –añadió, riendo–. Lo siento, no debería estar bromeando en estos momentos como si este viaje fuera a ser divertido.

–En estos momentos, es lo que hay.

Me llevé la mano al vientre. No sabía si reír, llorar o gritar de frustración. En realidad, no sabía si alguna de aquellas acciones podría cambiar la realidad.

Capítulo Cuatro

Esperaba que Joe saldría a buscarme a la zona de recepción de las oficinas que componían su lugar de trabajo, dado que había dado permiso para que me dejaran entrar en el edificio.

Sin embargo, no estaba allí.

–Usted debe de ser la doctora Cambridge –me dijo su secretaria en cuanto me vio llegar. El congresista Breckenridge está en una reunión.

–No me importa esperar –dije. De hecho, me sentí aliviada. Estaba tan nerviosa que tal vez tendría tiempo de recuperar la compostura mientras terminaba aquella reunión.

Sin embargo, no hubo tiempo. Justo en aquel momento, se abrió una puerta. Era Joe.

–Adeline –dijo, medio sorprendido, medio preocupado.

–Siento mucho molestarte.

–No, en absoluto. Bree –le dijo a su secretaria–, ¿puedes cancelar la reunión que tengo a las diez y media? Entra, por favor. ¿Has venido para hablarme del proyecto?

–No exactamente –dije mientras entraba en su despacho.

–¿Hay algo en lo que pueda ayudarte?

–Tengo noticias –contesté.

–Estupendo –replicó él. Parecía feliz. Incluso ansioso. Seguramente, aquella actitud no iba a tardar en cambiar.

El despacho era grande, muy bien amueblado. Joe señaló dos butacas que había junto a la ventana. Mientras me sentaba, sentí que el estómago me daba un vuelco. Deseé haber tenido más minutos para prepararme. Todo lo que había pensado la noche anterior sonaba terrible en mi cabeza. Me opuse a la necesidad de retirarme como una cobarde. Me cuadré de hombros y tragué saliva.

–¿Ha ocurrido algo, Adeline?

Conseguí asentir muy levemente. Quería hablar, pero me resultaba imposible.

–Adeline…

–Estoy embarazada –le espeté. Entonces, me puse la mano en la boca. No me podía creer que se lo hubiera dicho tan bruscamente.

Joe no reaccionó. Llegué a preguntarme si aquellas palabras solo habían resonado en el interior de mi cabeza. Entonces, frunció el ceño y abrió los ojos de par en par.

–No quería decírtelo así.

–Bueno, no creo que los rodeos hubieran ayudado.

–Quería decírtelo en persona.

Joe abrió la boca, pero la volvió a cerrar sin pronunciar palabra. Yo sabía que tenía que ser paciente. Había tenido ya una semana para acostumbrarme y él tan solo hacía treinta segundos que sabía que iba a ser padre.

Los dos estuvimos en silencio unos instantes.

–Quería decírtelo. Nada más –dije–. No tiene por qué cambiar nada. Podemos seguir como hasta ahora.

–¿Como hasta ahora?

—Bueno, supongo que habrá que tomar alguna decisión a largo plazo, pero en estos momentos…

—¿Quién más lo sabe?

—Solo mi amiga Katie.

—¿Y es de fiar? ¿Se lo podría decir a alguien?

—No se lo va a decir a nadie –afirmé. Quise hacerle alguna observación sobre él mismo, que no había resultado ser tan de fiar cuando le dijo a mi familia que yo estaba en Alaska después de prometerme que no lo haría.

—¿Y tu familia? Tenemos que decírselo.

—No, no –repliqué poniéndome de pie–. De ninguna manera. Ya he tenido noticias de Sophie.

Joe se puso también de pie. Parecía asombrado.

—Pero si acabas de decirme que no lo saben.

—Me refería a lo de que estoy en Alaska. Tú se lo dijiste a Mason.

—¿Y?

—Te pedí que no lo hicieras –repliqué. No sabía por qué me estaba desviando del tema principal, pero me sentía muy enojada de que Joe hubiera quebrantado mi confianza casi inmediatamente.

—¿Te referías a lo de que estabas en Alaska? Pensaba que te referías a lo del sexo.

—A las dos cosas.

—Bueno; pues no me lo dejaste claro. ¿Pensabas que no se enterarían de que estabas en Alaska?

—Sí, se enteraron bien rápido cuando tú fuiste corriendo a contárselo.

—Te aseguro que estaba totalmente convencido de que te referías al sexo. Y ahora tenemos que decirles lo del bebé.

—No. No. De ninguna manera. Todavía no.

–Tendrá que ser lo antes posible.

–Me queda mucho tiempo.

Quería planear mi vida, decidir cómo iba a ser como madre soltera antes de decírselo a mi padre y al resto de la familia.

–Te aseguro que no voy a ocultarles algo así a tu padre y a tu tío.

–No serías tú quien se lo está ocultando.

–Te equivocas. Es mi hijo también y, por lo tanto, mi responsabilidad. No voy a mentirles sobre algo tan importante ni pienso contarles toda la verdad en el último minuto.

–Se van a alegrar, Joe. A pesar de cómo ha sido concebido, es un nieto. La siguiente generación. Se descorcharán botellas de champán en la mansión Cambridge cuando se enteren.

–Por lo tanto, no hay nada malo en no contárselo –afirmó Joe con una expresión calculadora en el rostro.

–¿Qué quieres decir con eso?

–¿Cuándo vas a regresar a Alaska?

No lo había decidido. La empresa solo necesitaba que la avisara con tres horas de adelanto.

–Pronto.

–Estupendo. Porque me voy contigo.

–Ahí está –dijo Katie mientras esperábamos dentro del avión privado, en la zona VIP del aeropuerto.

El elegante coche negro de Joe se había detenido sobre el asfalto. No tardó en salir del asiento trasero para ir a recoger su equipaje del maletero. Yo observé sus ágiles movimientos mientras lo cerraba y se dirigía hacia el avión.

—Si tu bebé ha de tener un padre… —susurró Katie estirando la cabeza para mirar por la ventanilla.

—¿Te refieres a los genes? —pregunté. Ciertamente, no podía negar que mi amiga tenía razón.

—Es guapo y atlético…

—Sí, pero es lo del matrimonio concertado lo que me deja fría.

Katie sonrió y se recostó sobre su asiento. En ese momento, Joe entró en el avión. Le entregó al auxiliar de vuelo su equipaje y luego se asomó a la cabina. Tras unos breves instantes, Joe se dirigió hacia nosotras con una deslumbrante sonrisa en los labios.

—Buenos días —dijo mientras se acercaba y se sentaba en el asiento que había frente al mío.

—Joe, ¿te acuerdas de mi amiga Katie?

Joe le ofreció rápidamente la mano.

—Encantado de volver a verte, Katie.

—Lo mismo digo.

El auxiliar vino para ofrecernos algo de beber. Prometió que nos llevaría lo que habíamos pedido después del despegue.

Los motores del avión comenzaron a rugir y el aparato comenzó a avanzar a toda velocidad por la pista. Cuando, unos minutos después, estuvimos ya en el aire, el auxiliar nos trajo nuestras bebidas.

Nos dirigíamos a Anchorage, desde donde tomaríamos un coche de alquiler para dirigirnos directamente a la mansión familiar. No podíamos perder tiempo alguno dado que, el lunes por la mañana yo tenía que trabajar.

La noche anterior había estado pensando. Efectivamente, Joe tenía razón. Cuanto más tiempo tuviera mi familia para acostumbrarse a la idea, mejor sería para todo el mundo. Además, ser madre soltera ya no era nada del otro mundo y toda mi familia, fueran cuales fueran las circunstancias, consideraría mi embarazo como una excelente noticia.

—Deberías haber pedido un día de vacaciones –me dijo Joe de repente, como si me hubiera leído el pensamiento.

—No pienso pedir un día libre cuando llevo tan poco tiempo en mi puesto.

—¿Por qué no?

—No es muy profesional.

—¿Quieres quedarte en Anchorage?

Pensé en Sophie y en lo agradable que sería verla.

—Claro, pero no lo voy a pedir.

—Podría hacerlo yo.

Joe no tardó ni un instante en sacar su teléfono móvil para llamar a William, mi jefe. Tardó menos de un minuto en conseguir que William me diera el lunes libre.

—Tú…

—William está encantado –me interrumpió–. Lo ve como otra oportunidad para que tú me pongas de vuestro lado.

—No tengo que ponerte de nuestro lado. Ya estás abordo. Y se lo he dicho.

—En política, siempre se puede hablar más. Mucho más. Míralo así. Puede que estés en Anchorage, pero sigues trabajando por el bien del proyecto.

En ese momento, mi teléfono empezó a sonar. Miré la pantalla y vi que se trataba de William. Me llevé un dedo a los labios antes de aceptar la llamada.

—Hola, William.

—Adeline, me alegro de poder hablar contigo. Ha pasado algo… –añadió él. Sonaba agobiado.

–Sí, el congresista…

–El gobernador se ha negado en seco y parece que la senadora está implicada –explicó. Estaba muy agitado–. El apoyo del congresista Breckenridge es más vital que nunca. Si te quiere en Anchorage, entonces yo también quiero que estés allí.

–¿Qué ha cambiado? –pregunté. Joe y Katie me miraban con curiosidad.

–Estoy tratando de averiguarlo. Ha habido un recorte en el presupuesto y el gobernador Harland ha decidido apoyar la extensión de la carretera. Y está consiguiendo que la senadora lo apoye. Parece que Nigel se lleva muy bien con el personal de la senadora, así que tienes que hablar con el congresista. ¿Sabes qué hacer?

Miré a Joe. Él me estaba observando a mí con manifiesta curiosidad.

–Creo que sí.

–No lo pierdas, Adeline. Es nuestra última esperanza.

–Ya ha…

–Necesitamos mucho más que Breckenridge nos apoye. Necesitamos que Breckenridge consiga que la senadora Scanlon siga de nuestro lado. Si no, tendremos que guardar el proyecto en un cajón e intentarlo de nuevo dentro de dos años.

Habían pasado muchos meses desde la última vez que estuve en casa. Mi hermano Mason estaba en el salón principal cuando entramos por la puerta de la mansión. Al verme, esbozó una resplandeciente sonrisa. Un segundo más tarde, frunció el ceño.

–¿Qué te has hecho en el pelo? –preguntó mientras

se acercaba a mí y me estrechaba en un afectuoso abrazo, como siempre hacía.

–¿No te gusta?

Mason sonrió de nuevo y miró a Katie rápidamente. Luego, volvió a fijarse en ella con más detenimien-
to.

–Esta es Katie Tambour, mi amiga y, en estos momentos, compañera de casa. Katie, te presento a mi
hermano Mason.

Mason se dirigió hacia ella ofreciéndole la mano.

–Bienvenida a Alaska, Katie.

El interés que se reflejaba en su voz era evidente.
Katie era preciosa, así que no me sorprendió.

–Me alegro de conocerte, Mason –respondió ella.

–¿Joe? –preguntó Mason. Parecía muy sorprendido
al verlo–. ¿Qué…? –añadió mirándonos a todos–. ¿Es
que ocurre algo?

–Hemos aterrizado al mismo tiempo –mentí.

–Hasta ahora me estoy divirtiendo mucho en Alaska
–comentó Katie para evitar que Mason siguiera pendiente de Joe–. Este aire –añadió–. Deberíais hablar
del aire tan puro en la publicidad que se hace para los
turistas. Debéis de tener los mejores pulmones de todo
el mundo.

Mason aspiró profundamente, como si quisiera poner a prueba aquella hipótesis.

–¿Adeline?

Mi hermano Kyle acababa de llegar. Era una versión más joven de Mason. También me dio un fuerte
abrazo.

–Me gusta –me dijo revolviéndome el cabello–.
¡Qué osada eres! –exclamó. Después del abrazo, vi que
también se fijaba en Katie–. ¿Quién eres tú? –preguntó.

Entonces, su atención pasó a Joe–. ¡Hola, Joe! No sabía que ibas a venir.

–Lo decidí en el último momento –comentó Joe estrechándole la mano

–Kyle, esta es mi amiga, Katie Tambour, de California –dije presentando a Katie por segunda vez–. Katie, este es Kyle, mi otro hermano.

–Hola, Katie de California. Vaya, ¿es que vamos a celebrar una fiesta o algo así?

–¡Adeline! –exclamó Sophie entrando por la puerta–. ¡Madre mía! –añadió mientras echaba a correr hacia mí para darme un fuerte abrazo. Stone entró tras ella–. ¡Qué color más bonito! ¡Y el corte!

–Pero bueno, ¿qué es todo este jaleo?

La voz de mi tío Braxton hizo que el ambiente cambiara un poco.

–¿Adeline? Vaya, ya iba siendo hora de que vinieras a vernos. ¿Sabe tu padre que estás aquí?

No me dijo nada sobre mi nuevo aspecto.

–Acabamos de llegar –contesté. Me acerqué a él y le di su correspondiente abrazo.

–¿Y has traído a Joe? –preguntó con curiosidad.

Joe se acercó para saludarle.

–Me alegro de volver a verte, Braxton. Estoy implicado en el proyecto que Adeline está llevando a cabo en Windward.

–¿Eso de las artes?

–Sí. Será algo muy importante y tendrá un impacto significativo en la economía de la región.

Braxton pareció satisfecho. Di las gracias a Joe en silencio.

–He traído a una amiga –le dije a mi tío.

Él saludó a Katie y se dirigió a mi hermano Kyle.

–Kyle, dile a Sebastian y a Marie que tenemos invitados –le ordenó. Kyle salió inmediatamente–. ¿Cuánto tiempo os vais a quedar?

–Solo un par de…

–¿Adeline?

Era Xavier, mi padre. Me di la vuelta para saludarle.

–Hola, papá.

Mi padre tenía el ceño fruncido. No sonreía. Me pregunté si me iba a preguntar por el corte de pelo, pero entonces él miró a Joe y a Katie.

–La convencí de que había llegado el momento de venir de visita –dijo Joe.

–Joe está ayudando con la financiación del pequeño proyecto que Adeline tiene en Windward –le explicó Braxton.

–Es mucho más que un pequeño proyecto –repliqué, molesta. Tampoco me gustó que dijera que Joe me estaba ayudando.

El abrazo que me dio mi padre fue algo más afectuoso que el del tío Braxton, pero mucho más reservado que los de los demás.

–Me alegro de volver a verte, Joe –le dijo.

–Encantado de estar aquí.

–Vamos a instalar a Katie –intervino Sophie, algo por lo que me mostré muy agradecida.

–Buena idea –afirmé. Le indiqué a Katie que me acompañara y las dos seguimos a Sophie hacia la espectacular escalera.

Ella se me agarró al brazo y me dijo al oído.

–¿De verdad vives aquí?

–Vivía –contesté, ante la sonrisa de Sophie.

–Parece un hotel de lujo –comentó Katie anonadada.

–Yo me sentí así la primera vez que vi esta casa –dijo Sophie mientras empezábamos a subir la espectacular escalera–. Te encantará la habitación de invitados.

–Entonces, ¿tú no creciste aquí, Sophie? –quiso saber Katie.

–No. En un apartamento en Seattle.

–Pero consiguió ser rica ella sola –observé yo.

–Pero no tanto –rio Sophie.

–No es de extrañar que te pongas a alquilar aviones privados –dijo Katie.

–¿Avión privado? –repitió Sophie. Katie me miró y se disculpó en silencio.

–Teníamos prisa. Resulta que el gobernador está apoyando un proyecto rival del nuestro –expliqué con la esperanza de distraer a Sophie–. Y el gobernador está tratando de conseguir que la senadora siga su ejemplo. Y mi jefe quiere que yo convenza a Joe para que consiga que la senadora nos apoye a nosotros.

–Bueno, pues tú puedes conseguir que Joe haga todo lo que tú quieres –repuso Sophie–. Todos sabemos lo que siente por ti. Aquí está la habitación de invitados –añadió mientras abría la puerta con un enorme ademán de bienvenida.

Katie entró y se detuvo en seco. Yo traté de verlo todo a través de sus ojos. Sophie miró a Katie y sonrió.

–Sé cómo te sientes –comentó riendo.

Katie dio un paso al frente y comenzó a dar vueltas.

–Esto es… alucinante. Qué pena que nos vayamos a quedar tan poco tiempo…

Sophie me miró.

–Tengo que estar en el trabajo el martes –dije–. De hecho, esto es trabajo. Lo más importante es que tengo que conseguir que Joe me apoye con la senadora.

–Estás de broma, ¿verdad? –preguntó Sophie confusa–. Pero si solo tienes que pedírselo.

–La situación se ha vuelto un poco rara –repuse. No quería decirle a Sophie lo del embarazo antes de al resto.

–¿Más rara que de costumbre? –preguntó Sophie–. Es decir, estás aquí. Joe está aquí. Tu padre y Braxton están aquí. Los tres siempre te ponen de los nervios.

–Es cierto. En realidad, he visto a Joe más de lo que esperaba en las últimas semanas.

Sophie pareció encantada.

–¿Estás empezando a sentir algo por él?

Dudé un momento. Traté de encontrar algo que fuera cierto, pero que no resultara demasiado revelador.

–Le dije que fuera sincera con él –intervino Katie–. Eso de andarse de puntillas no le venía bien a nadie.

–Veo que te tiene de su lado –repliqué, riendo.

–A mí también me cae bien él –contestó. Yo la miré como si fuera una traidora y Katie se encogió de hombros–. Tú misma lo dijiste. Joe le cae bien a todo el mundo.

–Porque es un buen tío –dijo Sophie–. Lo que os pasa es que tenéis el síndrome de Romeo y Julieta, pero al revés.

–¡Es verdad! –exclamó Katie–. Tu padre te ha empujado hacia él y tú lo rechazas. Creo que Sophie tiene toda la razón.

–¡Pero bueno! ¿De qué lado estás tú?

–Siempre del tuyo, cielo –comentó Katie–. Siempre del tuyo.

Nuestras miradas se cruzaron. Supe que teníamos que ponernos manos a la obra con la gran noticia.

–Creo que deberíamos bajar.

–Está bien, pero después de la cena vamos a tener una charla de chicas –dijo Sophie.

–Te lo garantizo –afirmé. Estaba totalmente segura de que eso era cierto.

No esperé a propósito hasta la cena para dar la noticia, pero se produjeron demasiadas conversaciones diferentes y no tuve oportunidad hasta entonces.

Dejé que Sebastian me sirviera una copa de vino, ante la mirada alarmada de Joe. Con un gesto, le indiqué que no pensaba beberlo. Sabía que, si decía que no iba a tomar vino, atraería la atención de todo el mundo, algo que no deseaba que ocurriera por el momento.

Cuando todos levantamos nuestras copas, fingí beber.

–Tengo que deciros algo –anuncié, antes de que comenzaran de nuevo las conversaciones paralelas. Joe estaba sentado frente a mí en la mesa.

–¿Sí? –preguntó mi padre. Estaba junto a mí, sentado frente a Braxton.

–Estoy… –empecé. Miré a Joe y respiré profundamente–, estoy embarazada.

Se produjo un momento de sorprendido silencio, algo que ya había anticipado.

–¡Madre mía! –exclamó Sophie, encantada. Se levantó de su silla y se acercó corriendo para darme un abrazo.

–¿Un nieto? –preguntó mi padre, orgulloso.

–Un momento. ¿No nos hemos saltado algunos pasos? –quiso saber Mason.

Era una pregunta normal y sabía lo que tenía que responder. Joe se me adelantó.

–Es mío –dijo.

Todos se quedaron atónitos. Braxton esbozó una resplandeciente sonrisa.

–¡Enhorabuena, hijo!

Mi padre me tomó la mano y la apretó afectuosamente.

–Es una noticia maravillosa.

–¿Por qué no me lo dijiste antes? –preguntó Sophie. Aún me estaba abrazando.

En ese momento, miré a Joe y los dos comprendimos nuestro error.

–No, papá –anuncié con voz firme–. No es lo que piensas. No estamos… Solo vamos a tener un bebé juntos. Eso es todo.

Todos me miraron muy fijamente. Evidentemente, querían una explicación.

–¿Qué significa eso? –preguntó mi padre.

Joe tomó la palabra.

–Adeline y yo tuvimos una cita. Solo una.

–¿No os vais a casar? –preguntó Kyle.

–No es culpa de Joe –afirmé.

–Pero vas a tener un hijo suyo –replicó mi padre.

–En realidad, acabamos de enterarnos. No sabemos lo que significa para el futuro –expliqué.

–Bueno, pues yo sí sé lo que debería significar para el futuro.

–Braxton, Xavier –dijo Joe–. Yo haré lo que Adeline desee… incluso casarme con ella.

Lo miré con desaprobación, enojada por sus palabras. Se estaba salvando y me estaba arrojando a mí a los lobos.

–Pero, por el momento –añadió–, dejadla estar. Debe ser la decisión de Adeline. Solo de ella. No vais a obligarla a hacer algo que no desea. ¿Me habéis oído todos?

Toda mi familia asintió.

—Pues yo estoy encantada —susurró Sophie junto a mi oreja.

Le apreté el brazo afectuosamente. Mi embarazo ya no era un secreto y me sentí yo también muy contenta. Todo era más real.

En ese momento, Katie extendió la mano y me tocó en el hombro. Me volví a mirar a Joe y le sonreí. Me había apoyado con mi familia. No recordaba que nadie hubiera hecho nunca algo así.

—Una cosa más —me dijo Sophie al oído—. Nadie lo sabe, pero yo también estoy embarazada.

La miré con asombro. Vi cómo me guiñaba un ojo y regresaba a su asiento. Stone le apretó la mano y le dio un beso en la frente. El amor brillaba en sus ojos.

De repente, vi que Sophie se inclinaba hacia su esposo y le susurraba algo al oído. Stone me miró y yo le sonreí de pura felicidad.

—No es que queramos rivalizar —dijo Stone en voz alta—, pero Sophie y yo también tenemos noticias. También estamos esperando un bebé —añadió. Se llevó la mano de Sophie a los labios y se la besó delicadamente.

Braxton se puso de pie y se acercó a la pareja. Todo el mundo comenzó a darles la enhorabuena. En aquella ocasión, no había nada que perturbara la alegría general.

Braxton abrazó a su hija con los ojos llenos de lágrimas. Recordé que, tan solo un año antes, él había creído que nunca tendría nietos. El corazón se me encogió de alegría.

En aquel momento, Sebastian apareció con una botella de champán mientras que la cocinera nos traía a Sophie y a mí unas copas con *ginger ale*. Katie se me acercó y me susurró:

–¿Te encuentras bien?

–Sí. Lo de Sophie me ha venido muy bien. Así todo el mundo se distraerá de lo mío. Tengo que reconocer que Joe me ha ayudado mucho.

Miré en su dirección y vi que él me estaba mirando. Con un gesto, me preguntó si me encontraba bien. Yo asentí. La felicidad de Sophie y Stone me llenaba de dicha.

En aquel momento, Braxton se levantó con la copa de champán en la mano.

–Por una familia en crecimiento.

Todos repetimos sus palabras y brindamos.

Capítulo Cinco

–Las conversaciones de chicas son mucho más divertidas con vino –se quejó Sophie mientras miraba su copa de *ginger ale*.

Las tres nos habíamos acomodado en el balcón que unía mi dormitorio con la antigua alcoba de Sophie. Katie era la única con una copa de vino.

–Bueno, ¿qué planes tienes? –me preguntó Sophie–. A corto plazo al menos.

–Conseguir el apoyo de la comunidad con los planos preliminares, obtener fondos federales y neutralizar a Nigel Long, que tiene una estrecha relación con el personal de la senadora.

–Estabas en lo cierto –comentó Katie.

–¿Quién es Nigel Long? –quiso saber Sophie.

–Trabaja para el gobernador. Fingió que estaban a favor del centro de artes y cultura, pero en realidad trataron de sabotearnos cuando hubo que luchar por los fondos.

–¿Y qué vas a hacer al respecto?

–Hemos organizado reuniones tanto privadas como públicas. tenemos que hacer que todo el mundo comprenda las oportunidades de turismo, negocio y demás que el centro de artes y cultura crearía en Windward.

–Nada referente al bebé, entonces –dijo Sophie.

–Creo que, durante un tiempo, no habrá mucho que hacer –comenté colocándome la mano en el vientre.

–Yo ya he empezado a comprar ropa de embarazada.

–¿De cuántas semanas estás? –preguntó Katie.

–De nueve.

–Estás más adelantada que yo. Yo creo que estoy de cinco, pero tengo una cita con el médico la próxima semana.

–Estás de muy poco. Nos lo has dicho muy pronto.

–Joe estaba muy preocupado. No quería ocultárselo a Braxton y a Xavier.

–Ahora sí que no se van a rendir –afirmó Sophie–. Van a querer más que nunca que los dos estéis juntos.

–Conozco a esos dos de toda la vida –comenté riendo–. Lo sé.

–Pues Joe se portó muy bien durante la cena –observó Sophie–. ¿Crees que era una treta?

–No lo creo –intervino Katie–. Es decir, hace muy poco tiempo que conozco a Joe, pero no me parece esa clase de hombre –añadió. Ni Sophie ni yo respondimos a aquel comentario–. ¿Vosotras creéis que sí?

–Bueno, hay mucho en juego –dije yo–. Para Kodiak Communications y para Joe.

–Es un acuerdo en el que se benefician las dos partes –apostilló Sophie.

–¿Porque Adeline se case con Joe? –replicó Katie.

–Porque Braxton y Xavier quieren ser uña y carne con el congresista.

–Y él con ellos –concluí yo.

–Pues se lo has dejado muy claro –afirmó Katie–. Vas a hacer lo que quieras hacer, sin tener en cuenta lo que ellos quieran.

–Lo sé. Y ellos también lo saben.

–Pero van a intentar que os unáis –dedujo Sophie.

En aquel momento, la puerta del antiguo dormitorio de Sophie se abrió. Kyle salió al balcón.

–Supongo que sabes que se trata de una conversación de chicas –le dije a mi hermano.

–Prefiero estar con esta generación que con la vieja guardia –anunció Kyle. Se sentó una silla vacía.

–Estamos hablando de bebés –le advirtió Sophie.

–Me encantan los bebés. Me muero de ganas por ser tío –afirmó Kyle, que llevaba su propia copa de vino en la mano.

Yo sospeché que lo que quería era ligar con Katie.

La puerta volvió a abrirse. Era Mason.

–Sabía que estaríais aquí –comentó mientras se sentaba en la única silla que quedaba libre–. ¿De qué estamos hablando?

–De bebés. ¿De verdad que queréis hablar de esto? Podríamos hablar de cosas asquerosas.

–¿Acaso crees que yo no cambiaría un pañal, Sophie? –le desafió Kyle.

–Ya te digo yo que no cambiaría un pañal –replicó Mason riendo. Fue él quien atacó primero–. ¿Tú no estás embarazada, Katie?

–No –respondió ella mientras señalaba su copa de vino.

–¿A qué te dedicas en California?

–Soy profesora. Bueno, lo seré muy pronto. En Cal State.

–¿Ves? Mira qué interesante –comentó Mason–. ¿Y de qué vas a dar clases?

–De Astronomía.

Mason pareció sorprendido.

–¡Vaya! No sabía que se podía estudiar eso en la universidad. Pues soy Tauro. ¿Qué mas me puedes decir?

Yo sabía que no era la primera vez que alguien confundía la astronomía con la astrología. Katie se dejó llevar.

—Tendré que verte la palma de la mano —dijo mientras dejaba su copa sobre la mesa. Inmediatamente, Mason le ofreció la mano derecha—. Vamos a ver… ¡Vaya! —exclamó tras observar atentamente las líneas de la mano—. ¿Te ha pasado algo malo hoy?

Miré a Sophie y vi que ella apretaba los labios para no echarse a reír. Sin embargo, Kyle no parecía en absoluto entretenido. De hecho, parecía algo celoso.

—¡Por fin os encuentro! —exclamó Stone mientras salía también al balcón y se dirigía directamente adonde estaba Sophie. Le tomó la mano para ayudarla a levantarse. Después se sentó y la acomodó a ella sobre su regazo.

Joe salió a continuación al balcón. Aprovechó que Mason se sentaba sobre el brazo de la silla de Katie para sentarse.

—¿Y podemos hacer algo para que no ocurra? —le preguntó a Katie—. No sé, cantar una canción o algo así.

Joe me miró y los señaló con la cabeza.

—¿Qué están haciendo?

—Creo que Katie le está leyendo la mano.

—¿Sabe hacerlo? —replicó Joe. No parecía entender lo que estaba pasando.

—Es astróloga —le dijo Mason sin volverse para mirarlo.

—Soy astrónoma —le corrigió Katie.

—Es decir, astrofísica —le dijo Stone a Mason.

—¡Qué alivio! —exclamó él—. Pensaba que eras una vidente de verdad y que veías que me iba a pasar algo malo.

Yo no estaba segura de que la confusión de Mason hubiera sido legítima o que hubiera estado disimulando desde el principio. Entonces, sonrió y Katie le soltó la mano.

—¿Te importa que siga sentado aquí? —le preguntó al ver que Joe se había quedado con su asiento.

—Casi no te conozco —replicó ella mirándole con incredulidad.

—Bueno, ya te he dejado que descubras mis secretos. Te juro que soy inofensivo.

—Doy fe por mi hermano —comenté yo, riendo—. Siempre he considerado que es una persona bastante inofensiva, sí —añadí mientras le sacaba la lengua a Mason y él repetía el gesto.

Todos nos echamos a reír.

—¿Cuánto tiempo os vais a quedar? —me preguntó Kyle.

—Depende. Podría estar hasta dos años.

—¿Aquí en casa?

—No. En Alaska. Eso depende de si Joe se esfuerza lo suficiente para que podamos conseguir la financiación que necesitamos.

—¿Y puede ayudar en algo Kodiak Communications? —preguntó Mason.

—Por medio del mecenazgo —dije inmediatamente—. En otoño, vamos a hacer algunos eventos para recaudar fondos. Por supuesto, tendremos que conseguir gran parte de la financiación de Washington y del estado. O eso espero. Sin embargo, los fondos que podamos reunir en la comunidad demostrarán el nivel de apoyo popular que tenemos.

—Al Congreso no le importa invertir dinero público —añadió Joe. Entonces, hizo un gesto para indicar que estaba bromeando–, pero por supuesto nos gusta saber que se termina convirtiendo en votos.

Todos nos echamos a reír.

–¿Significa eso que te vamos a ver con más frecuencia? –me preguntó Mason.

–Sí –admití.

–Yo tendré que regresar para el otoño. Lo siento mucho –comentó Katie.

–¿Sabes esquiar? –le preguntó Mason.

–Sé surfear.

–Bueno, tener buen equilibrio es media batalla ganada. Puedes regresar en invierno y probar el esquí. Y, como invitada nuestra que serás, estaremos encantados de cubrir los gastos de viaje –le dijo Mason.

–¿Y hacéis eso por todos vuestros invitados? –le desafió Katie.

–¿Cómo? –exclamó Joe–. ¿Y yo he estado comprándome mis billetes todos estos años?

Mason le miró de reojo.

–No me estás ayudando, Breckenridge.

–Katie vendrá a visitarme a mí –dije yo.

–Eso es. Vendré a visitarla a ella –afirmó Katie.

–¿A mí no? –le preguntó Mason, fingiendo que se sentía ofendido.

–Hasta ahora, lo único que tú has hecho es sentarte en el brazo de mi butaca y confundir mi profesión.

–En eso tiene razón –dijo Stone–. ¿Le apetece a alguien otra copa?

Cuando supo lo que todos querían tomar, se marchó. Regresó unos minutos más tarde y nos sorprendió a Sophie y a mí con unos espesos batidos de chocolate.

–¡Oh, esto es muy peligroso! –exclamé mientras me tomaba la nata con la pajita.

La conversación se había dividido en grupos durante la ausencia de Stone. Katie y Mason habían encontrado algo más de lo que hablar. Sophie y yo estábamos hablando sobre vitaminas y decoración infantil y Joe y Kyle charlaban sobre el cable de datos que conectaría a Alaska con ultramar.

Cuando terminé mi batido, Joe se me acercó.

–Deberíamos hablar.

–Nosotros ya nos vamos a dormir –anunció Stone mientras tomaba de la mano a Sophie para ayudarla a levantarse.

Kyle se levantó y se estiró.

–Yo también voy –dijo–. Buenas noches a todos.

Todos se dispusieron a entrar en la casa a través de la habitación de Sophie. Joe indicó la puerta que llevaba a la mía.

–¿Tienes todo lo que necesitas para esta noche? –le pregunté a Katie antes de que se marcharan.

–Estoy perfectamente –respondió. Hizo además de entrar, pero Mason le tocó suavemente en la cadera y ella se detuvo.

–Nos vemos por la mañana –dije, marchándome enseguida para que pudieran hablar.

Después de la cena familiar y de la bulliciosa conversación en el balcón, mi amplio dormitorio me resultaba tranquilo y relajado.

–¿Cómo te encuentras? –me preguntó Joe colocándose frente a mí.

–Bien.

–Sabes que Braxton y Xavier no van a parar de tratar que acabemos juntos.

–Tienen que aceptar la realidad. Lo he dicho muy claro y tú también. Por cierto, muchas gracias por apoyarme. No estoy acostumbrada a que se pongan de mi lado.

–Porque siempre has sido muy independiente.¿Puedo? –me preguntó extendiendo la mano hacia mi vientre.

–Sí, por supuesto.

Me colocó la mano sobre el abdomen. La palma era cálida y delicada. Los dos la miramos en silencio.

–Aún no se nota nada –susurré por fin.

–¿Será niño o niña?

–No lo sabremos hasta dentro de un tiempo –contesté. Pensar en el género de nuestro hijo me hizo sentir algo mareada y desorientada. Me agarré al brazo de Joe.

–Yo lo estoy aceptando –dijo él. Aún tenía la mano sobre mi vientre.

–En mi caso, es según el momento. Unas veces me distraigo y se me olvida y, de repente, me acuerdo y me entra el pánico. Luego, unas veces estoy feliz, otras asustada, otras emocionada… Cubro todos los sentimientos.

Joe me abrazó. La sensación fue maravillosa.

–No estás sola.

Me aparté de él, firme pero delicadamente. Me preocupaba que los sentimientos nublaran mi buen juicio.

–Esto no cambia nada –le advertí. No quería que Joe se hiciera ideas equivocadas ni que pensara que podría utilizar al bebé para arrastrarme a una relación romántica que yo ciertamente no quería.

–Adeline, esto lo cambia todo. ¿Puedo decirte una cosa?

–De acuerdo, pero que sepas de antemano que la respuesta es no.

–Podríamos fingir, solo por el momento. Dejar que el mundo supiera que hay un nosotros. De ese modo, cuando llegue el bebé, no habrá nadie escandalizado ni sorprendido ni la opinión pública se escandalizará por algo que parecería un secreto, un accidente o algo indeseable.

–Este bebé no es indeseable –le espeté–. ¿Por qué dices esas cosas?

–¿Te has tenido que enfrentar alguna vez al público? Yo sí. Les encantan las cosas indeseables, gozan con ellas. Cuanta más estabilidad le demos a este bebé, más seguro será su futuro.

Me di cuenta de lo que ocurría. A Joe le preocupaba su carrera política.

–Entonces, no se lo diremos.

–Eso es peor. Terminarán averiguándolo. Siempre lo averiguan todo al final.

–No pienso darte lo que buscas –dije con un paso atrás.

Joe sonrió.

–Tampoco me das un no.

–Sientes que has ganado esta batalla, ¿verdad? Vete… –le dije. Pero sentí que estaba cediendo.

En alguna parte de mi ser, quería creerlo. Quería estar en el mismo lado que él. Sin embargo, aún no estaba preparada.

–De acuerdo –afirmó él–. Que duermas bien…

Me tocó suavemente la mejilla y luego, muy delicadamente, deslizó el pulgar sobre mis labios, dejando una agradable sensación a su paso.

Entonces, se marchó, cerrando la puerta de mi dormitorio a sus espaldas.

El desayuno era una comida de contrastes en nuestra casa. Mi padre y mi tío siempre desayunaban formalmente en el salón mientras que el resto lo hacíamos en la cocina. Mis hermanos y yo habíamos adquirido esa costumbre en nuestra adolescencia y la habíamos trasladado al presente.

Aquella mañana, sobre la encimera, había bollos de arándanos y canela. Estaban recién hechos y yo abrí el mío para untarlo por dentro de mantequilla.

–A estos no les voy a decir que no –comentó Katie mientras se sentaba y seguía mi ejemplo.

Sophie se ofreció a preparar los cafés, pero Stone le tomó el relevo. En aquel momento entró Joe en la cocina. Sentí una cálida sensación por la espalda.

–Buenos días.

–Buenos días –contesté.

Desgraciadamente, mi padre entró en la cocina en aquel momento.

–Adeline, ¿te importaría venir un momento?

Por el tono de su voz, noté que iban a volver a presionarme. Miré a Joe. Tal vez él estaba de su parte, pero era lo más cercano que tenía a un aliado.

–Yo voy también –anunció. Me agarró del codo antes de salir de la cocina.

Cuando llegamos al salón, me senté a la enorme mesa, que tenía su mantel blanco, porcelana y flores.

–No quiero que la presionéis –les advirtió Joe mientras tomaba asiento.

–Eso no tiene nada que ver con la presión, sino con la lógica y la razón –replicó mi padre.

–Tengo un trabajo –les recordé–. Un buen trabajo, con el que estoy muy emocionada. Y ese va a ser mi objetivo durante los próximos dos años.

–¿Y no crees que un bebé podría hacerte apartar de ese objetivo? –comentó mi padre.

–No quería decir eso… sino que una relación no es mi prioridad en estos momentos –añadí mirando a Joe.

–¿Cómo lo sabes? –me preguntó Braxton–. Una relación estable puede ser una fortaleza.

–Por supuesto. Cuando se trata de una relación real.

–Nos estamos preguntando si has pensado en las ventajas de una relación, sobre todo en las ventajas de tener una relación con Joe.

–Estabilidad –comenzó mi padre–. Para ti…

–Yo ya tengo estabilidad.

– …para el bebé y para toda la familia –añadió, como si no me hubiera escuchado–. ¿Sabes por qué hemos apoyado siempre una relación entre Joe y tú? –me preguntó mi padre.

–¿Apoyado? ¿Es así como lo llamáis? ¿No querréis decir más bien obligar? ¿Exigir?

–¿Exigir? –repitió Braxton mirando a mi padre–. Me parece que eso es un poco fuerte.

–No podéis obligarme a tener una relación con Joe…

–Nosotros apoyamos esa relación –dijo Braxton–, por la fuerza que reportaría a las dos familias.

–Yo no…

–Déjame terminar, Adeline. Por ejemplo, ayer dijiste que la senadora no está aún a favor de vuestro proyecto. Dijiste que el gobernador había retirado su apoyo. Desgraciadamente para ti, la senadora va a apoyar al gobernador. Así es como tiene que ser.

Básicamente, me estaban diciendo que mi proyecto estaba muerto. No me gustaba oírlo, pero tenía que admitir que, seguramente, tenían razón. Siempre la tenían en asuntos de política. Esa era una de las razones por las que Kodiak Communications era una empresa de tanto éxito.

–Adeline, si anunciáramos tu compromiso con Joe… –empezó a decir mi padre. Yo traté de impedírselo, pero él siguió hablando–. Si anunciáramos tu compromiso con Joe, a la senadora Scanlon no le quedaría más remedio que dar un paso atrás y mirar el tablero.

–¿Y qué le diría el tablero?

Joe se incorporó en su asiento.

–Que yo estaba preparando mi candidatura a gobernador.

Tanto mi padre como Braxton asintieron.

–¿Estás tú metido en esto? –le pregunté a Joe.

–No. Ya te di mis razones anoche.

–Y la senadora llegaría a esa conclusión así de repente, ¿no?

–Te lo garantizo –afirmó Braxton–. No tendríamos que decir ni una palabra.

–Y supongo que ahora no tendrás dificultad para ver su próximo movimiento –me dijo mi padre.

No me resultó difícil.

–La senadora Scanlon se replantearía su postura sobre el complejo de artes y cultura porque el gobernador Harland tiene un rival muy fuerte en las próximas elecciones.

–Veo que lo has comprendido –comentó Braxton.

–Eso es… –murmuré, tratando de encontrar la palabra adecuada.

–La vida en las ligas superiores –observó Braxton.

—Mis razones siguen todas en pie —me dijo Joe.

—El matrimonio no tiene que ser para siempre —sugirió Braxton.

—Pero, a corto plazo, allanaría mucho el camino —añadió mi padre.

Tenía que admitir que la pérdida de mi proyecto sería un golpe muy duro para mí y, en realidad, para todos ciudadanos de Windward. Sin embargo, no era suficiente para hacerme cambiar de opinión. Por otro lado, lo que Joe me había dicho la noche anterior sí tenía más sentido. Teníamos que proteger a nuestro hijo del acoso del público.

—Yo vivo en Washington la mayor parte del tiempo —comentó Joe—. Tú estarás en Windward. No nos costaría mucho mantenernos separados.

—No me lo puedo creer —dije en voz alta, mientras miraba a mi padre y a mi tío—. Habéis ganado —añadí apenas con un hilo de voz—. Todo tiene sentido. Debería casarme con Joe.

—¿Te vas a casar con Joe? —repitieron Katie y Sophie prácticamente al unísono.

—Sí, me voy a casar con Joe.

—Me has dicho mil veces que no te casarías con él —me recordó Katie.

—Pero con el bebé…

—No tienes que casarte porque estés embarazada.

—En realidad, no tiene que ser para siempre —comenté yo—. Y yo también sacaría algo de todo esto. Mi padre y Braxton me dijeron que esta boda haría que la senadora se pensara dos veces lo de retirar su apoyo al complejo de artes y cultura.

Sophie y Katie se quedaron en silencio durante un instante.

—Ahora sí que no lo entiendo –dijo Katie.

—A mí me pasa lo mismo –admitió Sophie.

—Los dos creen que la senadora, al saber de nuestro compromiso, deducirá que Joe va a presentarse al puesto de gobernador y se pensará dos veces lo que debe hacer.

—¿Y te lo has creído? –le preguntó Katie con incredulidad.

—No. Tiene sentido –apostilló Sophie.

—Eso es –afirmé yo.

—Alaska no tiene mucha población –le dijo Sophie a Katie–. Todo el mundo se conoce. Con los hermanos Cambridge apoyándole, Joe tendría una oportunidad real de convertirse en gobernador.

—Y de eso ha ido siempre todo esto –repuse yo–. Pero nunca me había interesado a mí personalmente.

—Así, conseguirías los fondos para el proyecto –dijo Katie.

Katie se recostó contra la valla con gesto muy pensativo.

—¿Puedo ser tu dama de honor? –me preguntó Sophie.

—Por supuesto.

Katie levantó la mano como si fuera una niña pequeña.

—Yo también quiero.

—Entonces, es mejor que te cases pronto si quieres que me entre el vestido –comentó Sophie señalándose el vientre.

—¿Y va a ser una boda grande, de postín? –preguntó Katie. Parecía que le iba gustando más la idea.

—Preferiría que fuera en el juzgado –contesté yo.

—De eso nada –afirmó Sophie–. Tu boda debe ser algo opulento y extravagante. Estás mandando un mensaje.

—Creo que tienes razón –afirmé–. Opulenta y extravagante ha de ser.

—Yo puedo ayudarte a organizarlo todo –dijo Katie. Cada vez parecía más entusiasmada.

—Y te aseguro que a Joe no le va a importar lo que hagamos mientras aparezca en las noticias –comentó Sophie.

—¿Presupuesto? –quiso saber Katie.

Sophie soltó una carcajada.

—Xavier y Braxton serían capaces de alquilar un transbordador espacial si se lo pedimos.

—Pues yo conozco a algunas personas en la NASA.

—De transbordador espacial nada –insistí. Sabía que era una broma, pero me preocupaba hasta dónde podrían llegar mis dos amigas.

Capítulo Seis

Sophie y Katie habían soñado a lo grande.

Yo no había prestado mucha atención a los preparativos de la boda porque mi compromiso con Joe había tenido el efecto que mi padre y Braxton habían predicho. Con el apoyo de la senadora, se aprobaron en seguida los fondos para el complejo, se concedieron los contratos y, en un abrir y cerrar de ojos, tuve mi despacho en el solar donde se iba a llevar a·cabo el proyecto. El trabajo comenzó a acumulársenos. En consecuencia, Sophie y Katie se habían ocupado por completo de los preparativos de la boda. De ese modo, yo había podido centrarme en mi trabajo y no había tenido que pensar en el hecho de que me iba a casar con Joe. Aparte del anillo de compromiso que llevaba, un hermoso solitario de diamantes, no había cambiado prácticamente nada.

Sin embargo, todo iba a terminar aquel fin de semana en Anchorage. El jueves tenía la prueba final del vestido. Como Sophie y yo teníamos la misma talla, ella se había probado el vestido en todas las pruebas anteriores, de las que me había ido enviando fotografías. Era, en una palabra, espectacular. Blanco con mangas japonesas algo caídas, escote corazón, un corpiño ceñido con encaje que fluía suavemente sobre capas y capas de gasa que formaban una espectacular falda.

El viernes era el ensayo del banquete y el sábado la ceremonia. Me habían dicho que íbamos a ir de luna de

miel al rancho que la familia de Joe tenía en la península de Kenai. Tenían una hermosa casa de invitados a
orillas del lago donde tendríamos intimidad. Me encantaba la península de Kenai, por lo que estaba deseando
disfrutar de aquellas minivacaciones a pesar de que me
sentía como una mera actriz participando en la boda de
otra persona.

Aunque traté de impedirlo, los días y los eventos
fueron pasando rápidamente y, de repente, estaba de
pie, frente al espejo, ataviada con mi hermoso vestido
mientras Kari-Anne, la estilista de Sophie, me pedía
que eligiera entre un precioso pasador con cientos de
cristales, un tocado de pequeñas flores blancas o un
velo.

—No me hacen mucha gracia ni el velo ni las flores
—le dije—. ¿Me quedará bien el pasador con el cabello
tan corto?

—Podemos probar a ver —me dijo Kari-Anne.

No era la típica novia histérica y estresada, sino más
bien lo contrario. En menos de una hora, caminaría
hacia el altar con aquel majestuoso vestido, le juraría
amor temporal a Joe, me iría de luna de miel y luego
regresaría a mi vida de siempre.

—Se me ha ocurrido una idea. A ver si te gusta —añadió la estilista.

Tiró de los alambres que sujetaban los cristales, los
estiró y los unió. Entonces, me lo colocó a pocos centímetros del nacimiento del cabello. Parecía una tiara,
algo que yo nunca habría considerado, pero resultaba
delicado y sutil.

—¡Sí! —exclamó Sophie.

—¡Es precioso! —dijo Katie.

Los vestidos de las damas de honor eran de gasa

azul cielo con escotes corazón, unos tirantes caídos sobre el brazo y falda de vuelo. El cuerpo del vestido tenía un plisado en la parte central y llevaban collares y pendientes de diamantes. Estaban muy guapas y no se notaba que Sophie estaba embarazada. Sonreí al vernos a las tres en el espejo.

–Estamos todas guapísimas –dije–. Supongo que también me habrás encargado un enorme ramo de novia.

Katie y Sophie se echaron a reír.

–Tendrás que esperar para verlo –repuso Sophie antes de salir de la habitación seguida de Kari-Anne.

En cuanto las dos se marcharon, Katie adquirió una expresión más seria.

–Estás segura de todo esto, ¿verdad?

–En absoluto –repliqué en tono de broma. ¿Quién podía estar seguro de algo así? Sin embargo, no me iba a echar atrás. Sonreiría todo el día y no pensaría en nada, sabiendo que las ruedas del destino estaban dando vueltas y no podía detenerlas.

–Te estoy hablando en serio, Adeline. Te vas a casar.

–Lo sé. Me he dado cuenta por el vestido.

–Déjate ya de bromas.

–No puedo –admití. Tenía miedo de dejar de bromear.

–No es demasiado tarde para suspenderlo todo.

–Puede, pero tomé esta decisión en un momento en el que me sentía tranquila y racional. No voy a cambiar de opinión cuando me encuentro presa del pánico.

–Que una novia se encuentre presa del pánico no es buena señal.

–Todas las novias se encuentran presa del pánico –susurré, pero el corazón comenzó a latirme con fuerza en el pecho.

En ese momento, entró Sophie con el ramo en la mano y vio las expresiones de nuestros rostros.

—¿Qué ha pasado?

—Tú te vestiste de novia no hace mucho —le dijo Katie—. ¿Sentiste pánico antes de la ceremonia?

—No —admitió Sophie.

—Pues Adeline sí.

—Estoy bien —afirmé—. Solo necesito descansar un poco. A ver, enséñame el ramo —añadí extendiendo la mano. Tenía un nudo en el estómago y un fuerte zumbido en los oídos.

—Está muy pálida —dijo Katie.

—Voy a por Joe —anunció Sophie.

—¡No! —exclamé. No quería que Joe me viera así. Solo necesitaba un instante para tranquilizarme.

Pero Sophie se marchó de todas maneras.

—Siéntate —me ordenó Katie mientras me dirigía hacia el pequeño asiento que había frente al tocador—. Y respira.

Lo hice. Me centré en respirar, en decirme que me tranquilizara, que aquel solo era un paso más de nuestro plan. Yo estaba representando un papel y Joe representaría el suyo. Nos sonreiríamos y fingiríamos ser felices. Todo habría terminado en un suspiro.

—Adeline…

Vi que Joe entraba por la puerta. Katie desapareció en el cuarto de baño.

Iba vestido con un elegante chaqué negro. Se arrodilló delante de mí.

—¿Qué te ocurre?

—¿No se supone que esto da mala suerte?

—Que la novia se desmaye antes de la ceremonia sí que da mala suerte.

–No voy a desmayarme.

–No es lo que me ha dicho Sophie. Estás helada –comentó tras tomarme las manos.

–Es que estoy un poco nerviosa –admití–. ¿Tú no? ¿Sabes cuántas personas van a venir a la boda?

–No lo sé. Puede que unas quinientas.

–Son muchas personas. Y vamos a mentirles a todas.

Joe se llevó mis manos a los labios y me las besó.

–No vamos a mentirles.

–Llámalo como quieras. ¿Sabe tu familia la verdad?

–Saben que estás embarazada y que no estábamos saliendo cuando ocurrió. No saben todo lo demás como tu familia, pero sí que saben que este no es exactamente un matrimonio normal.

–¿Estás teniendo dudas?

–En absoluto.

–¿Por qué no? ¿Cómo puedes acceder a un matrimonio de fachada?

–¿Por qué no hemos tenido antes esta conversación?

–No lo sé… Supongo que, en realidad, no había pensado mucho en la boda antes. Ahora, con el vestido, el cabello, las flores…

–Estás muy guapa… Y no te preocupes, todo va a salir bien. Voy a hacer todo lo que esté en mi poder porque así sea –susurró él mientras me tocaba suavemente la barbilla con el dedo índice–. Iremos poco a poco, te lo prometo.

–Está bien… –musité asintiendo levemente–. Está bien…

Joe se puso de pie y extendió la mano hacia mí. Poco a poco, yo sentí que el nudo del estómago se iba aflojando. Agarré su mano, fuerte y cálida, y me levanté.

–Realmente estás muy bella. Espero que hagan muchas fotografías. ¿Estás bien?

–Sí.

Al menos, estaba mejor que antes. Ya no sentía frío y el zumbido de los oídos había desaparecido. Lo tomé como buenas señales. Miré el elegante ramo de novia, realizado con rosas y jazmín.

–Me pregunto cómo será el pastel que nos han preparado.

–Nada de eso importa –musitó Joe. Volvió a tomarme la mano y acarició suavemente el anillo.

–¿Y qué es lo que importa?

–Nuestro bebé.

–¿Tu carrera política no?

–Claro. Tu carrera también te importa a ti.

No podía negarlo. Aparté mi mano de la de él.

–Así es.

–Lo bueno de este matrimonio es que nos viene bien a todos.

–Eso es lo bueno, sí –dije. Sentí que mi mente volvía a aclararse de nuevo.

–¿Nos vemos en la iglesia? –me preguntó Joe.

–Nos vemos en la iglesia.

Me sentí muy aliviada cuando la ceremonia terminó. El beso que él me dio para sellar nuestra unión fue rápido y yo estaba preparada para el hormigueo que me dejó en los labios. No me sentía casada, pero supuse que me llevaría tiempo acostumbrarme.

Tras recibir la enhorabuena de los invitados y las fotografías, me sentía cansada de sonreír y de tratar de poner un brillo especial en mi mirada.

Sebastian se había encargado de organizar una cena de siete platos para quinientas personas. Sophie y Katie se habían superado con el pastel. Estaba decorado en blanco con toques dorados y flores salvajes de Alaska e iba acompañado de cientos de *cupcakes* de crema y limón. Joe y yo nos encargamos de hacer el corte ceremonial al pastel. Un camarero esperaba a nuestro lado para recibir la primera porción y entregárnosla.

—¿Lista? —me preguntó Joe mientras tomaba un poco de pastel con un tenedor.

Yo acepté el bocado y, tras tomar el tenedor, repetí el gesto para él. Joe sonrió, consciente como yo lo era de que éramos el centro de atención. Me dio otro rápido beso en los labios. Una vez más, sentí el hormigueo. Me pregunté si aquella sensación desaparecería alguna vez. Después de aquella noche, nuestras obligaciones desaparecerían para siempre y no habría razón alguna para realizar más muestras de afecto en público.

Mientras tomaban el pastel y el champán, los invitados se relajaron. Parecía que todo el mundo se estaba divirtiendo y eso me hizo feliz.

De repente, una mujer muy elegantemente vestida se sentó junto a Joe. Tenía el cabello negro, muy largo, y aparentaba tener unos treinta y cinco años.

—Hola, Charmaine —dijo Joe—. Adeline, ¿conoces a Charmaine Tan? Es mi asistente en redes sociales.

—Encantada de conocerte, Charmaine —repuse. Dado que no había leído la lista de invitados, desconocía quién iba por parte de Joe. Tenía sentido que hubiera invitado a su equipo.

—Sois *trending topic* —nos informó Charmaine con una sonrisa—. Les encanta Adeline. ¡La adoran!

Joe me agarró las manos.

—¿Cómo no les va a encantar?

—Deberías leer algunas cosas —replicó Charmaine ofreciéndole el teléfono móvil con verdadero entusiasmo.

—Charmaine —le dijo Joe mirando a su alrededor—. Estamos en medio de la boda. Lo sabes, ¿verdad?

—¡Claro que lo sé! Esto es oro. Adeline, eres lo más.

—¿Cómo has dicho? —le preguntó Joe.

—No seas ingenuo —le recriminó Charmaine. Señaló mi vestido—. Mírala.

—Es nuestra boda. Deja el teléfono y tómate un poco de pastel.

—Ni lo sueñes. Estos datos no se consiguen todos los días.

—¿Estás comentando en directo nuestra boda? —le pregunté.

—Por supuesto. El vestido, el ramo, el camino hacia el altar, el beso… Ese vestido es para morirse.

Joe le quitó el teléfono de las manos.

—¿Estaba planeado todo esto?

—No exactamente —admitió Charmaine—. Soy una oportunista.

Joe no parecía estar muy contento.

—Deberías haberle pedido permiso a Adeline.

Charmaine se quedó atónita y me miró.

—¿Acaso no esperabas que la gente publicara fotos? No soy la única que está haciéndolo.

—¿No? —le pregunté. Me sentía muy sorprendida.

—No es solo el *feed* oficial el que lo está petando. Hasta tenéis *hashtag*. #JoeAdelinefelicidadextrema. Todo junto.

Yo miré a Joe sin entender. Ninguno de los dos parecía saber qué decir.

–Esto es fantástico –dijo Charmaine totalmente en éxtasis–. ¿Adónde vais de luna de miel? Os aseguro que no revelaré la información y que no voy a molestaros en lo más mínimo. Solo unas fotografías de vez en cuando y...

–No –afirmó Joe.

Yo respiré aliviada, pero, comprendí que, en realidad, tenía razón. Estábamos tratando de impulsar la carrera de Joe y su poder en Alaska. Joe pareció notar mi cambio de actitud.

–¿Qué te parece la sugerencia de Charmaine? –me preguntó cuando Charmaine se marchó a tomar algo en el bar–. ¿Lo de la luna de miel? Supongo que se puede alojar en la casa principal del rancho.

Al menos, estaría a más de dos kilómetros de distancia.

–Claro –dije, cediendo por el bien mayor. ¿Quién era yo para decir no a una oportunidad de oro como aquella?

–¿Debería comprobar si hay cámaras? –le pregunté a Joe cuando el botones se marchó tras dejarnos en la suite nupcial del hotel. Íbamos a pasar la noche en Anchorage y, al día siguiente, Stone nos iba a llevar a Kenai.

–No creo que Germaine pudiera llegar a ser tan fastidiosa –dijo Joe después de que se cerrara la puerta.

–Pues a mí me pareció que era bastante tenaz –repliqué. Me había quitado el vestido de novia para ponerme uno de estilo lencero de color dorado y Charmaine no había dejado de hacerme fotos hasta que me metí en la limusina. En aquellos momentos, estaba deseando quitarme los zapatos y apoyar los pies sobre algo suave.

Aquella suite era la mejor de Anchorage y contaba con todos los lujos posibles. Me acerqué a uno de los sofás y, tras quitarme los zapatos, me tumbé y cerré los ojos.

–¿Te encuentras bien? –me preguntó Joe.

–Me alegro de que todo haya terminado –respondí con sinceridad–. Los pies me están matando y creo que se me va a partir la cara de tanto sonreír.

–¿Te apetece algo de beber? –me preguntó Joe. Se quitó la chaqueta del chaqué y la dejó sobre una silla.

–Un margarita bien grande con el borde de la copa untado de sal.

–Un zumo de frutas, marchando –replicó Joe sonriendo mientras se dirigía al bar.

–Lo que tú digas, mientras sea líquido.

Me llevó un zumo de naranja. Él tenía una botella de agua.

–No tienes por qué tomarte algo sin alcohol –le comenté mientras abría la botella de zumo.

–Lo sé.

Se sentó en sofá que había frente al mío. Los dos nos miramos durante unos instantes.

–Bueno…– susurró él.

–Bueno… –repetí yo.

–Parece que estamos casados.

Levanté mi botella de zumo a modo de brindis.

–Misión cumplida. No esperaba que el resto del mundo se emocionara tanto al respecto.

–Yo tampoco.

–¿Crees que hemos hecho lo correcto?

–Sí –respondió Joe sin dudarlo.

Entonces, se levantó y comenzó a deambular por la suite. Se quitó la corbata y luego se desabrochó el cuello de la camisa. A continuación, encendió la chimenea de gas. Por último, me agarró los pies, los levantó y, tras sentarse, se los colocó encima del regazo.

–Dime lo que estás pensando.

–Me estoy preguntando qué ha pasado. Siempre estaba muy segura de mí misma, confiaba en que sabía exactamente lo que quería o, al menos, lo que debería tratar de conseguir y lo que debería evitar. Y ahora me encuentro con esto…

–Sé que no forma parte de tu plan.

–Siempre busqué la independencia. No me gustaba ser una Cambridge. No quería que se decidiera el camino de mi vida antes de que supiera siquiera lo que era la vida. Me pareció que tenía las riendas de mi vida cuando me marché a California. ¿Y tú? –le pregunté mientras tomaba un sorbo de zumo–. ¿Querías ser congresista desde niño?

Joe dejó la botella sobre la mesa. La luz de la chimenea se reflejaba sobre los ángulos de su rostro. Entonces, me agarró un pie.

–¿Puedo?

Me sobresalté al sentir aquel contacto inesperado. Cuando comenzó a masajearme el arco del pie, quise gemir de placer.

–Claro. ¿Qué mujer sería capaz de decir no?

–Me parece el tipo de gesto que se hace de casados –comentó mientras me apretaba el pie de una manera increíblemente gratificadora–. Yo quería hacer el bien. No, eso suena demasiado altruista. Quería arreglar las cosas. Cuando estaba en el colegio, hicimos un proyecto sobre la política y la toma de decisiones. Fue la

101

primera vez que pensé en quién hacía las reglas en la sociedad y en cómo cambiaban esas reglas la vida de la gente en ocasiones para mejor y en otras para peor.

–Querer cambiar la vida de la gente me parece muy altruista. ¿Crees que podrás hacer más como gobernador?

–En cierto modo sí. Sin embargo, aún hay muchas cosas que quiero hacer como miembro del congreso.

–Supongo que Charmaine sabe lo de ser gobernador.

–Sí. Lleva haciendo este trabajo varios años ya. Tiene mucha experiencia. Solo está haciendo su trabajo.

–En nuestra luna de miel. Bueno, yo me he traído mi portátil. Supongo que tú también te has traído trabajo que hacer.

–Sí, pero podríamos ir a pescar o a ver las ballenas. O también podríamos ir a hacer senderismo si no te duelen demasiado los pies.

Casi no me había dado cuenta, pero Joe había empezado a masajearme la pantorrilla.

–Adeline… –susurró–. Me gustas…

Lo miré y observé su mirada cálida, oscura como el café.

–Me gustas –insistió. Me miraba muy fijamente, mientras comenzaba a tocarme la otra pierna, apretando justo debajo de la rodilla.

–Así que quieres pasar el rato –comenté, conteniendo un gemido de placer.

–Sí, quiero pasar el rato…

Las caricias de Joe se hicieron más largas, más profundas. Me calentaban la piel con la fricción, provocando una profunda excitación a lo largo de mis muslos y más arriba aún. Me sentí tumbándome por completo, acercándome más a él. El vestido se me subía, lo que le facilitaba el acceso a mis muslos desnudos. Sus ligeras caricias me ponían la piel de gallina.

Me mordí el labio inferior y cerré los ojos. Dejé que el deseo se adueñara de mí.

–Adeline…

–¿Sí?

Joe iba subiendo la mano, acariciando el interior de mis muslos. Contuve el aliento y sentí que mi cuerpo se tensaba de anticipación, pero, entonces, él volvió a bajar hasta los tobillos.

Lo lamenté inmediatamente. Y, de repente, la mano volvió a subir. Entonces, yo le agarré la mano y tiré de ella. Me deslicé por encima del sofá. La falda se me subió hasta la cintura dejando al descubierto las braguitas blancas que me había puesto a juego con el vestido de boda.

Joe tocó el encaje muy delicadamente y comenzó a bajarlo siguiendo la curva de mi cadera. Más… y más… y más…

–Adeline… tal vez te apetezca que tengamos una noche de bodas…

Abrí los ojos perezosamente. No quería moverme. Quería que Joe siguiera haciendo exactamente lo mismo.

–¿Te refieres al sexo?

Se inclinó sobre mí y me besó delicadamente el muslo.

–Sexo y todo lo demás.

–Oh, sí… –murmuré. Y él me tomó en brazos.

***

Me tumbé, estirándome completamente desnuda sobre las frescas y suaves sábanas de la lujosa cama. Joe se tumbó sobre mí, apartándome el cabello del rostro.

–Eres lo más hermoso que he visto nunca…

Me recorrió el vientre con la mano hasta detenerla por debajo del ombligo.

–Todavía no se me nota…

–La espera solo hace que sea mucho más dulce… –susurró.

Apartó la mano y se inclinó para besarme justo en ese lugar. Sentí que el corazón cobraba alas y que el pecho se me encogía de la emoción.

Volvió a besarme una y otra vez, recorriéndome el ombligo, dejando cálidos besos y un rastro húmedo y fresco sobre la piel.

El deseo se apoderó de mí. Extendí las manos hacia él, deslizándolas sobre sus hombros y gozando con la fuerza que emanaba de su cuerpo.

Lentamente, subió por mi cuerpo para colocárseme entre las piernas. Me miraba fijamente y, entonces, bajó los labios para capturarme la boca y besarme profundamente mientras me estrechaba con fuerza entre sus brazos.

El poder de sus besos fluía por mi cuerpo. Inhalé el fresco aroma de su piel y me moldeé contra su cuerpo, saboreando cada caricia, cada sabor, cada aroma, anticipando el glorioso momento en el que nos convertiríamos en uno.

Arqueé instintivamente las caderas, pero sentí que Joe dudaba.

–No quiero hacerle daño…

–No se lo harás…

Lo besé profundamente y sentí como sus gemidos vibraban contra mis labios. Cuando se hundió en mí, sus manos comenzaron a acariciarme por todo el cuerpo. El deseo se apoderó de mí. El ritmo se incrementó y el sudor comenzó a cubrir nuestros cuerpos. La pasión nos fue llevando cada vez más alto…

Grité su nombre cuando el placer se apoderó por completo de mí. Joe gruñó y tembló contra mi cuerpo, aplastándome suavemente contra la cama.

–Adeline…

Me acarició suavemente el cabello antes de volver a besarme. Entonces, lentamente, se tumbó de espaldas y me colocó a mí encima de él.

–¿Sigues creyendo que esto solo es un calentón? –me preguntó.

–Bueno, yo me siento bastante caliente… En el buen sentido –añadí rápidamente al ver la expresión de su rostro–. En un sentido muy bueno…

–¿Comiste algo durante el banquete? –me preguntó.

–No mucho.

–Pues yo estoy muerto de hambre. ¿Y tú?

–También.

–¿Pizzas y batidos?

–Me parece bien. ¿Podemos pedir una hawaiana?

–Lo que tú quieras, pero tendrás que levantarte para que pueda llamar.

Mientras Joe llamaba, me puse un albornoz y me dirigí al salón. Miré mi teléfono y vi que tenía muchos mensajes de amigos y conocidos que me daban la enhorabuena por mi boda.

Me senté para mirarlos por encima. No dejaban de llegarme mensajes. Miré mi correo y encontré lo mismo. Me habría apostado cualquier cosa a que ni siquiera conocía a tantas personas, pero, por alguna razón, a todas les parecía que me conocían a mí.

–¿Ocurre algo? –me preguntó Joe. Él también se había puesto un albornoz.

–Tengo cientos de mensajes dándome la enhorabuena, es una locura. Mira tu teléfono.

–A mí me pasa lo mismo. Me están dando la enhorabuena. Y me acaba de llegar un mensaje de Charmaine –dijo Joe mientras comenzaba a leer.

–¿Te escribe a la una y media de la mañana? Eso se llama dedicación. ¿Y es importante?

–Se trata de un asunto de trabajo. Se trata de una reunión en Charleston, Carolina del Sur. El Comité Selecto sobre la Reforma Regulatoria.

Justo en ese momento, llamaron a la puerta. Un camarero entró con una bandeja. El aroma era delicioso. Mientras Joe acompañaba al camarero a la puerta y le daba una propina, me levanté y aparté las tapas que cubrían los platos. Luego, tomé un poco de mi batido.

Joe se reunió conmigo, y tras tomar nuestras pizzas y bebidas, nos sentamos en el sofá para disfrutar de nuestra improvisada cena.

–Charmaine cree que deberías acompañarme –dijo Joe de repente. Aún tenía el teléfono en la mano.

–¿Cómo? –pregunté, prácticamente atragantándome.

–Todos los miembros del comité me han dado la enhorabuena. Todos quieren conocerte. Charleston sería la oportunidad perfecta. Es dentro de dos semanas.

–Tengo que trabajar. No puedo abandonar mis tareas solo para irme a tomar un cóctel a Charleston –repuse. Habría esperado que Joe lo comprendiera sin tener que preguntar.

–Solo serán un par de días.

–Que con el viaje se convertirán en cuatro. Casi una semana entera –insistí. Me molestaba tener que justificarme.

Joe tomó su pizza y asintió, pero vi la desilusión en su mirada.

–Joe… Esto no puede ser así.

–¿Cómo?

–Como si fuéramos una pareja casada tradicional. Como si yo fuera la esposa típica de un político que dejo todo para acompañarte a tus reuniones.

Joe tardó un minuto en responder.

–Nadie ha sugerido que lo fueras.

Sin embargo, él acababa de hacerlo.

Capítulo Siete

La luna de miel pasó sin novedad. Charmaine respetó nuestra intimidad, pero publicó algunas fotografías de ambos disfrutando de momentos románticos de aquellos días.

En realidad, nos comportábamos con mucho cuidado el uno con el otro. Él no volvió a insistirme para que lo acompañara ni volvimos a hacer el amor. Me alegré de las dos cosas. Después de una noche de bodas totalmente inesperada, sentí que la luna de miel por fin estaba marcando el tono de nuestro matrimonio.

Después de la luna de miel, Joe estuvo muy ocupado con sus compromisos mientras yo avanzaba en mi trabajo. Acordamos anunciar el embarazo a los tres meses.

Aquel día, yo estaba en el despacho que tenía en el solar de la obra. Las obras por fin habían empezado a ir a buen ritmo. Estaba encantada con mi trabajo.

Mi teléfono empezó a sonar. El número era de Washington, pero no era el de Joe.

–¿Sí?

–Hola, Adeline, soy Charmaine. Espero no pillarte en mal momento.

–No, está bien. ¿Va todo bien?

–Sí, todo bien. Estoy a punto de enviarte el comunicado oficial del bebé. Enhorabuena, por cierto. Joe quiere que lo veas antes de publicarlo. La foto es de la luna de miel. ¿Te importaría echarle un vistazo?

–Claro, no hay problema.

–Genial. Pues te lo acabo de enviar. Deberías recibirlo enseguida. Ahora, aprovecho que estoy hablando contigo para… Sé que no estabas disponible para lo de Charleston y lo comprendo. Joe nos ha dicho a todos lo ocupada que estás con tu proyecto de construcción, pero me preguntaba si podrías estar disponible para el sábado que viene. Es otra reunión del comité de reforma regulatoria. Probablemente Joe te haya comentado que quieren hacerle presidente…

–Sí, por supuesto –mentí. No tenía ni idea de a qué se refería Charmaine.

–Sería el primer alasqueño y el miembro más joven en presidir ese comité. Es algo muy importante. Sé que no le importan los chismes y que seguramente a ti tampoco, pero…

–¿Chismes?

–Bueno, nada nuevo. Ya sabes, eso de que tú estás en Alaska todo el tiempo y él aquí. El anuncio del embarazo… Ya sabes cómo es la gente, en especial en esta ciudad. Siempre tratan de buscar problemas, sobre todos los enemigos del congresista.

–¿Joe tiene enemigos?

–Todo el mundo tiene enemigos en Washington D.C.

Al escuchar a Charmaine, no pude evitar sentirme culpable. No quería ser un adorno en la vida política de Joe, pero tampoco quería causarle mal. Hasta aquel momento, el matrimonio le había ido muy bien a mi carrera y me había ayudado a conseguir la financiación del proyecto. Me parecía que Joe se merecía también sacar algún beneficio.

–¿Le ayudaría si yo fuera a ese evento del sábado?

—Enormemente. ¿Podrías hacerlo?

—Puedo intentarlo.

—Joe se sentirá encantado.

—¿Podrías no decírselo por el momento?

Charmaine guardó silencio.

—Quiero ver primero si me puedo tomar ese tiempo libre. No quiero hacer una promesa que no pueda cumplir.

Conseguí escaparme en el último minuto. No tuve tiempo para reservar un avión privado, por lo que reservé rápidamente un billete en la línea regular pensando que podría llamar a Joe una vez que hubiéramos despegado. Sin embargo, hubo un retraso en el despegue y, además, la wifi del avión no funcionaba adecuadamente. Cuando por fin aterrizamos, me habían perdido el equipaje. Estuve rellenando formularios hasta altas horas de la madrugada y, para entonces, me había convertido en un zombi. Decidí reservar una habitación en uno de los hoteles cercanos al aeropuerto y dormir.

Cuando me desperté, el móvil se me había quedado sin batería y, por supuesto, mi cargador estaba en el equipaje perdido. Me estaba quedando sin tiempo y, como no tenía mi maleta, debía comprarme un vestido nuevo, alguna joya y encontrar una buena maquilladora que pudiera trabajar muy rápido, dado que mi bolsa de maquillaje también estaba en el equipaje perdido. Por suerte, en el hotel pudieron proporcionarme todos los servicios que necesitaba.

El estilista del hotel decidió que mi cabello, que había empezado a mostrar las raíces de mi tono castaño natural, era un desastre. Entre sus ayudantes y él, obraron

110

el milagro. Consiguieron recuperar mi tono castaño natural y añadieron volumen para crear un bonito peinado.

Por fin, conseguí llegar solo quince minutos tarde. Mi teléfono seguía sin batería en mi bolso de noche. Desgraciadamente, como no tenía invitación para el evento, tuve que decir que era la esposa de Joe Breckenridge y exigir que lo llamaran para que él corroborara mis palabras.

Unos minutos más tarde, Joe apareció en la puerta.

–¡Adeline! –exclamó. Resultaba evidente que se sorprendía de verme.

Joe llegó junto a mí y me dio un fuerte abrazo. Vi que algunas cámaras disparaban sus flashes y comprendí que iba a tener que acostumbrarme. Consciente de toda la gente que nos rodeaba, le dediqué a Joe una radiante sonrisa.

–Siento haber llegado tarde, cariño. Mi vuelo salió de Anchorage con mucho retraso.

–No pasa nada –replicó él, sonriendo también a las cámaras. Me rodeó la cintura con el brazo y me llevó hasta la entrada.

Nadie me impidió el paso en aquella ocasión. A los pocos minutos, estábamos en una zona reservada justo a la entrada del salón de baile.

–¿Por qué no me has llamado?

–Todo me ha salido mal.

–¿Y cómo sabías dónde tenías que venir?

–Me lo dijo Charmaine. Creía que no iba a poder venir, por lo que decidimos no decirte nada. Entonces, el vuelo sufrió un retraso, me perdieron el equipaje, me sentía desesperada por dormir y, por si todo esto fuera poco, el teléfono se me quedó sin batería. Me llevó mucho tiempo compensar la pérdida del equipaje.

–¿Y Charmaine lo sabía? –me preguntó, mientras me miraba de arriba abajo. Yo llevaba un vestido largo, de raso color champán, con escote cuadrado y pedrería en el cuerpo, bisutería de cristal a juego y unas sandalias que dejaban el pie prácticamente al aire y que me habían encantado–. Me encanta tu cabello.

–Han añadido volumen con unas extensiones –comenté mientras me tocaba la nuca.

Entramos por fin en el salón de baile, que estaba maravillosamente decorado. Vi que todo el mundo nos miraba. Durante un momento, me volví a sentir como el día de mi boda. Era de nuevo el centro de atención. Me acerqué a Joe y le di la mano.

–Todos nos están mirando…

–Te están mirando a ti.

–Eso es lo que me pone nerviosa…

–No te preocupes. Yo estoy contigo.

Las presentaciones y las charlas sin contenido empezaron una vez más hasta que, por fin, conseguimos llegar a la mesa que se nos había asignado y en la que estábamos sentados con otros tres congresistas y sus cónyuges.

–Al final has venido –me susurró Charmaine al oído tras ponerme la mano en el hombro–. Te he estado llamando y llamando…

–Lo siento –dije–. Me quedé sin batería anoche. Mi cargador está en la maleta que me han perdido los de la línea aérea y no me sabía tu número. Me he tenido que comprar un vestido nuevo y…

–No te preocupes.

–¿Y por qué fui yo el último en enterarme de todo esto? –protestó Joe en voz muy baja.

–Eso es culpa mía –admití–. Le pedí a Charmaine

112

que no te dijera nada porque no sabía si iba a poder venir. Tan sencillo como eso.

–Lo estáis petando otra vez en internet –anunció Charmaine. Nos mostró su teléfono para enseñárnoslo.

–¿Podrías cargar el de Adeline?

–Claro –respondió Charmaine–. Yo me ocupo. Por cierto, Simone Sackett te quiere en directo, Joe. Nada de política. Solo el lado más humano.

Le entregué mi teléfono a Charmaine.

–Eso es muy bueno, ¿verdad? –le pregunté. Yo conocía ese programa.

–¿Qué te parece a ti, Adeline? ¿Lo harías tú también? –me preguntó Charmaine.

–¿Yo?

–Sí. Los dos. ¡Vaya! Eso sería maravilloso. Serías mi mejor amiga todo este mes. Te aseguro que será muy fácil. Serán preguntas sobre el bebé, tus expectativas como futura madre, sobre cómo estás decorando la habitación del bebé…

–Yo… –dudé. La idea de un programa en directo me resultaba cuando menos… aterradora. No me veía haciéndolo.

Joe me agarró las manos.

–A ver qué te parece esto. Si te atascas en algo, en lo que sea, solo tienes que tocarte la nariz y meterte un mechón de cabello detrás de la oreja. Yo empezaré a hablar enseguida y tú no tendrás que decir ni una sola palabra más.

–¿Tú quieres hacer esto? –le pregunté. Seguía sintiendo que yo era la que más me había beneficiado de nuestro matrimonio.

–Solo si tú te sientes cómoda.

113

–De acuerdo –dije tras respirar profundamente. Sería la esposa perfecta otro día más.

Como por arte de magia, Charmaine había conseguido enviarme tres atuendos diferentes de mi talla al dúplex de Joe. Como era casi media noche cuando llegamos, decidí que me los probaría al día siguiente.

–Este apartamento es muy bonito –dije mientras miraba a mi alrededor. Vi que había una escalera que llevaba a la planta superior.

–No puedes estar tan impresionada. He visto tu casa.

–Esa no es mi casa, sino la de mi familia. Tienes muebles y cosas muy bonitas aquí, congresista Breckenridge.

Joe se echó a reír y miró las escaleras.

–Tengo una habitación de invitados en la planta superior. Es mi despacho, pero si muevo unas cuantas cosas, puedo montar el sofá cama para mí en un instante.

Me pareció que eso sonaba bastante complicado, en especial porque teníamos que tomar un vuelo a primera hora para ir a Manhattan.

–¿A qué hora nos tenemos que levantar?

–Creo que sobre las cinco nos vale.

–En ese caso, es mejor que nos acostemos los dos en tu cama –sugerí. Después de todo, ya habíamos compartido cama antes.

–¿Te parece bien?

–Bueno, estamos casados. Y es para dormir. Dormir.

–En ese caso, es arriba. La primera puerta. El baño

adjunto es todo tuyo. Yo puedo usar el que está al final del pasillo.

Hablar de la cama me hizo sentir muy cansada. Comencé a subir las escaleras y Joe me siguió.

–¿Tienes un pijama que pueda tomar prestado? –le pregunté mientras entrábamos en el lujoso dormitorio–. Con la parte de arriba me vale.

–Bueno… yo suelo dormir en calzoncillos.

–¿No tienes pijamas?

–No. ¿Te vale con una camisa?

Joe entró al vestidor y me dio una camisa blanca. A continuación, yo fui al cuarto de baño para cambiarme, asearme un poco y quitarme las lentillas. Cuando salí, Joe estaba sentado en la cama. Tenía el torso desnudo. Se había cubierto con las sábanas hasta la cintura y tenía la tableta en las manos. La sombra de su barba le daba un aspecto muy sexy. Vi que me observaba mientras yo me dirigía al lado opuesto de la cama.

–No me pones las cosas fáciles, señora Breckenridge.

–No, no, nada de eso –afirmé, por muy tentador que me pudiera resultar deslizarme entre sus brazos–. Faltan unas cinco horas para que suene el despertador.

–¿Crees que deberíamos ensayar lo que vamos a decir?

–Yo había pensado que era mejor decir la verdad, a excepción de la fecha del embarazo, claro está. Eso no le interesa a nadie.

–¿Y cómo nos conocimos? –me preguntó. Lo miré para decidir si estaba bromeando, pero no lo parecía.

–En el pícnic familiar de Kodiak Communications –dije.

–¿Sí?

–Sí. Yo tenía once años y tú ya te marchabas a Harvard. A Mason le molestó que ganaras la carrera de obstáculos y dijo que no era justo que fueras tan listo y atlético.

–Eras solo una niña. Y parece que yo era un poco chulo y tú seguramente llevabas *brackets*. Se nos tiene que ocurrir una historia mejor.

–¿Cuándo recuerdas tú que nos conociéramos? –le pregunté.

–En el patio de tu casa, el primer sábado de junio después de tu primer curso en Cal State. Tú estabas muy bronceaba, llevabas unos vaqueros recortados, una camiseta y unas zapatillas de lona. Yo no hacía más que pensar que tu padre debería haber hecho que me detuvieran por lo que estaba pensando –dijo él. Yo me eché a reír pensando que era una broma. Era imposible que él recordara lo que yo llevaba una tarde de verano hacía ocho años.

–No lo recuerdo –admití.

–Eras muy guapa entonces… y lo sigues siendo –susurró mientras miraba mi improvisado atuendo para dormir de una manera que yo ya conocía de otras veces–. Y te sienta muy bien mi camisa…

Tragué saliva e intenté controlar mis propias hormonas.

–¿Decimos eso entonces?

–¿Que te llevo deseando desde que tenías diecinueve años? No.

–¿Qué te parece si decimos que eres un amigo de la familia desde hace mucho tiempo y que no recordamos exactamente el momento en el que nos conocimos, pero que probablemente fue en algún evento en Anchorage?

–Aburrido. Digamos mejor que nos conocimos en

una fiesta de Kodiak Communications y fingimos recordar exactamente cuál.

–¿Estás seguro?

–Sí. Todo saldrá bien. Solo tienes que recordar la señal secreta.

–De acuerdo.

Me quité las gafas y me acurruqué bajo las sábanas. Estaba totalmente decidida a dormir. Seguramente todo me parecería más fácil cuando estuviera menos cansada.

Las primeras preguntas de Simone Sacket fueron fáciles y cómodas. Luego, tal y como habíamos previsto, nos preguntó cómo nos habíamos conocido. Joe respondió con facilidad y le dijo lo que habíamos acordado. Entonces, Simone se volvió hacia mí.

–¿Cómo os las arreglasteis después? Tú estabas en California y Joe se pasaba mucho tiempo en Washington. ¿Cómo pudisteis terminar juntos?

–Bueno…–susurré. Entonces, solté una carcajada nerviosa. Estuve a punto de ceder y hacerle la señal que habíamos acordado a Joe, pero luego vi cómo él me miraba y recordé la cena de la primera noche que pasamos juntos. Me relajé y sonreí–. No nos vimos en algún tiempo… y entonces, cuando nos encontramos de nuevo, surgió algo. Los dos supimos que era mucho más que una amistad. Lo que sentíamos iba mucho más allá de las relaciones que había entre nuestras familias.

Joe me miró muy cariñosamente y yo me sentí como si el resto del mundo desapareciera.

Simone se aclaró la garganta.

–Vaya… todos agradecemos una historia como esa. Muchas gracias a los dos por venir aquí hoy.

Joe rompió la mirada y volvió a centrarse en Simone.

–Encantados de estar aquí. Gracias por habernos invitado, Simone.

Cuando el técnico de sonido nos desconectó los micrófonos y nos marchamos del plató, Joe me tomó la mano. Charmaine, que nos había estado observando desde un lateral, estaba encantada con el resultado. Empezó de nuevo con su habitual charla sobre las redes sociales y nos aseguró que parecía que la gente no se iba a cansar nunca de nosotros.

Justo en ese momento, el teléfono de Joe empezó a sonar. Joe se quedó atónito al ver que era Bellamy, el líder de la Cámara de Representantes.

Cuando Joe terminó la conversación, Charmaine prácticamente se abalanzó sobre él.

–¿Te vas a reunir con él?

–Para cenar –respondió Joe. Charmaine lanzó un grito.

–No te habría invitado a menos que…

–A ver, no nos adelantemos –recomendó Joe.

–¿Qué es lo que pasa? –pregunté yo con curiosidad. Charmaine me agarró del hombro.

–Joe va a ser candidato… Ahora sí que va a ser candidato para el comité…

Joe me miró con un gesto de culpabilidad en el rostro.

–Le dije que iríamos. Ha visto la entrevista y le ha encantado. No quiero presionarte –me aseguró Joe.

–No, pero acabas de aceptar una invitación en mi nombre.

–Sé que este mundo es el mío y que no te has comprometido a nada de todo esto, pero solo soy un congresista… No le puedo decir que no al líder ni tampoco que voy a llamarle más tarde para confirmar mi asistencia.

–Yo tengo que regresar a mi casa. Tengo trabajo que hacer. Mi trabajo. Para mí, es tan importante como el tuyo.

–Te alquilaré un avión privado. Lo pagaré de mi bolsillo –añadió, al ver la mirada de preocupación de Charmaine–. En cuanto se termine la cena, te llevaré al aeropuerto. En un avión privado, tendrás una cama como Dios manda y podrás dormir durante todo el viaje de vuelta. Así podrás ir a trabajar por la mañana como habías planeado.

Después de que Joe me lo explicara así, me sentí mal por haberme negado. Evidentemente, era muy importante para él. No podía negarme.

Capítulo Ocho

Mi maleta llegó a Windward cinco días después de que yo regresara a casa. La compañía aérea me llamó para decirme que me la llevarían a casa por la tarde.

Estaba trabajando en unos diseños que queríamos terminar cuanto antes cuando el timbre de mi puerta sonó. Supuse que sería el chófer de la compañía aérea con la maleta.

Cuando abrí, me encontré con Sophie en el porche.

—¡Sorpresa!

—¡Vaya! —exclamé—. ¡Qué sorpresa!

—He venido de visita —me dijo. Llevaba una pequeña maleta en la mano—. ¿Me vas a dejar pasar?

—Sí, claro —respondí haciéndome a un lado—. ¿Dónde está Stone?

—En Anchorage.

—¿Has venido sola?

—Sí. He venido porque necesito hablar contigo.

—¿Ocurre algo? —le pregunté mientras volvía a cerrar la puerta de la casa.

—No —replicó ella. Entonces, me miró fijamente—. ¿Te ocurre algo a ti? Me enteré de que fuiste a Washington —añadió Sophie. Dejó la maleta en el recibidor y entró en el salón, donde se sentó en un sillón y se quitó los zapatos. ¿Y vas a regresar? —insistió de repente. Había algo en el tono de voz de Sophie que me hizo sospechar.

—¿Por qué?

–No sé. Parece que a Joe le viene muy bien que estés allí.

–¿Te ha enviado Joe?

–¿Crees que vendría aquí a espiarte en nombre de Joe? –replicó Sophie. Pareció sentirse insultada.

–No, pero podrías venir a espiarme en nombre de Stone y de Braxton.

El marido de Sophie era inmensamente leal a mi tío Braxton desde que él lo adoptó cuando solo era un adolescente y lo crio como si fuera su hijo. Stone haría cualquier cosa por Braxton y por Kodiak Communications.

–Por supuesto que no. Quiero lo que sea mejor para ti.

–Te lo agradezco. Supongo que Stone te habrá contado lo de la cena que tuvimos con Jerome Bellamy.

–Sí.

–Según Charmaine, no pudo haber ido mejor. Sé que ese comité es muy importante para Joe. Quieren que regrese. Se elegirá al candidato a finales de la semana que viene y dicen que yo le vendría muy bien para darle un empujón final.

–¿Joe te ha pedido que vuelvas a Washington?

–Charmaine. Pero eso no va a ocurrir. Corrí un gran riesgo regresando a Alaska porque este trabajo es muy importante para mi carrera. No voy a arriesgarlo todo dejándolo todo cada vez que Joe necesite un empujón.

–¿Acaso se ha quejado tu jefe?

–No. Aprecia mucho a Joe, en especial ahora que contamos con el apoyo de la senadora.

–Pues, en ese caso, no parece que tu trabajo corra mucho peligro si fueras a ayudar a Joe.

–Eres una espía, Sophie.

–No, no, no.

–Entonces, ¿por qué quieres que vaya a ayudar a Joe?

Sophie dudó lo suficiente para confirmarme que tenía razón.

–Es que esto entre Joe y tú… Se suponía que el matrimonio debería beneficiaros a ambos. Y al bebé, por supuesto, que nacerá dentro de seis meses. Para entonces, tu proyecto estará camino al éxito. ¿Es que no quieres que Joe se beneficie también, ya sabes, antes de que vuestro matrimonio llegue a su fin y os vayáis cada uno por vuestro lado?

–Le ayudé la semana pasada…

–Creo que esa presidencia el comité sería un verdadero trampolín para él.

–¿Es eso lo que le ha dicho a Stone?

–Sí.

–¿Ves? Lo sabía…

–Stone no me ha pedido que hable contigo. Venga, Adeline. Nunca haría algo así. Sin embargo, yo estoy pensando en ti.

–En mí… –repliqué con escepticismo.

–Sí. Cuando Joe tenga una trayectoria sólida hacia el puesto de gobernador, tú tendrás más opciones. Cuanto más alto sea el puesto que consiga, menos repercusión tendrá vuestra separación en su carrera. Te conozco, Adeline. Sé que no haces más que despotricar contra tu familia y los planes que tienen para ti, pero no eres capaz de hacerles daño. Cuando más te necesitan, más tentada te sientes a la hora de ayudar. Lo mismo ocurre con Joe, cuanto más te necesita…

Abrí la boca para hablar, pero volví a cerrarla. Sophie estaba de mi lado y tenía que reconocer que ella estaba en lo cierto. Cuanto más cerca estuviera Joe de su nominación como gobernador, menos me necesitaría y más libre sería yo para perseguir mis sueños.

Después de que Sophie se marchara a Anchorage, me senté con William para ver si era posible que yo me tomara unos días libres la semana siguiente. No tardamos mucho en darnos cuenta de que yo podría teletrabajar durante unos cuantos días sin que mi ausencia en la obra tuviera mucho impacto en el proyecto.

Esperé a llegar a casa para llamar a Joe y darle la noticia.

–¿Sí? –respondió él. Sonaba medio dormido. Inmediatamente me sentí culpable por la diferencia horaria.

–¿Te he despertado? –le pregunté.

–¡Adeline! ¿Va todo bien? ¿El bebé?

–Sí, todo bien –me apresuré a responder–. Si fuera así te lo habría dicho enseguida. He estado hablando con William y creo que puedo permitirme unos cuantos días sin trabajar, si eso te viene bien. Ya sabes, para lo tuyo. Si te sirve de algo que vaya…

–¿Aquí a Washington? ¡Eso sería genial! Ven tan pronto como puedas. Charmaine se va a pone loca de contenta. Ya sabes que tu presencia siempre me ayuda.

–Eso me parecía. La última vez, conseguimos que nos invitaran a cenar.

Joe quedó en silencio un momento.

–Esto significa mucho para mí, Adeline.

–Yo… estoy encantada de ayudar. Quiero ayudarte. ¿Te viene bien que vaya el martes?

–Sí. Reservaré un avión. No voy a consentir que mi

esposa embarazada tenga que viajar haciendo escalas para llegar hasta aquí.

–Joe…

Tuve que admitir que me encantaba la idea de montarme en el avión en Windward y no tener que bajarme hasta llegar a mi destino.

–Está bien. Gracias. Muchas gracias, Joe.

–De nada. Cuando quieras. Literalmente.

Permanecimos en silencio durante unos segundos.

–¿Qué tal está el bebé?

–He sentido una patada.

–Sí, muy pequeña. En realidad, fue más bien como un aleteo. Y Sophie vino a Windward a visitarme.

–Sí, me lo dijo Stone.

–Por cierto, Charmaine me dijo que van a anunciar lo del presidente del comité a finales de la semana que viene. Dime que me espera allí. ¿Qué otros eventos tienes?

–Bueno, hay una fiesta formal el viernes por la noche después de que anuncien… Bueno, si te puedes quedar tanto tiempo, claro.

–Sí, no hay problema –afirmé. Había decidido que, si iba a hacer aquello, sería mejor hacerlo bien.

–Tendremos varios almuerzos, comidas y cenas –dijo Joe–. Creo que el jueves por la tarde tenemos también una presentación en un club juvenil. No me lo sé todo muy bien, pero ¿te sirve con eso?

–Sí.

Los dos volvimos a quedar en silencio. Una vez más, Joe fue el primero en romperlo.

–Tengo muchas ganas de verte.

–Yo también –dije. Me imaginé en su apartamento, en su dormitorio… con su camisa blanca… y en su cama. La piel se me caldeó y se me hizo un nudo en la garganta.

Llegué a Washington a mediodía. Joe ya estaba en el aeropuerto para recogerme, lo que me sorprendió. Yo había esperado que me recogiera un chófer o Charmaine.

Nos dimos un abrazo mientras el auxiliar de vuelo de mi avión metía mis maletas en el coche.

–¿No hay chófer en esta ocasión? –le pregunté cuando me abrió la puerta del copiloto. Me gustó que así fuera–. Bueno, ¿adónde vamos ahora?

–A mi apartamento. Pensé que querrías dejar tu equipaje y asearte un poco.

–Me parece perfecto. Sin embargo, si tienes que hacer algo esta tarde, no tienes que estar pendiente de mí.

–Voy a presumir de mi esposa.

–En ese caso, sí que voy a tener que asearme.

El tráfico se fue haciendo más denso cuando empezamos a bajar por Massachusetts Avenue. Por fin, nos detuvimos frente al edificio en el que vivía Joe. Ninguno de los dos habló de cómo íbamos a dormir, por lo que, cuando él empezó a subir las escaleras, me imaginé pensando con una noche entre sus brazos.

Entramos en el dormitorio.

–Hay mucho sitio en el vestidor –dijo él mientras dejaba las maletas en el suelo–. Y en el cuarto de baño hay cajones vacíos. ¿Necesitas también espacio en la cómoda?

–No. No hace falta. ¿Qué debería ponerme hoy?

–Creo que deberíamos pasarnos por mi despacho primero. Todo el mundo quiere conocerte. Charmaine no hace más que cantar tus alabanzas.

—Espero no desilusionarlos.

—¿Cómo ibas a hacerlo?

De repente, sentí unos deseos irrefrenables de besarlo. Joe tenía un magnetismo único en las distancias cortas y eso hacía que yo quisiera besarlo desesperadamente.

—¿En qué estás pensando? —me preguntó. Durante un instante, me pregunté si podría leerme el pensamiento.

—En nada —mentí.

—¿Recuerdas que dijimos que íbamos a ser sinceros el uno con el otro? Así que dime en qué estabas pensando.

—En realidad no es nada importante. Tú primero —repliqué—. ¿En qué estabas pensando tú?

—En que me alegro mucho de verte —respondió él sin dudarlo.

—¿Porque te voy a ayudar a conseguir la presidencia del comité?

—No, porque eres divertida y adorable —susurró mientras me deslizaba un dedo por la nariz—. Ahora te toca a ti.

Yo decidí decantarme por una verdad a medias.

—Que eres un congresista muy guapo.

—Es un buen comienzo… Muy buen comienzo —musitó en voz baja—. ¿Te ibas a cambiar de ropa?

—Sí…

Los dos permanecimos inmóviles, mirándonos. Entonces, Joe me cubrió la mejilla con una mano. Sus ojos relucían de deseo. Traté de no inclinarme hacia ella, pero la tentación era demasiado grande. Recliné el rostro hacia un lado, gozando con la calidez que emanaba de la ancha palma.

–El sexo siempre ha sido muy fácil para nosotros –murmuró él mientras cerraba la distancia que nos separaba.

Tenía razón. Yo me sentí aliviada de que él lo hubiera mencionado. Nos estábamos comunicando. Era un comienzo.

–No tenemos tiempo…

Joe me rodeó la cintura con un brazo y me estrechó contra su cuerpo.

–Ten un poco de fe…

Creía que Joe estaba bromeando, pero él comenzó a besarme el cuello mientras me levantaba el vestido.

–Deberíamos…

Solo conseguí pronunciar una palabra antes de que el deseo cobrara vida dentro de mí. Instintivamente, le devolví el beso.

–Solo te estoy ayudando…

–¿A qué?

–A que te desnudes para que te puedas cambiar –comentó mientras seguía subiéndome el vestido.

Sentí que se me ponía la piel de gallina y que la excitación se apoderaba con fuerza del centro de mi feminidad. Levanté los brazos para que él pudiera sacarme el vestido por la cabeza. Lo arrojó sobre un sillón. Me quedé solo con la ropa interior.

Joe se acercó para mirarme y acarició suavemente el ligero abultamiento de mi vientre.

–Eres tan sexy…

–¿Vamos a llegar tarde? –le pregunté. Estaba perdiendo la batalla para mantenerme la poca lógica que me quedaba.

–Sí…

Nuestros besos fueron primero indulgentes, luego

juguetones y por último frenéticos cuando se profundizaron. Yo estaba dispuesta a dejarme caer sobre la cama que nos esperaba, arrancarle el traje y abrazarnos totalmente desnudos una y otra vez.

De repente, Joe se quedó totalmente inmóvil. Tenía la respiración entrecortada y los ojos nublados por la pasión.

–Si seguimos así, vamos a llegar muy tarde.

–Sí, claro… –susurré. Sus palabras me devolvieron a la realidad–. Voy a… ya sabes –añadió, indicando el equipaje.

–¿Más tarde? –me preguntó.

Asentí. Joe asintió también antes de mirarme de nuevo la ropa interior.

–Voy a estar toda la tarde pensando en lo que se esconde debajo de tu vestido.

Dado que íbamos directamente desde las oficinas de Joe al cóctel que se iba a celebrar en la planta superior del Vista Green Club, me había puesto una chaqueta negra con manga tres cuartos por encima de un vestido azul sin mangas y cuello de encaje. Cuando llegamos a la fiesta, me quité la chaqueta para que el vestido luciera en todo su esplendor.

Joe me había presentado a muchas personas, tantas que me estaba costando recordar sus nombres. Lo dejé un momento mientras iba al tocador y luego fui a pedir una copa de *ginger ale*. Mientras lo observaba desde la distancia, vi que tenía una apariencia impresionante. Era más alto que la mayoría de los hombres y sus anchos hombros y fuerte barbilla lo distinguían fácilmente del resto.

—Volvemos a encontrarnos .

Giré la cabeza y vi que se trataba de Nigel. Tenía una irónica sonrisa en los labios.

—Hola, Nigel.

—¿Estás aquí con Joe?

—Por supuesto.

—El gobernador Harland se va a reunir con el vicepresidente.

—Pues qué bien.

—Pensé que debía venir a ver qué es lo que está ocurriendo aquí —comentó Nigel tras tomar un sorbo de su copa—. Ya sabes que estamos al tanto, ¿verdad?

—¿Al tanto de qué? —pregunté. La ansiedad que sentía me había cubierto la piel de un sudor frío.

—No te hagas la tonta. De esta farsa que tienes con Breckenridge. A los votantes no les gusta que les engañen, ¿sabes, Adeline?

—¿Acaso no te crees que estemos casados? Pues tenemos quinientos testigos…

—¿Cuánto tiempo crees que podréis mantener esta mentira? Deberías saber que el gobernador tiene sus contactos, sus espías. Y falta mucho para la elección del siguiente gobernador.

—Disfruta de la fiesta, Nigel —le espeté antes de dar un paso para alejarme de él.

Sin embargo, él me agarró del brazo para detenerme.

—Te lo advierto…

—Aléjate de mi esposa —gruñó Joe.

Nigel levantó la mirada y su rostro cambió. Se apartó inmediatamente de mi lado.

—Solo estaba saludando.

—¿Te encuentras bien? —me preguntó Joe.

–Sí.

–Yo ya… –empezó a decir Nigel.

–¿Te ibas de la fiesta?

–Sí –afirmó Nigel–. Tengo una cita con el gobernador. Buenas noches.

Vimos juntos cómo se marchaba. Muy pronto, desapareció entre la multitud.

–El gobernador está en la ciudad para reunirse con el vicepresidente –le dije a Joe.

–¿Qué es lo que te ha dicho?

–Que sabe lo que estamos haciendo. Quería saber cuánto tiempo creemos que podemos mantener esta farsa.

–¿Qué farsa?

–Ya lo sabes…

Evidentemente, estábamos casados, pero Nigel se había enterado de alguna manera, o tal vez lo había deducido, que nuestro enlace no era un matrimonio por amor, destinado a durar hasta que la muerte nos separara.

–Es imposible que sepa nada.

–Me dijo que tenían espías.

–Es un farol. No podría ser nadie de tu familia. El número de personas que conoce nuestra situación es muy limitado. Lo mejor será que nos olvidemos de él.

–Me aseguró que a los votantes no les gusta que los engañen. Parecía una amenaza, como si fuera a revelar algo.

–Solo está echando el anzuelo a ver qué pasa. Lo nuestro ha ocurrido muy rápido. Eso es lo único que tiene. Vamos a buscar a Charmaine.

–¿Es que necesita algo? –pregunté, algo confusa por el cambio de tema.

–La mejor defensa es un buen ataque.

Tardamos treinta minutos y cuatro conversaciones en encontrar a Charmaine. Ella nos vio y se dirigió a nuestro encuentro.

—¿Quieres hacer un poco de redes sociales?

—Por supuesto —exclamó ella con los ojos brillantes—. ¿Qué tienes en mente?

—¿Qué te parece un vídeo? Quiero que lo grabes con tu móvil, que sea algo casual, casi clandestino. ¿Y puedes publicarlo desde un sitio que no sea oficial?

—Me gusta tu estilo, jefe…

Yo miré a Joe con curiosidad, sorprendida de lo que estaba haciendo.

—Necesitamos un rincón tranquilo —comentó Joe mirando a su alrededor.

—Ahí entre las plantas y el estrado —sugirió Charmaine.

—¿Qué es lo que estamos haciendo? —les pregunté mientras Joe me rodeaba la cintura con el brazo y echábamos a andar.

Al llegar al lugar indicado, Joe me colocó las manos sobre los hombros y me colocó ligeramente de lado. Luego, me alborotó el cabello un poco.

—¿Qué haces? —pregunté con una sonrisa.

—Estoy haciendo que parezcas más casual. Pellízcate las mejillas.

Sin saber muy bien por qué, hice lo que Joe me había pedido.

—El rubor está perfecto —dijo Charmaine. Entonces, extendió una mano y me bajó un poco el tirante derecho del vestido.

—¿Qué es exactamente lo que hacemos aquí?

—¿A qué distancia me quieres? —le preguntó Charmaine a Joe.

–No quiero sonido –respondió él–. Solo haz que el encuadre sea bonito.

–Entendido.

Joe se volvió para mirarme.

–Ahora, tienes que parecer feliz –susurró–. Y mirarme a los ojos –añadió. Lo hice–. Ahora, piensa en el bebé… Ahora, voy a tocarte el vientre –susurró–. Tienes que sonreír lentamente. Me muero de ganas por sentir la primera patada…

Traté de darle la sonrisa que me había pedido, pero el sentimiento que estaba experimentando era tan fuerte que tuve que parpadear.

–Eres la mejor –susurró él mientras me abrazaba suavemente…

Yo le rodeé el cuello con los brazos, totalmente abrumada por lo que sentía…

–Ha estado estupendo –dijo Charmaine mientras se acercaba de nuevo a nosotros–. Adeline, te mereces un Oscar. Juro por Dios que ella tenía lágrimas en los ojos.

Joe sonrió.

–Chúpate esa, gobernador Harland.

Rápidamente, volví a recuperar la compostura.

–¿El gobernador está aquí? –preguntó Charmaine.

–No, pero sus empleados han estado hablando basura sobre nuestro matrimonio.

Los dedos de Charmaine se movían con rapidez por la pantalla.

–Los dos dais un poco de miedo…

–¡Yo no! –protesté.

–Por eso me encanta trabajar para ti –le dijo Charmaine a Joe. Entonces, tocó la pantalla con un exagerado ademán–. Va a ser muy divertido ver esto.

Capítulo Nueve

Joe fue elegido para ocupar la presidencia del comité y no supimos más de Nigel. En Windward, todo iba a la perfección y los plazos se iban cumpliendo sin problemas para que el centro de artes y cultura estuviera listo para el invierno. A medida que la nieve empezó a caer, yo realicé algunos viajes más a Washington para que Charmaine pudiera seguir haciéndonos aparecer en redes sociales como unos felices recién casados.

Lo más extraño de todo, era que yo me sentía así precisamente: como una feliz recién casada.

Deseaba más de lo que debería dormir entre los brazos de Joe. Además, parecía que el plan estaba funcionando. Joe parecía estar en constante demanda de los peces gordos del mundo de la política.

Al llegar las Navidades, decidí pasarlas en Anchorage con Joe y mi familia. Charmaine nombró a Sophie como fotógrafa sustituta y mi prima realizó muchas fotos en las que yo aparecía embarazada y feliz con mi solícito esposo delante del árbol de Navidad o paseando por la nieve.

Katie vino a pasar Año Nuevo con nosotros. El último día, Sophie, ella y yo nos sentamos frente a la chimenea para hablar de nuestras cosas. Yo iba a regresar pronto a Windward y Joe a Washington y me apenaba que las fiestas hubieran durado tan poco tiempo.

Cuando Stone nos interrumpió para estar con Sophie, yo decidí ir a buscar a Joe. Quería pasar a su lado las últimas horas de nuestro último día juntos.

Al llegar al salón, oí la voz de Braxton y supuse que Joe estaba con él. Estaban más allá de la enorme chimenea y no podía verlos.

—Harland podría estar mintiendo —comentó mi padre.

—Sabe demasiado para que sea un farol —dijo Joe.

—Y lo ha sacado de alguna parte —afirmó Braxton.

—Van a ir a por nosotros —concluyó Joe. Su voz sonaba más firme a medida que me iba acercando.

—¿Pero un espía? —preguntó mi padre con incredulidad.

—¿Se te ocurre otra explicación? —replicó Braxton.

—¿Aquí, en vuestra casa? —comentó Joe, escandalizado. Entonces, me vio—. Adeline…

Mi padre y mi tío se volvieron para mirarme.

—¿Qué es lo que está pasando? —pregunté—. ¿Qué está haciendo el gobernador Harland? —les espeté, sin dejarles opción.

Joe se acercó a mí.

—No quiero que te preocupes. Estás embarazada.

—No soy una delicada florecilla y el embarazo no me ha afectado al cerebro.

—Creemos que hay un espía en la casa —susurró Braxton. Joe y mi padre lo miraron con desaprobación—. Tiene derecho a saber la verdad.

—¿En esta casa?

—Sí. El gobernador sabe demasiado sobre los asuntos personales de esta familia —me explicó Joe—. Alguien les ha estado dando información.

—Yo pensaba que se Nigel estaba tirando un farol.

—¿Nigel? —preguntó Braxton.

–En septiembre Nigel Long presumió de saber lo que estábamos haciendo –dijo Joe.

–Pues parece que sí.

–¿Y quién de aquí cooperaría con Nigel?

Con toda seguridad, no era un miembro de la familia. Tampoco me imaginaba que pudieran ser Sebastian o Marie. Debía de ser alguien temporal, que hubiera escuchado algo.

–Eso es precisamente lo que tenemos que descubrir –dijo mi padre–. Podría ser que hubieran puesto micrófonos, así que tendremos que comprobarlo.

–Tal vez han hackeado nuestros teléfonos. He leído en algún sitio que se puede hacer.

–Es más difícil de lo que parece, pero lo comprobaremos también –afirmó Joe–. Ahora, tenemos que hacer exactamente lo que estábamos haciendo. ¿Qué ibas a hacer tú ahora?

–Estaba pensando en ir a por algo de picar.

–Pues adelante…

Joe me dio un beso en el cabello. Yo contuve la respiración mientras me dirigía a la cocina. Durante el camino, no podía dejar de mirar a mi alrededor, preguntándome constantemente si alguien me estaba vigilando.

–No quiero seguir haciéndolo –dijo Katie de repente, parecía estar cerca de la entrada a la cocina.

Aquellas palabras hicieron que me detuviera en seco. Seguramente se refería a otra cosa.

–No le importa a nadie –replicó Mason.

Me asomé con mucho cuidado y vi que él estaba de pie, apoyado contra la isla de la cocina. No podía ver a Katie, pero mi cerebro se rebelaba contra el pensamiento de que mi hermano y mi querida amiga pudieran estar conspirando contra nosotros. Sencillamente era imposible.

–A mí sí me importa –repuso Katie. Parecía impaciente.

–Entonces, ¿qué quieres hacer?

Vi que Mason se movía. Me acerqué un poco más a la puerta y vi que Katie estaba junto a la cafetera.

–No lo sé…

Estaba a punto de entrar en la cocina y exigirles una respuesta cuando Mason extendió una mano para acariciarle el cabello a Katie.

–¿Ignorarlo? –preguntó él–. De ninguna manera…

Mason se inclinó para besarla. Katie le devolvió el beso y, entonces, comprendí aliviada lo que estaba ocurriendo. No nos estaban espiando. Estaban enamorados.

Di un paso atrás, pero Mason se percató del movimiento. Se apartó inmediatamente de Katie y me miró a los ojos. Parecía estar arrepentido.

–Nosotros… –susurró Katie. Se había sonrojado y me miraba también muy fijamente.

–No tienes que explicarme nada, Katie –dije–. Lo entiendo. Y respeto tu intimidad y la de mi hermano.

–En realidad, no sabemos lo que sentimos…

–Todo es muy nuevo –apostilló Mason.

–No os preocupéis –dije. Di un paso atrás–. Olvidaos de que he estado aquí.

Katie dio un paso al frente.

–Adeline…

–No te preocupes. No puedo decir que Joe y yo no tengamos un romance complicado.

La atención de Mason se movió a algo que estaba detrás de mí. Joe colocó las manos suavemente sobre mis hombros. Se inclinó sobre mí y, en tono jocoso, me dijo:

–¿Así es como tu te comportas con normalidad?

No tardamos en descubrir que la culpable era una asistente de cocina temporal que le contaba todos los chismes a alguien que tenía una novia que trabajaba en la oficina del gobernador. No era una red de espionaje muy sofisticada. No había micrófonos en la casa ni habían pinchado nuestros teléfonos, con lo que pudimos volver a nuestro comportamiento habitual sin problema alguno.

Tan solo faltaba una semana para que naciera el bebé de Sophie y Stone, por lo que, cuando estaba en la obra y me sonó el teléfono, pensé que mi prima se había puesto de parto. Comprobé que era un mensaje, pero no sobre Sophie.

Suspiré y volví a concentrarme en la conversación que estaba teniendo con William y Maddy, una de las diseñadoras de interiores, sobre la escalera principal. Estábamos ya en febrero y hacía mucho frío.

De repente, sentí una extraña sensación en el vientre. Un instante después, un dolor agudo me atravesó por completo. Lancé un gemido de dolor y me cubrí con la mano.

–¿Estás bien, Adeline? –me preguntó William con preocupación.

–Algo no va bien… –dije.

–¿Quieres sentarte? ¿Te apetece un vaso de agua?

–Creo que sí…

Entre William y Maddy me llevaron hasta una mesa y unas sillas plegables que había junto a la futura escalera. Me senté.

–¿Crees que es el bebé? –me preguntó Maddy tras agacharse delante de mí.

–Creo que no. Es demasiado pronto. Mi prima Sophie aún…

El mismo dolor agudo volvió a atravesarme por completo. Lancé un grito de dolor.

–Llama a una ambulancia –le dijo Maddy a William–. Seguro que todo está bien, pero es mejor no correr riesgo alguno.

Yo saqué el teléfono móvil y busqué el contacto de mi médico.

–Voy a llamar al doctor Reed.

–Buena idea –dijo Maddy, aunque siguió insistiéndole a William por señas para que llamara a una ambulancia.

Llamé a la clínica del doctor Reed. Me disponía a hablar con Jill, la recepcionista, pero Maddy me pidió el teléfono. Se lo entregué porque el dolor no remitía.

–Hola, me llamo Maddy Schmidt. Estoy con Adeline ahora y hemos llamado a una ambulancia… Estoy de acuerdo –dijo, tras escuchar lo que Jill le decía–. Me parece perfecto. Nos reuniremos con ella allí.

En ese momento, escuché la sirena de la ambulancia. El sonido atrajo la atención de todos los trabajadores.

–Puedo andar… –dije mientras trataba de levantarme.

Maddy me lo impidió. En ese momento, William apareció con los enfermeros de la ambulancia.

Vi que llevaban una camilla.

Me ayudaron a tumbarme e, inmediatamente, me tomaron la tensión. La mujer me cubrió el vientre con las dos manos.

–¿Tiene contracciones?

–Creo que no…

La enfermera siguió en la misma posición unos minutos más. Entonces, experimenté otro fuerte dolor.

–¿Cuántos años tiene? –me preguntó.

–Veintiocho.

–¿De cuántas semanas está embarazada?

–Treinta y seis.

La enfermera tomó la radio.

–Tengo una mujer de veintiocho años, embarazada de treinta y seis semanas que muestra síntomas de parto prematuro.

–No. No es posible… –susurré.

–Su doctora va de camino al hospital –le dijo Maddy.

–No creo que esté de parto –le comenté a la enfermera. Sabía que era posible, pero no me dolía demasiado.

–Trate de relajarse. Vamos a cuidar de usted.

Me llevaron a la ambulancia y, minutos después, estábamos entrando en el hospital. Para mi sorpresa, la doctora Reed se subió en la ambulancia. Lo primero que pensé fue que se habían dado cuenta de que no hacía falta ingresarme. Menos mal, aún tenía mucho trabajo por hacer. De hecho, me había dejado hasta el bolso en mi despacho.

Traté de levantarme, pero la doctora me lo impidió.

–Tengo que ir a por mi bolso.

–Ya lo recogerá alguien –respondió. Me puso las manos sobre el vientre–. ¿Has sentido algo así antes? ¿Es la primera vez?

Asentí. Entonces, el dolor regresó con fuerza. Tuve que apretar los dientes.

La doctora le hizo una señal a la enfermera.

–Vamos a llamar a un helicóptero.

–¿Cómo? –pregunté aterrada.

–Estás de parto –me dijo la doctora Reed–. El protocolo dice que hay que ir a Anchorage si el parto se produce antes de las treinta y seis semanas.

–Pero si yo ya estoy en la treinta y seis.

–Aún no las has superado.

–¿Voy a tener ya a mi bebé?

–Haré que Jill llame a Joe.

–Joe está en Washington…

Joe se iba a quedar de piedra al enterarse. Había pensado ir a Alaska dos semanas antes para asegurarse de que no se perdía el parto.

Después de que el helicóptero aterrizara en Anchorage, las imágenes de lo que ocurrió son muy vagas. Recuerdo que me llevaron al hospital y que me pasaron de la camilla a una cama. Por alguna razón que no comprendo, Sophie estaba allí. Me tomó de la mano y me dijo que Joe iba a llegar muy pronto. Después, entré en una especie de hipnosis durante un tiempo.

Entonces, vinieron las ganas de empujar. Quería que Joe y Sophie estuvieran a mi lado y quería que el dolor se detuviera. Pero empujé. Con fuerza. Cuando me colocaron a mi pequeña hija entre los brazos, sentí que el corazón casi me estallaba de felicidad en el pecho.

Joe entró a toda velocidad en la sala de partos. Tenía una mascarilla en el rostro y un gorro en la cabeza. La bata verde que le habían puesto aleteaba a su alrededor. Se detuvo en seco al vernos.

–Lo has conseguido –le dije. Sentí que una lágrima me caía por la mejilla.

–No del todo –respondió mirando a Matilda.

Yo ya le había puesto nombre. No sabía por qué. Joe y yo ni siquiera habíamos hablado de nombres.

–Has llegado casi en el momento justo. Yo misma acabo de conocerla.

Joe le puso la mano a nuestra hija en la pequeña cabeza. La voz le temblaba de la emoción.

–Es preciosa… Tú eres preciosa… –susurró. Se inclinó a besarme la frente y luego besó la de Matilda.

En ese momento, la enfermera me quitó a Matilda delicadamente de los brazos.

–Prometo que la traeré enseguida.

Yo las observé marchar. Me sentía eufórica de que los dolores del parto hubieran terminado.

–Se ha adelantado –dije.

–¿Estás bien? ¿Necesitas algo?

–Agua.

Joe miró a su alrededor y encontró una jarra y un vaso, me dio a beber de una pajita.

–Ocurrió algo muy raro –comenté–. Sophie estuvo aquí… Pero luego se marchó.

–Está de parto.

–¿De verdad? Pobrecilla –susurré. No quería volver a sentir aquellos dolores.

La enfermera regresó al poco tiempo con Matilda envuelta en una manta con un pequeño gorro rosa. Era tan bonita… Tenía los ojos azules y una nariz minúscula. Su boca era preciosa. No lloraba. Solo parpadeaba, como si estuviera absorbiendo todo lo que la rodeaba.

–¿Quieres tomarla en brazos el padre? –sugirió la enfermera.

–¿Estás segura de que puedo? –me preguntó a mí. Parecía totalmente aterrorizado.

Yo asentí y sonreí. El corazón se me llenó de nuevo de una profunda alegría.

–No pesa casi nada… –susurró.

–Dos kilos ochocientos gramos –le dijo la enfermera.

Joe miró a nuestra hija con un profundo amor y comenzó a decirle palabras de bebés mientras la enfermera me ayudaba a ponerme un camisón limpio y cambiaba la cama. Antes de marcharse, me colocó una manta eléctrica. El calor me pareció celestial.

–Hola, chiquitina –le decía Joe–. Hola…

–Creo que se llama Matilda –comenté. Joe me miró sorprendido–. ¿Te parece bien? La miré y supe que ese tenía que ser su nombre.

–Me parece perfecto –respondió–. Matilda, ¿te gustaría ir a ver a tu mamá ahora?

Me la puso muy delicadamente entre los brazos.

Yo estreché su delicado y cálido cuerpo contra mi corazón. Tras mirarle bien el rostro, las manos y contarle todos los dedos, recliné la cabeza sobre la almohada. Me sentía en el paraíso. Poco a poco, se me fueron cerrando los ojos. Sentí que la mano de Joe se deslizaba por debajo del cuerpo de Matilda.

–Tal vez debería llevármela… –susurró.

Yo asentí y me quedé dormida. Entonces, escuché la voz de mi padre y de Mason en la distancia.

Debí de quedarme dormida un rato. Entonces, escuché el llanto de un bebé y sentí que la enfermera me decía que Matilda tenía hambre.

Conseguí darle el pecho y me sentí profundamente aliviada. Me habían llevado una cuna a la habitación, donde coloqué a Matilda. Luego me senté en un sillón y me bebí un poco de zumo y después un gran vaso de agua. Tenía muchísima sed.

En ese momento la puerta se abrió. Esperé ver a Joe, pero se trataba de Stone. Tenía una amplia sonrisa en el rostro y un pequeño bulto azul entre los brazos.

–¡Ha nacido! –exclamé llena de alegría–. ¿Cómo se encuentra Sophie?

–Está estupendamente. Ahora está descansando. Te presento a Lucas Nathaniel.

Lucas me pareció el niño más bonito que había visto nunca.

–Nosotros aún no tenemos un segundo nombre.

–Eso es porque la pequeña Matilda tenía mucha prisa en llegar.

–Veo que has hablado con Joe.

–Sí, fuimos a tomar un café con Braxton y Xavier. Están encantados por haber sido abuelos exactamente el mismo día. ¡Enhorabuena por la pequeña Matilda! Es preciosa. Lo has hecho muy bien, Adeline.

–Enhorabuena a ti también, Stone –susurré tocando la manita de Lucas.

La puerta volvió a abrirse. Era Joe en aquella ocasión. Stone se excusó para ir de nuevo a ver a Sophie. Yo prometí ir a verla en cuanto se despertara.

–¿Quieres echarte de nuevo en la cama?

–Estoy bien así, aunque no me importaría tomar un poco más de agua.

Joe fue a la mesilla de noche y me la sirvió inmediatamente. Entonces, los dos nos miramos en silencio durante mucho tiempo.

–¿Y ahora qué vamos a hacer?

–Bueno, mañana nos iremos los tres a casa. Xavier y Braxton tienen una sorpresa para ti.

–Una cuna, espero.

–Una cuna, sí. Y una habitación para Matilda. Y un nuevo dormitorio para ti junto a la habitación de Matilda. Ya estaban con la obra para Sophie y Stone y han hecho lo mismo para ti.

Yo no estaba totalmente segura de querer lo que Joe me había explicado. Me parecía un cambio demasiado abrupto. Además, no podía evitar una sensación de *déjà vu* .

–Adeline…

–Estoy bien –afirmé. Aparté la sensación negativa que se había apoderado de mí y sonreí–. Estoy estupendamente.

Capítulo Diez

Matilda y Lucas crecieron muy rápido. Además, se sentían totalmente fascinados el uno con el otro.

Joe se había ofrecido a dormir en mi antiguo dormitorio para dejarnos la nueva suite a Matilda y a mí. Sin embargo, terminaba en mi habitación todas las noches para ayudarme a cuidar de Matilda. No tardó en meterse en la cama conmigo para abrazarme como habíamos hecho en Washington. Cuando empezamos a hacer el amor de madrugada, resultó difícil parar.

Tenía que trabajar en Washington, pero acumuló muchos kilómetros viajando a Alaska siempre que podía.

Matilda tomaba largas siestas durante el día, lo que me permitía comprobar mis correos e incluso hacer llamadas a los supervisores del proyecto en Windward. Técnicamente estaba de baja por maternidad, pero me encantaba estar al tanto de los progresos que se hacían en la obra.

Un día, cuando la nieve ya se había deshecho y el sol de primavera se había ido haciendo más cálido, salí a dar un paseo a caballo con Sophie. Matilde y Lucas se habían quedado durmiendo en la casa, atentamente vigilados por Marie.

Cuando regresamos, Sophie fue a ver si los bebés estaban bien mientras yo me ocupaba de llevar los caballos al establo para que Barney, el mozo, se ocupara de ellos. En cuanto abrí la puerta, oí voces.

—Lo que haga falta para que ella sea feliz —decía mi padre.

—Sabes que ya lo estoy haciendo.

Era Joe el que respondió. En eso yo estaba totalmente de acuerdo. Joe era un padre maravilloso.

—La siguiente fase es crucial —comentó Braxton.

—Aún nos quedan seis meses —afirmó Joe.

—El verdadero reloj empezó en enero…

—Bueno, no vamos mal —dijo Joe secamente—. La perfecta familia alasqueña ayudará mucho en el esfuerzo.

—No tengo nada más que decir —repuso mi padre.

Una profunda inquietud se apoderó de mí. Noté el crujido del cuero y deduje que, al menos uno, había montado a caballo.

—Me gusta esa Charmaine —añadió Braxton—. Tiene el ojo puesto en el objetivo.

—No pienso meterle prisa a Adeline para la campaña —les advirtió Joe.

—¿Y quién está hablando de meterle prisa? —repuso mi padre—. Pero habla con William sobre el don de la oportunidad. Cuanto más se quede en Anchorage, mejor para nosotros. Podemos dirigirlo todo desde aquí… A quien no encandile mi hija, lo hará mi nieta. Aunque puede que cuando empecéis en serio, tal vez tengáis que pensar en una niñera.

—¿Y tiene que volver a Windward? —preguntó Braxton—. Parece que se las arreglan bien sin ella.

—Además, no es que los fondos vayan a desaparecer —añadió mi padre.

—Cierto —dijo Joe—. Nigel está muy centrado ahora en la carrera del puesto de gobernador. No se va a meter con la financiación del proyecto.

Atónita, di un paso atrás. No quería oír nada más sobre los planes que aquel trío de traidores tenían para mi vida. Oí que Joe empezaba a decir algo, pero Barney llegó en ese momento.

–¿Ya han terminado? –me preguntó.

–Sí –respondí. Me sentía atónita, con unas poderosas ganas de regresar junto a Matilda y salir corriendo.

Llegué corriendo a la habitación. Como vi que Matilda seguía dormida, me di una ducha. Mientras me vestía, sentí que los antiguos sentimientos de manipulación y traición se apoderaban de mí. Lo peor de todo era que todo era culpa mía. Me había dejado llevar por sus planes sin pensar.

Llevaba allí tres meses, tres largos meses en los que mi matrimonio con Joe se había hecho prácticamente real. En realidad, estábamos viviendo como marido y mujer, criando juntos a Matilda y haciendo el amor cada vez que podíamos.

No habíamos hablado sobre el futuro, pero mis planes no habían cambiado. Iba a terminar el proyecto de Windward y después, buscaría uno nuevo en el que trabajar. Iría con Matilda donde fuera.

Enojada conmigo misma, me dirigí al ordenador para poner al día mi currículum. Entonces, se me ocurrió que podría crear mi propia empresa para establecerme en el mundo de los negocios. Cuando Matilda se despertó la atendí y la cambié. Descubrí que era capaz de calmar a un bebé mientras escribía en el ordenador. Por lo tanto, puse al día mi currículo, registré AEC Urban Planners como negocio, utilizando mis iniciales para el nombre de la empresa y redacté una carta para decirle a William que me reincorporaría a mi puesto tan pronto como me fuera posible.

En ese momento, la puerta se abrió. Era Joe.

—Por fin te encuentro —me dijo en voz baja, al ver que Matilda estaba dormida—. Acabamos de volver de montar a caballo. Barney me dijo que Sophie y tú habíais salido también.

—Ya estamos de vuelta —le espeté sin apartar la atención del teclado.

—¿Qué pasa?

—Estoy escribiendo a William. Tengo que volver a trabajar. Estaba pensando en contratar a una niñera. Además, mi casa en Windward está muy cerca de la obra y puedo ir y venir tantas veces como necesite.

—Creo que deberíamos hablar sobre ello…

—¿Y qué hay que hablar? Ha sido el plan desde el principio.

—Pensaba que estabas bien aquí.

—Sí, pero ahora voy a estar bien en Windward.

—Adeline, esta es una decisión que tenemos que tomar los dos. Matilda es también mi hija.

—Sí. Pues ya sabes dónde está Windward.

Joe dio un paso atrás. Se comportaba como si yo le estuviera traicionando. No era así. Estaba recuperando nuestro plan original.

—¿Te ha pedido William que regreses? —me preguntó mientras sacaba el teléfono del bolsillo.

—No te atrevas a llamar a William. Es mi trabajo, Joe. Mi vida. Mi carrera. Voy a recuperarlas.

Matilda empezó a lloriquear. Joe se apresuró a tomarla en brazos y darle un delicado beso en la frente.

—No puedes dejarme, Adeline… No me gusta el trato que hicimos. Quiero hacer uno nuevo.

–¿Quieres decir con eso que deseas que haga las cosas a tu manera, a la manera de ellos? Yo nunca quise ser la esposa del gobernador Breckenridge. Ese era el sueño de mi padre, de mi tío. Tu sueño. Mi sueño era ser independiente y….

–Libre.

–Sí. Libre.

Joe apretó la mandíbula. Una dura mirada se reflejó en sus ojos.

–En ese caso, no dejes que yo te lo impida –replicó. Se dio la vuelta y se dirigió hacia la puerta con Matilda aún en brazos.

–¡Joe! –grité. Un miedo irracional se apoderó de mí pensando que él iba a arrebatármela. Entonces, comprendí que tan solo la llevaba abajo.

Sin embargo, Joe pareció entender la razón de mi grito. Miró a Matilda.

–¿Te lo imaginas? –me preguntó suavemente–. ¿Te imaginas no estar con ella?

No pude. La puerta se cerró a sus espaldas. Yo me arrojé sobre la cama. La cabeza me daba vueltas.

Unos minutos más tarde, Sophie vino a verme. Se sentó a mi lado y me puso una mano sobre el hombro.

–He visto a Joe abajo. ¿Qué ha pasado?

–No puedo quedarme aquí. Nunca dejan de conspirar. Quieren que me convierta en la mujer de un político a tiempo completo.

–¿Y te sorprende? –me preguntó Sophie. Yo me incorporé y me senté sobre la cama–. Parecías estar feliz aquí…

–Lo sé. Lo estoy. Lo estaba –susurré–. Evidentemente, bajé la guardia.

–Acabas de tener un bebé. Estás agotada, no duermes bien… Sé cómo te sientes porque yo estoy exhausta.

—Pero tienes a Stone.

—Y tú a Joe. ¿Qué es lo que le has dicho?

—Que me iba a marchar…

En ese momento, comprendí de verdad todo lo que iba a dejar. Y me sentí muy triste al respecto. No comprendía qué era lo que había cambiado. Cerré los ojos y deseé poder borrar todo lo que había escuchado aquella mañana en el establo.

—Adeline… Creo que te has enamorado –susurró Sophie–. Te duele tanto marcharte porque lo amas.

Negué con la cabeza. Lo que estaba diciendo Sophie era imposible.

—Yo nunca…

No pude terminar la frase. No pude negarlo en voz alta porque sabía que era cierto.

—¿Crees que él lo sabe? –le pregunté a Sophie. Si Joe sabía que me había enamorado de él, tenía todos los ases en la mano.

—No.

—No se lo digas.

—No. Se lo tienes que decir tú. Puede que él te corresponda.

—Eso es imposible. Yo tan solo soy una herramienta política para él. Deberías haberlos oído, Sophie. Joe, mi padre, el tuyo… Hablaban de una manera tan fría, tan calculadora… Yo tan solo soy un medio para conseguir su fin.

—¿Estás segura de eso?

Asentí. Estaba todo lo segura que una mujer podría estar. La perfecta familia alasqueña era lo que Joe había planeado desde un principio.

***

Durante la cena, el ambiente era incómodo. Tenso. Sophie hizo todo lo posible por mantener el buen ambiente, pero en cuanto pude abandoné la mesa con la excusa de ir a ver cómo estaban los niños, a pesar de que Marie estaba con ellos mientras cenábamos.

–Adeline…

Era mi padre, que había salido del comedor detrás de mí.

–Joe me ha dicho que te vas a volver a Windward. ¿Estás segura de que no es demasiado pronto?

–El momento es perfecto –repliqué. La expresión de preocupación de mi padre me habría conmovido si no hubiera conocido sus verdaderos motivos.

–Matilda es aún muy pequeña.

–He mantenido mi parte del trato y ahora tengo que vivir mi vida. Se acabó, papá.

–Pero aún hay tanto que…

–Tendréis que hacerlo sin mí.

Vi que Joe salía también del comedor.

–Xavier… Déjalo…

Mi padre se volvió para mirarlo.

–¿Tienes un momento, Adeline? –me preguntó Joe. Joe me indicó las puertas del jardín. Los dos salimos juntos.

–¿Quieres dar un paseo?

–Sí –contesté. Prefería estar lejos de mi padre y de Braxton–. Supongo que se lo has dicho.

–¿Crees que eso es lo que te va a hacer feliz?

–Es el sueño de mi vida –respondí. Tenía ganas de retomarlo. Al menos, antes había sido así. Antes de que

151

llegara mi hermosa Matilda, antes de que mis sentimientos por Joe se complicaran tanto que me costaba comprender lo que sentía.

–Quiero que seas feliz, Adeline… Pero no quiero perderte.

–Sabrás siempre dónde estoy y yo nunca te impediría ver a Matilda. Nunca.

–Quiero verla todos los días.

–Estarás en Washington. Tú también tienes tu sueño –repliqué. Lo más extraño era que yo también quería que Joe viviera su sueño. Que se presentara a gobernador y ganara.

–¿Y si no funciona? ¿Y si el hecho de no estar con Matilda, de no estar contigo… estropea mi sueño? –me preguntó. Nos detuvimos un instante y, tras unos segundos, me tomó entre sus brazos–. No quiero que cambies. No quiero que renuncies a nada. Quiero que… quiero que… Te quiero, Adeline. Te amo.

–Joe, yo…

–Dame una oportunidad. Deja que piense en algo. Déjame encontrar el modo de que no estemos separados.

–Te amo –susurré sin poder contenerme.

Una sonrisa se dibujó en el rostro de Joe.

–Está bien –dijo–. Es un comienzo –añadió. Se inclinó sobre mí y me besó suavemente los labios–. Adeline…

Me besó más profundamente. Pasó un largo instante antes de que se retirara para tomar aire.

–Iré contigo –dijo–. Ya veré yo cómo…

–Puedo encontrar algo aquí en Anchorage. O en Juneau.

–No tienes por qué…

Le puse el dedo en los labios para impedir que siguiera hablando.

—Puedo hacer las dos cosas. Estoy segura.

—¿Me ayudarás con la campaña?

—Sí. Los dos nos merecemos perseguir nuestros sueños —afirmé. Sabía que los dos podíamos conseguirlo.

Joe sonrió.

—Eres maravillosa. Los vas a dejar sin palabras…

Sentí que mi cuerpo se moldeaba con el suyo. Ser la esposa de Joe iba a ser lo más fácil de mi vida. Todo mi ser suspiró de alegría y de alivio cuando él se inclinó sobre mí para pedirme otro beso.

Epílogo

Aún faltaban algunos detalles de jardinería, pero el centro de artes y cultura estaba terminado. Toda la ciudad había acudido para aplaudir por su inauguración.

El alcalde había cortado la cinta y había dado su discurso y la fiesta había comenzado. Todos estábamos dentro, resguardándonos del frío y disfrutando de la celebración.

La pequeña Matilda se estaba comportando estupendamente en los brazos de Joe. Sophie, muy sonriente, también estaba con Lucas. El pequeño no quería más que estar en el suelo, por lo que Stone lo tomó en brazos y lo puso sobre el suelo para el pequeño pudiera fingir dar sus primeros pasos.

Katie también había venido a la celebración. Se había alojado con nosotros en la mansión. Se había pasado todo el verano en Alaska, en parte conmigo en Windward, parte con Mason. No sabían si su relación se extendería en el tiempo, pero, por el momento, estaban muy felices.

Vi a Nigel Long en la distancia. Sabía que el gobernador estaba presente, pero era la primera vez que veía a Nigel.

La carrera de Joe para presentarse al puesto de gobernador iba muy bien. Solo quedaban dos meses para las elecciones y las encuestas lo mostraban en cabeza.

Miré a Joe y él me sonrió. Matilda comenzó a darle palmadas en la cabeza, revolviéndole el cabello.

–¿Estás seguro de que no quieres que la tome en brazos un poco? –le pregunté una vez más.

–Me interesa mostrar que no soy demasiado encorsetado –respondió, sonriendo.

–¿El padre perfecto?

–La familia perfecta.

En ese momento, la senadora Scanlon apareció en la celebración. Tras saludar muy brevemente al gobernador Harland, se dirigió directamente hacia nosotros.

–Congresista Breckenridge…

–Me alegro mucho de verla, senadora –dijo Joe mientras tomaba a Matilda con un brazo para estrecharle la mano.

–Adeline…

–Senadora Scanlon…

–Llámame Rachel. Según tengo entendido, todo esto es obra tuya.

–Formo parte de un equipo.

Katie se acercó en ese momento para hacernos unas fotos. Seguramente, Charmaine estaría muy contenta con ellas.

Mi padre también se acercó para saludar a la senadora. Tras una breve conversación con él, Rachel volvió a hablar de nuevo con Joe. Le felicitó por lo bien que iba la campaña y le deseó todo lo mejor en los debates que se iban a celebrar y en las elecciones. Antes de marcharse, Rachel le dedicó una sonrisa y dijo:

–Sois el paquete perfecto.

Joe me rodeó con el brazo.

–Si con eso te refieres a que tengo a mi lado a las

dos mejores cosas que me han ocurrido en la vida, estás en lo cierto.

—Se ve a la legua —dijo la senadora—. Buena suerte de nuevo con las elecciones. Sé que serás un activo muy valioso para Alaska.

Cuando la senadora se marchó, Joe me apretó con fuerza contra su cuerpo.

—¿Te ha mostrado su apoyo? —pregunté.

—Eso parece —susurró Joe.

—Os he hecho unas fotos estupendas —comentó Katie mientras se acercaba para mostrárnoslas en la pantalla.

—Charmaine estará encantada —le dije a Joe.

Entonces, él me apartó un poco de todos los presentes.

—Lo importante somos nosotros —afirmó mirándome a los ojos—. Matilda, tú y yo. Por encima de todo lo demás. Os amo a las dos tanto…

—Lo sé… —murmuré. Aquel momento de intimidad entre tanto revuelo llenó por completo mi corazón—. Y nosotras te amamos a ti. Hasta el infinito.

DESEO
BARBARA DUNLOP

DESEOS A MEDIANOCHE

Nathaniel Stone, piloto de avionetas y ejecutivo de telecomunicaciones de Alaska, no estaba preparado para confiar en la impresionante desconocida que decía ser la hija biológica de su jefe. ¿De verdad la habrían cambiado al nacer? ¿O Sophie Crush estaba ejecutando una estafa brillante para introducirse en aquella adinerada familia? Nathaniel se acercó a ella para descubrirlo… Se acercó demasiado. Porque cuando bajó la guardia y se rindió a la pasión, las revelaciones amenazaron con destapar su propio engaño… y un secreto familiar sobrecogedor.

N.º 556

ESPOSO SOLO DE NOMBRE

Lo último que la ambiciosa arquitecta Adeline Cambridge deseaba en aquellos momentos era convertirse en una mujer casada. Sin embargo, tras una noche de pasión con el apuesto congresista Joe Breckenridge en la que se quedó embarazada inesperadamente, su familia insistió en que se unieran en matrimonio. Con los posibles escándalos que los amenazaban, un acuerdo secreto con Joe era la mejor salida para ambos. ¿Terminaría en lágrimas aquella unión entre dos poderosas familias o habría encontrado Adeline un apasionado compañero de vida?

JULIET LANDON
La princesa esclava

Para el exoficial de caballería Quinto Tiberio Marcial el deber siempre era lo primero. Su próximo cometido, escoltar a una cautiva del emperador romano, debía ser fácil. Pero una sola mirada a la feroz esclava bastó para que Quinto deseara anteponer sus deseos a todo lo demás. Poderoso y curtido en la batalla, el romano hizo entrar en conflicto los sentimientos y la razón de la princesa esclava, que presa de emociones recién descubiertas, no tardó en preguntarse si quería salir de aquel peligroso viaje a Aquae Sulis con su virtud intacta…

No. 84

MARGO MAGUIRE
La dama sajona

El barón Mathieu Fitz Autier esperaba encontrar alguna resistencia al reclamar la tierra sajona que había ganado en la batalla. Pero nunca habría imaginado que la antigua señora de la mansión tuviera el valor para enfrentarse a él… lanzándole una flecha. Lady Aelia vio cómo se venía abajo cuando los normandos se hicieron con el control de su querido hogar. Pero lo más grave fue que se sintió irremisiblemente atraída por Fitz Autier, su peor enemigo. Y cuando la pasión surgió entre ambos supo que no podía abandonarse a ella porque él debía entregarla a un rey normando…

¡YA EN TU PUNTO DE VENTA!

JAZMÍN

SHIRLEY JUMP
RIVALES

Claire Richards quería ganar aquel concurso porque la enorme casa sobre ruedas que obtendría como premio era la garantía para salir de Mercy, Indiana. Pero primero tendría que derrotar a los otros participantes, entre los que estaba Mark Dole, su guapísimo enemigo de la infancia. ¿Sería capaz de vivir en tan reducido espacio junto a aquel irresistible *playboy*?

CARLA CASSIDY
EL MATRIMONIO MÁS ADECUADO

Era el plan perfecto. Melanie Watters deseaba tener un hijo con todas sus fuerzas, así que decidió pedirle al soltero más empedernido de la ciudad, que casualmente era su mejor amigo, que se casara con ella. A cambio de dejarla embarazada, Bailey Jenkins conseguiría escapar de las insinuaciones de las participantes del concurso de belleza del que era juez. Y luego solo tendrían que divorciarse… o no.

N.º 581

JUDITH McWILLIAMS
UNA VIDA NUEVA

En cuanto el doctor Nick Balfour la vio, quiso rescatar a aquella hermosa e inocente mujer y mantenerla a salvo. Gina Tesserek se encontraba en apuros económicos, por lo que aceptó la oferta de Nick para ser su asistenta temporal. En poco tiempo, Nick se dio cuenta de que su acuerdo solo había sido una excusa para estar cerca de ella… y ahora no había vuelta atrás.

JULIA™

KIMBERLY LANG
A FAVOR DEL VIENTO

Ally Smith había roto con su novio por egoísta e infiel, pero no estaba dispuesta a desperdiciar la luna de miel en el Caribe que había pagado por adelantado.

Mientras intentaba salvar sus vacaciones, conoció al apuesto y seductor Chris Wells y se arrojó de cabeza a una tórrida aventura veraniega sin sospechar que aquel magnate de los barcos la había dejado embarazada.

N.º 476

JILL SORENSON
EMOCIONES TURBULENTAS

Una reserva de fauna exótica era un sueño hecho realidad para la bióloga Daniela Flores, hasta que descubrió que su exmarido era el jefe del equipo de investigación.

Sean Carmichael había ido a las remotas Islas Farallón a estudiar tiburones asesinos, pero un verdadero asesino andaba suelto amenazando a la mujer a la que nunca había dejado de querer. Y ahora sabía que debía protegerla.

JUSTINE DAVIS
LA MEJOR VENGANZA

Había algo en los intensos ojos azules de St. John que a Jessa Hill le recordaba a su amigo de la infancia. Pero Adam Alden había muerto veinte años atrás…

¿Podrían ser St. John y Adam la misma persona? ¿Y si lo eran, se marcharía, llevándose su corazón por segunda vez?

Brenda Novak

En tus brazos

Cuando Lucky Caldwell tenía diez años, su madre, Red, la prostituta más famosa de Dundee, Idaho, se había casado con Morris Caldwell, un hombre rico y mucho mayor que ella. Por supuesto, el matrimonio no había durado, pero la amabilidad de Morris había sido muy importante para Lucky.

Mike Hill, nieto de Morris, no sentía demasiada simpatía hacia Red ni hacia su hija; habían separado a su abuelo de su familia, e incluso este le había dejado en herencia a Lucky una mansión victoriana a la que ella no había hecho ningún caso durante años…

Buscando su lugar

Hacía diez años que Hope Tanner había escapado de su comunidad, y lo había hecho sola y embarazada. Después había dejado la adopción de su bebé en manos de Lydia Kane, la fundadora de una clínica de Nuevo México.

Ahora tenía que regresar a su ciudad para ayudar a su hermana a escapar y ¿qué mejor sitio para acudir con una embarazada en busca de ayuda que la clínica? Allí, su hermana Faith podría dar a luz en paz y ella podría volver a ver a los viejos amigos, como Lydia… o como el irresistible Parker Reynolds.

Pero Parker, padre viudo y administrador del centro, no parecía alegrarse de volver a ver a Hope…

BIANCA.

LYNN RAYE HARRIS

EXTRAÑOS EN LAS DUNAS

Todos creían que Isabella, la esposa del jeque Adan, había muerto.
Pero reapareció cuando él estaba a punto de contraer matrimonio
con otra mujer y de convertirse en rey de su país.
Isabella tendría que ser su reina y compartir su trono del desierto
y su cama real. Pero ya no era la joven
pura y consciente de sus deberes de
antaño, sino una mujer desafiante y
seductora que excitaba a Adan; una
mujer que no recordaba haber sido su
esposa.

CAUTIVA Y PROHIBIDA

La noticia de que Veronica St. Germaine, la popular y frívola diva del mundo
del corazón, se había regenerado y estaba dispuesta a convertirse en sobe-
rana de un principado del Mediterráneo
había revolucionado a todos los medios
de comunicación.

N.º 491

El cargo exigía que el guardaespaldas Rajesh Vala la protegie-
se a toda costa. Pero Veronica no había sido nunca muy amiga
de aceptar órdenes de nadie.
Él había decidido llevarla a su casa de la playa para que estuviera más segura, pero ella se sentía prisionera allí. Ambos
habían comprendido desde el primer momento que la atracción
mutua que había surgido entre ellos podría ser un problema…

¡YA EN TU PUNTO DE VENTA!